리볼브

리볼브 1

REVOLVE 1

이종관

미스터리 스릴러

고즈넉
이엔티

리볼브 1

1쇄 발행 2022년 7월 22일

지은이 이종관
펴낸이 배선아
편 집 유민우
디자인 엄인경
펴낸곳 (주)고즈넉이엔티

출판등록 2017년 3월 13일 제2021-000008호
주소 서울특별시 중구 청계천로 40, 1203호
대표전화 02-6269-8166 팩스 02-6166-9199
이메일 gozknockent@gozknock.com
홈페이지 www.gozknock.com
블로그 blog.naver.com/gozknock
페이스북 www.facebook.com/gozknock
인스타그램 www.instagram.com/gozknock

ⓒ 이종관, 2022
ISBN 979-11-6316-346-6   04810
     979-11-6316-345-9   (세트)

표지/내지이미지 Designed by Freepik, Getty Images Bank

"모든 접촉은 흔적을 남긴다."

— 에드몽 로카르(Edmond Locard, 프랑스 범죄학자)

차례

0 / 9

. . . .

16 / 344

0

리볼버에는 안전장치가 없다.

강두만은 리볼버의 방아쇠울에 집게손가락을 넣어 고무 패킹을 밀어냈다. 한국 경찰에서만 사용하는 조악한 수준의 물리적 안전장치였다. 바닥에 고무 조각이 떨어졌다.

두만은 엄지손가락 끝으로 리볼버의 해머(공이치기)를 뒤로 젖혔다. 끼리릭, 비어 있던 첫 번째 약실이 돌아가며 해머가 고정됐다.

오발 방지를 위해 리볼버의 첫 번째 약실은 비워두는 게 기본이다. 규정대로라면 두 번째 약실엔 공포탄이 들어 있어야 한다. 하지만 지금은 아니었다.

두만은 방아쇠에 손가락의 첫 번째 마디를 걸었다. 이제 그에게 남은 선택지는 없었다. 그는 심호흡을 했다. 기회는 단한 번뿐이었다. 긴장 때문인지 리볼버의 무게 때문인지 총구가 가늘게 흔들렸다. 지금까지 그는 수도 없이 방아쇠를 당겨 표적지의 머리나 심장에 구멍을 냈다. 하지만 사람을 상대로 총을 쏘아본 적은 없었다. 두만은 숨을 쉴 수가 없었다. 불과 열흘 전만 해도 그는 자신이 사람을 향해 리볼버의 방아쇠를 당기게 될 줄은 상상조차 하지 못했다. 두만은 손가락에 힘을 줬다.

탕! 은색 총알이 튀어 나갔다.

1

지울 수 없는 문신 같았다. 여의주를 움켜쥔 용이나 뒤엉킨 잉어처럼, 한번 살갗에 새겨지면 지난 과거를 고스란히 드러내는.

두만은 은색 메탈 프레임으로 마감한 전신 거울 앞에 서서 자신을 보았다. 머리 위 LED 등에서 높은 조도의 빛이 쏟아졌다. 찌그러지고 부풀어 오른 귀가 조밀한 불빛에 부각돼 더 기괴하게 보였다. 차라리 문신이라면 한때의 치기라고 웃어넘길 텐데. 귀는 옷 속에 감출 수도 없었다. 입맛이 썼다. 구겨지고 부풀어 오른 귀가 문신보다 선명하게 그의 지난 시간을 시각적으로 드러냈다. 단순 무식하다. 건드리면 안 된다. 위험하다.

모자를 써도 찌그러진 귀는 비어져 나왔다. 그렇다고 머리카락을 길러 가릴 수도 없었다. 몸싸움이 일상인 그에게 긴 머리카락은 넥타이만큼이나 불편하고 위험했다. 근접전에서

긴 머리카락과 넥타이는 자신의 머리통이나 모가지를 상대에게 쥐여주고 싸우는 것과 다르지 않았다. 짧게 자른 헤어스타일 탓에 더 도드라져 보이는 귓바퀴를 그가 엄지와 검지로 지그시 눌렀다. 두툼한 귓바퀴는 오래된 근육처럼 단단하게 굳어 통증조차 희미했다.

'만두귀'. 사람들은 그의 귀를 그렇게 불렀다. 의학용어로는 '이개혈종'. 부드러운 연골로 이루어진 귓바퀴를 오랫동안 압박하고 마찰하면 혈종이 생기고, 이것이 반복되면 피하조직이 섬유화된다. 그렇게 귀가 부풀어 오르고 찌그러진 채 굳어진 걸 이른바 '만두귀'라 했다.

'이개혈종'은 레슬링, 유도, 이종격투기 선수들처럼 그라운드 기술을 연마하는 사람들에게 흔한, 일종의 직업병 같은 것이다. 짐승처럼 이기는 것이 전부였던 시절, 이개혈종은 열심히 운동을 했다는 증거이자 훈장이었다. 그리고 덕분에 짧게라도 국가대표 유도 선수로 뛸 수 있었고, 무도경관 특채로 형사가 될 수 있었다. 하지만 거기까지였다. '만두귀'와 무도경관 특채라는 꼬리표는 그를 늘 강력계 형사로만 머물게 했다.

¤

"하던 거나 잘해. 거울 좀 봐봐. 그 외모에 과학수사가 어울려?"

"선우현 과수팀장도, 외모로는 당장 곰이라도 끌고 올 것 같은데요?"

"거긴 키만 컸지 인상이 널 못 따라가. 게다가 과수 한 지 오래됐고."

정대원 광역수사대장이 책상에 비스듬히 기대 그를 쳐다보았다. 작은 눈이 노려보듯 가늘어졌다.

"지금 와서 강 반장이 지문채취를 할 거야? 아니면 현장감식을 할 거야? 또, 할 줄은 알고?"

"선 팀장에게 틈틈이 배우고 있습니다. 발령내주시면, 정식으로 연수받으면 되고요."

"하지 마. 배우지 마. 그냥 너 잘하는 거 해. 너처럼 용의자목덜미를 재깍 움켜쥐고 오는 형사가 어디 흔한 줄 알아? 넌 광수대 형사가 딱이야."

"증거가 없으면 잡은 놈도 내 손으로 풀어줘야 하는 게 형사죠."

"자백 받으면 되잖아. 못 받으면 그때 풀어주면 되고. 형사하루 이틀 해?"

형사가 윽박질러서 자백을 받아내고 그걸로 인정받던 시절은 끝났다. 광수대장만 모르는 척할 뿐이었다. 하긴 뱀처럼 매섭고 차가운 그의 인상이면 굳이 윽박지를 필요 없이 순순히 자백을 받아낼 수 있을 거다.

"뭔가 다른 이유가 있는 건 아니지?"

광수대장이 말속에 낚싯바늘을 숨겨 무심하게 툭, 던졌다. 능구렁이. 그의 가늘게 찢어진 눈이 찌를 살피는 낚시꾼의 눈처럼 빛났다.

다른 이유? 물론, 있었다. 두만은 자신이 협박받고 있다고 생각했다. 지금까지와는 다른 종류의 협박이었다.

사실, 협박 따위 강력계 형사에게 그리 놀랄 일도 아니었다. 지금까지 잡아넣은 놈들 중에 억울한 놈이야 있기 마련이었다. 휴대폰도 아닌 공중전화로 전화를 걸어 밤길을 조심하라고 당부하거나 선물이랍시고 혈서나 피 묻은 쓰레기 따위를 사무실로 보내는 놈들도 간혹 있었다. 하지만 그뿐이었다. 물지 못하는 개가 요란하듯 그를 직접 찾아온 놈은 이제껏 없었다. 그는 그런 전화나 혈서를 받아도 그러려니 그냥 넘겼다. 개중에는 진짜 억울한 놈이 있을지 모르니까.

다만 두만은 매일 출퇴근하는 길을 달리해 회사와 집을 오갔다. 누군가 미행을 하거나 어둠 속에 숨어서 그를 기다릴지 모른다는 생각에서였다. 집에 들어가는 순간에도 매번 아파트의 다른 동에 들러 미행 여부를 확인하고서야 집으로 향했다. 어둠 속에 숨어 있는 놈은 두렵지 않았지만 자신의 오만함 때문에 희령까지 위험에 빠뜨리고 싶지는 않았다.

그런데 이번엔 과거와는 조금 달랐다. 놈은 전화를 하지도, 뭔가를 보내오지도 않았다. 놈은 좀처럼 모습을 드러내지 않고 주변을 맴돌았다. 불쾌한 촉은 있는데, 흔적은 없었다. 마치 누군가 숨어서 진짜로 그를 노리고 있는 것처럼.

광수대장이 손가락 끝으로 책상 위 서류철을 규칙적으로 두드렸다. 두만은 망설이고 있었다. 과수요원이 되면, 잠복이나 수사 때문에 희령을 며칠씩 혼자 두는 일은 없어질 테니 지금보다 마음을 놓을 수 있을 것이다.

희령은 뭔가를 자주 잊었다. 가스 불을 켜놓은 채 깜빡하거나 평소 쓰던 물건들을 어디에 뒀는지 잊었다. 어제와 오늘을 헷갈려 했고, 심지어는 어제 누굴 만났는지조차 잊어버릴 때도 있었다. 처음에는 대수롭지 않게 여겼는데 시간이 지날수록 심해졌다. 마치 가벼운 치매처럼. 병원에서는 외상 후 스트레스 장애(PTSD)가 원인이라 했다.

두만이 과수요원이 되면 희령이 안정을 찾을 테고, 심리적인 문제를 해결하는 데 도움이 될 것이다. 게다가 두만은 사건 현장에서 증거를 찾아 범인을 검거하는 과수요원의 일이, 모가지를 직접 움켜쥐는 형사의 일보다 자신에게 더 잘 맞는다고 생각했다. 과학수사는 깔끔하게 승부가 나는 스포츠와 비슷한 면이 있었다.

두만의 대답을 재촉하듯 광수대장이 서류철을 두드리는 속도가 빨라졌다. 하지만 두만은 광수대장에게 사정을 내색할 수도, 생각을 털어놓을 수도 없었다. 어떻게 얘기하든 그에겐 두만이 협박에 졸아들어 강력계를 떠나겠다는 말로 들릴 게 분명했다. 두만은 최대한 무표정한 얼굴로 광수대장의 눈을 피하지 않고 마주 보았다. 두만의 눈빛을 읽었는지 서류철을 두드리던 그의 손가락이 멎었다. 광수대장은 낚싯줄을 재빠르게 되감았다.

"강 반장, 분위기 파악 좀 하자. 지난번 영등포에서 발생한 살인사건이 이상하다며? 심상치 않다며? 비슷한 사건이 또 발생할지 모른다며? 나 좀 살려주라. 그래야 너도 경감 달지. 경감부터는 정치가 필요한 거 알지? 너나 나나 큰 사고 없이 이번에 승진 좀 해보자."

승진. 광수대장이 다시 매력적인 미끼를 끼워 낚싯바늘을 던졌다. 영등포서 관할에서 발생한 살인사건을 광수대로 가져오자는 두만의 말을 뭉갠 건 그였다. 두만은 고개를 돌려 광수대장의 눈길을 피했다.

¤

거울 속의 두만은 한쪽 입꼬리가 올라간 어색한 미소를 짓고 있었다. 낚싯바늘에 걸려 딸려 올라가는 물고기 같은 표정이었다.

거울 모서리에 희령의 모습이 보였다. 흰 피부에 오뚝한 코, 붉은 입술, 무엇보다 지적으로 빛나는 눈. 희령의 눈이 그의 심장을 훑고 지나갔다. 그의 만두귀와는 어울리지 않는 깊은 눈을 가진 아내였다.

희령은 뭔가를 찾는 듯 계속 냉장고 주변을 두리번거리고 있었다. 그가 뒤를 돌아보았다.

"냉장고가 또 문제예요?"

"아뇨. 실력 있는 기사가 와서 새것처럼 고쳐줬어요."

"이번에도 또 물이 새면 새걸로 사요. 알았죠?"

"AS도 받았는데 괜찮겠죠."

"그럼, 무슨 일 있어요?"

"그게, 별건 아니에요."

"말해봐요."

희령의 얼굴이 조금 붉어졌다.

"쓰레기봉투를 어디다 뒀는지 모르겠어요. 버리려고 현관 밖에 내놓은 거 같은데, 없어요."

"아, 그것 때문이에요? 아까 담배 피우러 나가는 길에 버렸죠."

두만이 대수롭지 않다는 듯 대꾸했다.

"아, 그랬구나."

희령의 얼굴이 더욱 붉어졌다.

"어디 다른 데 둔 줄 알고 한참 찾았어요. 건망증이 심해진 건지 자꾸 깜빡깜빡해요."

희령은 자신의 기억을 믿지 못하는 것 같았다. 집 안 어느 구석에서 아직 쓰레기가 썩고 있을 거라 생각하는지 그녀는 미심쩍은 얼굴로 두리번거렸다.

"너무 스트레스받지 말아요. 다 우리가 나이를 먹어서 그래요. 난 통화하면서 핸드폰 찾은 적도 있잖아요."

"참, 위로가 되는 말이군요."

희령이 소리 없이 웃었다.

"오늘은 되도록 집에 있어요. 누가 와도 문 열어주지 말고. 택배도요."

"무슨, 일, 있어요?"

토막토막 끊어지는 말에서 불안한 희령의 마음이 느껴졌다. 두만은 아무 일도 아니라는 듯 대수롭지 않게 덧붙였다.

"아뇨, 일은. 내가 보는 세상이 좀 그렇잖아요. 이제 출근할게요."

뭔가 할 말이 남은 듯한 희령을 지나쳐 두만은 현관으로 향했다. 그가 현관문을 열고 돌아볼 때까지 희령은 같은 자리에서 있었다. 두만은 최대한 크고 환하게 미소 지었다. 희령도 따라 미소 지었다. 올라간 입꼬리와 달리 희령의 눈은 따라 웃지 못하고 있었다.

"오늘은 같이 저녁 먹을 수 있을 것 같아요. 촉이 그래요."

"매번 틀리는 촉이잖아요. 그런 촉으로 범인은 어떻게 잡는지 몰라."

그제야 희령의 눈이 따라 웃었다.

철컥, 두만의 등 뒤로 현관문이 닫혔다. 자동으로 디지털 도어록이 잠기는 소리가 연이어 들렸다. 그는 복도 천장의 동작감지 센서등이 꺼질 때까지 그대로 서 있었다. 잠시 후 집 안에서 희미하게 물소리가 들리기 시작했다. 희령이 쓰레기봉투 따윈 잊고 일상으로 돌아갔다는 신호였다.

두만은 허리를 숙였다. 천장의 센서등이 다시 켜졌다. 그는 센서등의 희미한 불빛에 의지해 현관문 주위를 살폈다. 그리고 차례로 바닥을 살폈다.

두만은 아침에 담배를 피우러 나가지도, 쓰레기봉투를 가져다 버리지도 않았다. 희령이 자신의 건망증을 걱정할까 봐, 아니면 혹시라도 다른 이유로 불안에 사로잡힐까 봐 둘러댄 거였다.

어떤 식의 스트레스도 그녀의 상태를 악화시킬 뿐이었다. 가뜩이나 희령은 이맘때가 되면 자신이 죽는 꿈을 자주 꾸었다. 옆구리를 칼로 찔리는 느낌이 너무 선명하다고 했다. 날이 밝을 때까지 깊은 잠을 자지 못할 때도 많았다.

두만은 자신의 주변을 불안하게 조여오는 '위협'을 희령이
모르길 바랐다. 그는 희령이 눈치채기 전에 자신을 향한 위협
을 제거하리라 마음먹었다.

두만이 손으로 바닥을 훑었다. 손에 묻어나는 물기는 없었
다. 불쾌한 냄새도 나지 않았다. 희령이 쓰레기봉투를 다른
곳에 두었거나, 어제와 오늘을 착각했을 수도 있다. 아니면
엘리베이터를 사이에 두고 마주 보는 802호의 친절한 노부
부가 새벽 운동을 나가는 길에 버려주었을 수도 있다. 두만은
802호의 초인종을 눌렀다. 아무도 없는지 현관문 너머에서
그가 누른 벨 소리만 어렴풋이 들렸다.

하지만 그게 아니라면? 만약, 희령의 건망증 때문이 아니라
면? 어제와 오늘을 착각한 것도 아니라면? 친절한 노부부의
선의 같은 건 애초에 없었다면? 희령이 현관 밖에 쓰레기봉
투를 내놓았고 누군가 일부러 가져간 거라면?

두만은 목덜미까지 솜털이 곤두섰다. 엘리베이터는 1층에
머물러 있었다. 누군가 엘리베이터를 타고 내려갔다면 쫓아
가기에는 늦었다.

그는 엘리베이터를 등지고 계단을 따라 올라가며 바닥을
살폈다. 엘리베이터 앞 센서등의 미약한 밝기는 뭔가를 찾기
에는 역부족이었다. 그가 계단참에 올라서자 그마저도 꺼져
버렸다.

계단참에 있는 먼지 낀 창문으로 새벽녘의 어슴푸레한 빛
이 스며들었다. 계단과 난간의 윤곽 정도를 겨우 알아볼 수
있는 정도였다. 그는 휴대폰의 플래시 앱을 켰다. 회색 페인
트 조각이 바닥에서 반짝거렸다. 오래된 벽에서 벗겨진 유성
페인트 조각이었다.

두만은 9층으로 올라가기 위해 돌아섰다. 그리고 두 계단
위에 떨어져 있는 무언가를 발견했다. 벗겨진 페인트 조각도
아닌, 뭔가 계단과는 어울리지 않는 이질적인 흔적.

두만은 휴대폰의 플래시를 가까이 가져갔다. 갈색과 은색
이 뒤섞여 있는 얇은 껍질이 계단에 점점이 떨어져 있었다.
땅콩껍질? 잘게 부서지지 않았고, 습기에 눅눅해지지도 않은
온전한 형태의 땅콩껍질이었다. 상태로 보아 그리 오래되지
않은 것 같았다.

두만은 땅콩껍질이 떨어져 있는 계단에 앉았다. 고개를 내
밀면 그의 현관이 보이는 위치였다. 누군가 어둠 속에 몸을
숨기고 그의 집을 지켜보고 있었다. 불규칙하게 심장이 뛰었
다. 섬뜩한 한기가 혈관을 타고 온몸으로 빠르게 번졌다. 놈
은 땅콩을 까먹으며 희령이 쓰레기봉투를 현관 밖에 내놓는
모습을 지켜보았을 것이다.

얼음물을 뒤집어쓴 것처럼 몸이 떨려왔다. 이제 위협은 더
이상 두만에게 한정된 것이 아니었다. 쓰레기봉투를 뒤지면

희령의 동선이 나올 것이다. 어느 마트에서 장을 보고, 어디에서 배달을 시켰는지 알게 될 것이다. 운이 나쁘면 그녀의 이름이나 휴대폰 번호까지 나올지도 모른다.

후우, 두만은 깊게 심호흡했다. 그는 긴장으로 굳어진 손을 주무르며 몇 번 더 심호흡을 했다. 정신을 차리고 생각해야만 했다.

두만은 지갑에서 명함을 꺼냈다. 흥분한 때문인지 명함을 들고 있는 손이 떨리고 있었다. 그는 명함으로 땅콩껍질을 한데 모았다. 대략 땅콩 대여섯 알 정도를 벗겨낸 양이었다.

그는 명함으로 떠낸 땅콩껍질이 날릴까 봐 숨을 멈췄다. 그리고 담뱃갑에서 벗겨낸 비닐 포장지에 쓸어 담았다. 만약 놈이 긴장한 채 맨손으로 껍질을 깠다면 DNA가 나올 것이다. 장갑을 꼈더라도 땅콩껍질을 까서 입에 넣었다면, 놈의 DNA가 장갑에 1차로 전이된 후 땅콩껍질에 2차 전이되었을 가능성도 충분했다.

두만은 어둠에 잠겨 있는 9층을 넘겨보았다. 어쩌면 놈은 현관이 아니라 아파트 옥상에서 쓰레기를 헤집고 있을지 모른다.

두만은 발소리를 내지 않고 계단을 뛰어올라갔다. 9층 천장의 센서등이 켜졌다. 두만은 센서등이 꺼지기 전에 층계참을 돌아 10층까지 뛰었다. 10층의 센서등이 켜졌다.

두만은 아직 불이 켜지지 않은 어둠 속에 놈이 숨어 있기를 바랐다. 숨어 있다 자신을 노리길 바랐다. 희령이 모른 채 이 모든 걸 조용히 끝낼 수 있도록.

그가 10층을 지날 때, 1층에 있던 엘리베이터가 움직이기 시작했다. 마음이 급해졌다. 놈이 옥상에서 작업을 끝내고 18층 엘리베이터 버튼을 눌렀는지도 모른다.

놈이 엘리베이터를 타기 전에 잡을 수 있을까? 엘리베이터의 위치를 가리키는 붉은색 숫자가 1에서 2로, 2에서 3으로 빠르게 바뀌어갔다.

두만은 망설이다 10층 엘리베이터의 하향 버튼을 눌렀다. 엘리베이터가 올라가는 중간에 멈추면 놈은 혹시라도 마주칠지 모르는 목격자를 피하기 위해서 엘리베이터에 타지 않을 것이다. 만약 놈이 비상계단으로 내려오고, 두만이 엘리베이터를 타고 올라간다면 확인할 수 없는 틈이 생긴다. 엘리베이터보다 빨리 올라가거나 놈이 엘리베이터를 타고 내려오는 걸 잡아채야 했다.

두만은 다시 뛰었다. 11층 센서등이 켜졌다. 그는 11층 엘리베이터의 하향 버튼을 눌렀다. 이렇게 하면 엘리베이터는 내려가는 층마다 멈출 테고, 설령 두만이 18층에 도착하기 전에 놈이 엘리베이터를 탄다 해도 1층에 도착하기 전에 따라잡을 수 있을 것이다. 12층 불이 켜졌을 때, 엘리베이터는

5층을 지나고 있었다. 두만은 다시 엘리베이터의 하향 버튼을 누르고 13층을 향해 뛰었다. 13층의 불이 켜졌고, 그는 확인하듯 몇 번이나 엘리베이터의 버튼을 빠르게 눌렀다.

엘리베이터는 한 번도 멈추지 않고 올라와 벌써 9층을 지나고 있었다. 두만은 14층, 15층을 지나 16층까지 단숨에 뛰어올라갔다. 그가 지날 때마다 천장의 센서등이 차례로 켜졌다. 두만은 올라가는 층마다 엘리베이터의 버튼을 눌렀다. 두만이 16층에 도착했을 때 엘리베이터는 이미 그를 지나쳐 17층에 있었다. 이제 남은 건 18층뿐. 어쩌면 두만의 예상대로 18층에 놈이 있을지도 모른다.

두만은 17층 엘리베이터의 하향 버튼을 누른 채 가쁜 숨을 몰아쉬었다. 숨을 들이마실 때마다 휘파람 소리가 났고, 허벅지 근육이 터질 것 같았다. 모든 게 운동을 하던 옛날 같지는 않았다.

18층에서 엘리베이터 문이 열리는 소리가 들렸다. 두만은 17층에서 놈을 기다렸다. 놈이 엘리베이터를 탄다면 17층 문이 열리는 순간, 잡아채면 된다. 반대로 놈이 타지 않았다면 한 층만 뛰어올라가 잡으면 된다. 18층 엘리베이터 문이 닫히는 소리가 들리고 층을 가리키는 숫자가 17로 바뀌었다. 이제 놈에게 남은 길은 없다. 토끼몰이다.

엘리베이터가 17층에 멈췄다. 문이 양쪽으로 벌어지는 좁은 틈으로 검은색 바지가 보였다. 잡았다. 두만은 왼손으로 엘리베이터의 문을 잡고, 옆으로 돌아서서 놈의 습격에 대비했다. 놈의 옷자락만 먼저 움켜잡을 수 있다면 게임은 끝이다.

문이 천천히 열렸다. 두만은 한 박자 기다렸다 사납게 팔을 뻗었다. 공격은 없었다. 검은색 등산복 바지를 입은 남자가 엘리베이터 벽에 기대 있다가 놀라 몸을 옆으로 틀었다. 몇 번쯤은 마주친 얼굴이었다.

"미안, 합니다."

두만이 놀란 얼굴의 남자에게 사과했다. 거친 호흡 때문에 말과 말 사이에 간격이 벌어졌다.

"……먼저 가시죠."

두만은 잡고 있던 문을 놓았다. 엘리베이터 문이 닫혔다. 그의 휘파람 섞인 숨소리만 계속됐다.

두만은 무거운 발걸음으로 옥상을 향해 천천히 계단을 올라갔다. 16층에서 엘리베이터 문이 열리는 소리와 함께 18층 남자의 짜증 섞인 투덜거림이 들려왔다.

옥상 출입문은 잠겨 있지 않았다. 문을 열자 거센 바람이 그를 훑고 지나갔다. 땀구멍을 통해 스며 나온 물기가 한순간에 말랐다.

경사진 지붕을 빼면 서너 평 남짓한 옥상이었다. 한눈에 봐도 몸을 숨길 만한 곳은 없었다. 검은색 비닐봉지가 스테인리스 난간에 걸려 펄럭거렸고, 녹색 방수페인트가 군데군데 벗겨진 바닥 위에 흙먼지와 종잇조각 같은 쓰레기들이 바람을 따라 소용돌이치고 있었다.

옥상 한쪽, 요란하게 돌아가는 환풍기 밑에 쓰레기봉투가 엉성하게 세워져 있었다. 두만이 건너편 아파트를 빠르게 훑었다. 목격자가 있을까?

오래된 아파트라 동과 동 사이의 간격이 넓었다. 게다가 아직 어두웠다. 설령 건너편에서 누군가 이쪽을 보았다고 해도 용의자를 특정할 만한 구체적인 증언이 나오기는 어려웠다.

두만은 바닥에 맴도는 쓰레기를 움켜쥐었다. 아마도 쓰레기봉투의 비어 있는 부분만큼 이미 바람에 날렸을 것이다. 손에 종잇조각과 마른 낙엽이 잡혔다. 손가락 사이로 삐져나온 종잇조각은 영수증이었다. 두만은 영수증에 찍힌 상호명만 보고서도 자신의 카드 영수증이라는 걸 바로 알았다. 당직이 끝나면 자주 가서 아침을 먹던 24시간 해장국집이었다.

두만의 표정이 일그러졌다. 희령을 위험하게 만들었다는 자책감이 심장을 쥐어짜듯 조여왔다.

보통 이런 경우에 어떻게 하지? 신고를 해야 하나? 두만은 왼손에 쥐고 있는 휴대폰을 찾으려고 오른손으로 허둥지둥 주머니를 더듬었다. 그리고 곧, 왼손에 휴대폰을 쥐고 있다는 걸 깨달았다. 당황하지 말자, 나는 형사다. 냉정하게 생각해

보면 쓰레기봉투가 옥상에 풀어헤쳐져 있다는 사실만으로는 신고해도 접수조차 되지 않을 공산이 컸다. 절도든, 살인이든, 납치든 일단 사건이 터져야 움직이는 게 경찰이니까.

두만은 환풍구와 지붕의 경사면이 만나서 직각으로 꺾이는 부분에 쓰레기봉투를 뒤집어 쏟았다. 소용돌이치는 바람이 벽에 가려지는 곳이었다.

집 앞 상가에 있는 마트의 상호가 인쇄된 영수증, 같은 마트의 농산물 포장지에 붙어 있던 날짜와 품목이 인쇄된 스티커, 버스 정류장 근처에 있는 카페의 영수증, 치킨집 전화번호가 인쇄된 나무젓가락 포장지, 희령이 졸업한 대학의 주차비 영수증, 물이 줄줄 흐르던 냉장고 때문에 출장 온 AS 기사의 명함, 파란색 도트 무늬가 그려진 깨진 머그컵, 휴지 조각들과 머리카락 뭉치, 새것 같은 붉은색 실내 슬리퍼 한 짝.

두만은 며칠 전 실내화 한 짝을 잃어버렸다고 집 안을 뒤지던 희령을 떠올렸다. 그는 희령이 슬리퍼 한 짝을 못 찾아서 나머지 한 짝을 버린 건지, 한 짝을 버려서 못 찾은 건지 알 수 없었다. 어느 쪽이든 상관은 없었지만.

쓰레기봉투 안에 희령에 대한 구체적인 정보는 없었다. 하지만 놈이 무엇을 가져갔는지 모르는 데다, 이 정도 정보만 가지고도 희령이 현관문을 열도록 만들기에는 충분했다. AS 기사를 사칭하거나 마트의 배달 사원이라고 하면 아무 의심

없이 문을 열어줄 테니까.

희령을 집에 있게 해서는 안 된다. 그런데 어디로? 두만은 희령의 주변 사람 중에 믿을 만한 사람이 떠오르지 않았다. 희령은 부모가 없었고, 사교적이지 않았고, 서울에는 먼 친척조차 없었다.

두만은 희령에게 전화를 걸었다. 신호음이 계속됐지만 받지 않았다. 또 벨 소리를 듣지 못하는 것 같았다. 연결음이 끊기고 음성사서함으로 넘어갈 무렵 희령이 전화를 받았다.

"어쩐 일이에요?"

"혹시, 잠시 가 있을 만한 곳 있어요?"

"무슨 일…… 있어요?"

희령이 불안한 목소리로 되물었다.

"사건이 터졌어요. 며칠 못 들어갈 것 같아서요."

"또 촉이 빗나갔군요. 난 괜찮아요."

"괜찮지 않아요. 혼자 둘 수 없어서 그래요."

두만의 심각한 목소리 때문인지 희령은 한참 동안 대답하지 않았다.

"……위험한 사건이에요?"

희령이 간신히 되물었다. 대답할 말이 없었다. 나보다 당신이 더 위험하다고 말할 수는 없었다.

"내가 위험한 게 아니라, 그냥 위험한 놈이 돌아다녀요."

"알았어요. 알아볼게요."

희령이 밝아진 목소리로 대답했다.

"꼭 알아봐요. 짐도 싸놓고요."

"알았어요. 알아볼게요."

희령은 같은 말을 되풀이했다. 아마 말뿐일 거다.

"오후에 잠깐 들를게요. 그때까지 집에 있어요. 누가 와도 문 열어주지 말고요. 알았죠?"

"아침부터 이상하네. 진짜 별일 없는 거죠?"

"그럼요."

전화를 끊었다. 두만은 지금까지 자신이 잡아넣은 놈들의 얼굴을 차례로 떠올려보았다. 하나같이 좋은 인상은 아니었다. 하지만 그렇다고 유독 기억나는 얼굴이 있는 것도 아니었다. 희미해진 과거 기억까지 소급해도 자신을 찾아올 만큼 대담한 놈은 떠오르지 않았다.

두만은 어쩌면 자신이 잡았다 풀어준, 얼굴조차 기억나지 않는 용의자들 중에 놈이 있을지 모른다는 생각이 들었다. 그가 지금까지 조서를 꾸민 용의자와 참고인 모두를 수사 대상에 두어야 했다. 단서가 없을 때 형사들이 하는 전형적인 삽질이었다. 하지만 지금으로서는 뾰족한 방법이 없기도 했고, 삽질을 하다 보면 잊고 있었던 뭔가가 떠오를지도 모른다고 생각했다.

두만은 휴대폰의 카메라 앱을 켰다. 그리고 과학수사요원처럼 바닥에 쏟아놓은 쓰레기의 사진을 순서대로 찍었다. 현장감식을 하듯 전체부터 찍고, 개별적으로 하나하나 찍었다. 영수증부터 슬리퍼, 명함, 마트 스티커, 젓가락 포장지, 머리카락 뭉치, 반듯하게 접힌 종잇조각까지 빼놓지 않았다.

두만은 반듯하게 접힌 종이를 찍고 나서 카메라에서 시선을 떼지 않은 채 한 손으로 종잇조각을 펼쳤다. 여섯 개의 숫자가 희령의 필체로 적혀 있었다. 급하게 받아 적었는지 한쪽으로 기울어지고 정돈되지 않은 글씨였다. 흘려 쓴 탓에 숫자가 6인지 0인지, 7인지 1인지조차 구분이 되지 않았다.

찰칵, 사진이 찍혔다. 구겨진 종이의 귀퉁이를 잡고 있던 탓에 두만의 손가락도 함께 찍혔다. 두만은 그제야 자신이 장갑도 없이 그 모든 걸 맨손으로 만졌다는 걸 깨달았다. 과학수사요원뿐만 아니라 형사로서도 자격이 없었다.

두만은 쓰레기들을 다시 봉투에 담았다. 어차피 자신의 집에서 나온 쓰레기라 그의 지문이나 DNA가 나온다고 해도 오염된 증거물이라고 법정에서 배척되지는 않을 것이다. 그는 그렇게 스스로를 위로했다. 두만은 소매 끝을 늘여서 쓰레기 봉투를 쥐었다. 더 이상 자신이 놈의 흔적을 훼손하지 않도록.

선우현 팀장이라면 쓰레기 더미 속에서 뭔가 의미 있는 걸 찾아낼 수도 있을 것이다.

2

구름이 몰려오는 위성사진이 TV 화면을 가득 채웠다. 기상 캐스터는 오늘 밤부터 가을장마가 시작될 거라며 비 피해에 각별히 주의하라고 당부했다.

서연은 지도 위를 뒤덮은 구름보다 기상캐스터가 입은 작은 언더블라우스가 더 신경 쓰였다. 단추가 금방이라도 터질 것 같았다.

기상캐스터의 위태로운 단추 덕분에 서연은 집에서 나올 때 잊지 않고 우산을 챙길 수 있었다. 오늘 아침의 일이었다.

밤부터 장마가 시작될 거라는 예보대로 퇴근 무렵부터 비 구름이 낮게 깔렸다. 서연은 마치 위성사진을 밑에서 올려다 보고 있는 기분이었다. 이른 저녁이 물기에 젖어 들고 있었다. 사람들은 반쯤 습기에 젖은 눅눅한 모습으로 횡단보도를 건넜다. 스카프를 비틀어 짜면 물기가 떨어질 것 같았다.

서연은 서둘러 걸음을 옮겼다. 비가 오기 전에 집에 도착하고 싶었다. 어떤 두려움도 없이 따뜻한 물에 샤워를 하고 깊은 잠에 빠져들고 싶었다.

서연은 버스에서 내려 횡단보도의 신호가 바뀌길 기다렸다. 신호가 초록색으로 바뀌자 그녀는 빠른 걸음으로 길을 건넜다. 횡단보도 건너편에 검은색 야구 모자를 쓴 남자가 가만히 서 있었다. 바쁘게 움직이는 사람들 틈이라 멈춰 있는 남자는 더 도드라져 보였다. 서연은 본능적으로 남자를 피해 대각선으로 걸음의 방향을 틀었다. 남자가 사진을 찍는 것처럼 휴대폰을 눈높이로 들어 올렸다. 카메라의 시선이 그녀를 쫓아오는 것 같았다. 서연은 카메라 반대편으로 고개를 돌렸다.

찰칵. 셔터 소리였을까? 소리에 반응해 고개를 돌린 순간 모자 쓴 남자와 눈이 마주쳤다. 모르는 얼굴이었다. 서연은 도로 한가운데 멈춰 섰다. 그리고 무기라도 되는 듯 긴 우산의 손잡이를 움켜쥐었다. 모자 쓴 남자는 신호가 바뀌었다는 걸 그제야 알았다는 듯 길을 건넜다. 서연은 남자를 따라가 사진을 찍었냐고 확인하고 따질 만큼의 용기가 없었다. 그녀는 그저 자신의 옷매무새를 확인할 뿐이었다.

서연은 다시 횡단보도를 건넜다. 자신을 찍은 게 아니라고, 너무 예민한 탓이라고 스스로 생각했다.

서연은 스타벅스를 지나고 올리브영을 지나는 동안 몇 번이나 뒤를 돌아보았다. 그녀는 등 뒤에 무리 지어 있는 익명의 사람들을 빠르게 훑었다. 그녀가 아는 사람은 없었다. 팽팽하던 긴장이 다소 누그러졌다. 긴 우산 끝으로 보도블록을 찍으며 걸었다. 탁, 탁, 규칙적인 소리가 났다. 서연은 뭐라도 손에 쥐고 있어서 다행이라고 생각했다.

애정이 집착으로 변하고, 다시 폭력으로 변하는 건 순식간의 일이었다. 그녀는 5년 전 이별을 했다. 그리고 1년 넘게 스토킹에 시달렸다. 전 남자 친구인 도훈은 시도 때도 없이 전화를 했고, 찾아왔고, 기다렸고, 따라왔다.

스토킹 신고를 해도 도훈은 십만 원 안쪽의 가벼운 벌금만 내면 그만이었다. 서연이 접근금지 가처분 신청을 받아내자 그는 100미터 밖에서 그녀 주변을 맴돌며 영역표시를 하듯 흔적을 남겼다. 그는 가까이 다가와 위협하지 않았지만 그래서 더 두려웠다. 그는 법이 정한 테두리 밖에서 날 선 눈빛으로 찌를 듯 그녀를 노려보았다. 마음만 먹으면 언제든 그 선을 넘을 수 있다는 듯이. 법이 정한 테두리는 그녀를 지켜주는 울타리나 성벽이 되지 못했다. 결국 서연은 전화번호를 바꿨고, 직장을 그만두었고, 이사를 했다. 그리고 이름을 바꿨다. 그래도 불안했고, 자주 뒤를 돌아보았다.

다른 이름으로, 다른 곳에서 새로운 사람들과 섞이면서 스토킹에 대한 공포는 차츰 옅어졌다. 때로는 공포의 시간을 잊어버릴 만큼.

비가 한 방울씩 떨어졌다. 사람들의 발걸음이 빨라졌다. 서
연은 스카프를 두른 목덜미 안쪽에 벌레가 기어 다니는 듯한
느낌을 받고 몸서리를 쳤다. 익숙한 감각이었다. 목덜미에 누
군가의 시선이 닿는 느낌. 공포가 스멀스멀 되살아났다. 우산
을 쥐고 있던 손에 힘이 들어갔다.

서연은 걸음을 멈추고 뒤를 돌아보았다. 다가오는 사람들
속에서 그녀는 도훈을 찾았다. 도훈은 물론, 낯익은 얼굴조차
없었다. 불안장애가 재발한 걸까? 서연은 자신을 믿을 수 없
었다. 목덜미에 느껴진 시선은 자신의 불안이 만들어낸 환각
이라고 애써 생각했다. 서연은 되도록 빨리 집으로 돌아가 축
축하게 젖은 몸을 말리고 싶었다. 오늘은 약을 먹어야 할지도
모른다.

그 순간 서연은 스타벅스 앞을 지나 자신을 향해 걸어오는
모자 쓴 남자를 보았다. 조금 전 서연이 횡단보도를 건널 때
반대편으로 길을 건너던 남자였다. 아까 그가 횡단보도를 온
전히 건넜다면 걸어오는 방향이 맞지 않았다. 반사적으로 팔
에 소름이 돋았다. 모자를 쓴 남자가 그녀의 시선을 피해 고개
를 숙였다. 검은색 야구 모자에 프린트된 흰색 Y 자가 선명하
게 보였다. 서연은 가슴이 답답해지고 숨이 쉬어지지 않았다.

그녀는 어깨에 멘 에코백을 움켜쥐고 눈앞에 보이는 편의

점을 향해 무작정 뛰었다. 뒤통수를 잡아끄는 느낌 때문에 뒤를 돌아볼 수조차 없었다. 문을 열고 편의점의 환한 불빛 속에 들어서자 서연은 조금 안심이 되었다. 여전히 가슴이 답답했지만 숨은 쉴 수 있게 되었다.

모자를 쓴 남자는 그녀를 따라온 것이 아니라 자신의 목적지를 향해 걸어가는 중이었을 것이다. 남자는 횡단보도를 건너다 지갑이나 중요한 뭔가를 두고 온 것이 생각나 다시 집으로 돌아가던 중인지도 모른다. 서연은 그 남자에 대한 두려움이 그저 자신의 불안장애의 한 증상일 뿐이라고 되새겼다.

서연은 즉석 라면이 빼꼭한 선반 사이를 지나며 눈으로는 편의점 창밖을 살폈다. 모자 쓴 남자가 바쁘게 편의점 앞을 지나가 그가 원하는 것을 찾길 바랐다.

그녀는 손에 잡히는 대로 즉석 라면을 꺼내 계산대에 내밀었다. 배가 고프지 않았지만 편의점에서 한동안 있으려면 라면이 적당했다. 그녀는 에코백에서 카드를 꺼내 계산했다.

라면의 비닐 포장을 벗기고 스프를 넣을 때까지 야구 모자를 쓴 남자는 지나가지 않았다. 서연은 머릿속으로 모자를 쓴 남자의 위치를 가늠해보다 고개를 흔들어 생각을 지웠다. 자신이 진짜 환자 같다는 생각이 들었다.

라면 용기에 뜨거운 물을 붓고 뚜껑을 덮은 뒤 나무젓가락을 올려놓았다. 라면이 익는 4분 동안 그녀는 불안장애 환자가 아닌 보통의 사람들처럼 휴대폰이나 창밖을 멍하니 보리라 마음먹었다.

창밖을 지나던 사람들이 누가 먼저라고 할 것도 없이 우산을 펼쳤다. 빗방울이 굵어지는 모양이었다. 서연은 우산에 가려진 사람들 사이에 모자 쓴 남자가 숨어 있는 것 같아 불안했다. 그녀는 고개를 숙였다. 보지 않으면 근거 없는 불안도 사그라들 것이다. 서연은 나무젓가락으로 익지 않은 면발을 휘저었다. 시간은 더디기만 했고 4분은 쉽게 지나가지 않았다.

그때였다. 누군가의 시선이 느껴진 것은. 서연이 고개를 들었다. 유리창 너머에 검은색 야구 모자를 쓴 남자가 비를 맞으며 서 있었다. 우산을 쓰고 어디론가 흘러가는 사람들의 무리 속에서 비를 맞으며 혼자 멈춰 편의점 안을 보고 있는 남자. 서연은 다리가 후들거려 똑바로 서 있을 수조차 없었다. 그녀는 남자의 시선을 피해 익어가는 라면만 보았다. 숨을 쉴 수 없었고, 토할 것처럼 속이 메슥거렸다. 모자 쓴 남자는 그녀를 보고 있었다. 환각이 아니었다. 서연은 들고 있던 우산을 꼭 쥐었다.

남자가 편의점의 문을 밀고 들어섰다. 우산을 쥐고 있는 서연의 손이 눈에 띄게 덜덜 떨렸다. 그녀는 처음 보는 남자가 무작정 두려웠다.

서연은 라면의 면발을 휘저으면서 편의점 유리창에 비친

모자 쓴 남자의 모습을 좇았다. 고개를 돌려 남자의 실체와 마주할 용기는 없었다. 머리가 아파왔고, 정신을 잃을 때처럼 아득한 느낌이 계속됐다.

유리창에 비친 남자는 편의점 안을 둘러보고는 계산대 앞에 있는 우산을 집어 들어 계산했다. 현금을 내고 거스름돈을 기다리는 동안 남자는 두리번거리며 편의점 안을 살폈다. 유리창에 비친 남자와 서연의 눈이 잠깐 마주쳤다. 서연은 라면의 면발을 집어 올려 입바람을 불었다. 그녀는 면발을 식히는 척 길게 숨을 뱉어내며 몽롱해지는 정신을 잃지 않기 위해 규칙적인 호흡에 집중했다.

모자 쓴 남자는 점원이 내민 천 원짜리 두어 장을 아무렇게나 받아 바지 주머니에 쑤셔 넣었다. 서연은 남자의 시선을 의식해 식은 면발을 입 안에 넣었다. 남자는 서연 쪽은 보지도 않고 편의점에서 나갔다. 남자가 나가고 나서야 그녀는 입에 있던 면발을 뱉어냈다. 탁, 서연이 들고 있던 우산이 바닥을 치며 쓰러졌다.

남자는 우산을 쓰고 편의점의 창문을 가로질러 사람들 속으로 사라졌다.

서연은 숨을 편하게 쉴 수 있을 때까지, 라면이 불어서 못 먹을 정도가 될 때까지 그대로 있었다. 창밖은 어두워졌고, 비는 더 많이 내렸다.

모자 쓴 남자는 다시 보이지 않았다. 서연은 자신의 불안장애가 재발했다는 걸 스스로 인정할 수밖에 없었다. 남자는 기상캐스터의 터질 것 같았던 단추를 보지 못한 게 분명했다. 그래서 그는 빗방울이 떨어지자 우산을 사기 위해 가던 길을 되돌아 편의점에 들어왔을 뿐이다.

서연은 불은 라면을 음식물 쓰레기통에 쏟아버리고 편의점을 나왔다. 그녀는 들고 있던 우산을 폈다. 우산이 펼쳐진 크기만큼 사람들과의 거리가 생겼고 딱 그만큼 불안감도 줄어들었다.

서연은 집으로 가는 동안 끊임없이 주변을 살폈다. 멈춰 있는 모든 것들이 의심스러웠다. 멈춰 서서 휴대폰으로 통화를 하는 사람이 보이면 불안했고, 비상등을 켜놓은 채 서 있는 차를 보면 호흡이 가빠졌다. 불안장애 때문일 뿐 실제로는 위험하지 않다는 걸 알면서도 어쩔 수 없었다.

서연은 의도적으로 걸음을 빨리하거나 갑자기 늦추면서 멈춰 있는 것들을 경계했다. 치마 끝이 비에 젖어 걸을 때마다 다리에 감겼다.

번화가를 지나 주택가 이면도로로 들어올 때까지 특별한 무엇은 없었다. 뒤를 돌아보아도 같은 색깔의 우산이 계속 따라오지는 않았다.

서연은 이면도로 한쪽 편에 일렬로 주차되어 있는 차량을

피해 멀찌감치 떨어져서 걸었다. 갑자기 차 문이 열리고 누군
가 튀어나올 것만 같아 불안했다.

골목이 깊어질수록, 번화가에서 멀어질수록 집들의 창문
크기와 개수가 줄어들었다. 그만큼 불빛도 줄어 골목은 점점
더 어두워졌다. 서연은 새삼스럽게 창문의 크기와 개수가 집
값과 비례한다는 생각을 했다. 과거 영국에서처럼 창문의 개
수에 따라 세금을 매기는 것도 나름 합리적이라는 생각마저
들었다.

집이 가까워지면서 재개발로 이주가 끝나 비어 있는 집들
이 드문드문 보이기 시작했다. 늦은 시간이 아닌데도 인적이
끊어졌다. 서연은 무서워하기보다 오히려 안심했다. 방향이
같다는 이유로 그녀의 뒤를 따라오는 사람이 있다는 건 상상
조차 하기 싫었다.

서연이 사는 빌라는 야트막한 언덕배기에 있었다. 그녀는
재개발지구에 날림으로 지은 빌라의 3층에 살았다. 모두가
돌아오는 저녁 시간인데도 빌라의 창문은 이빨 빠진 노인의
입 안처럼 대부분 불이 꺼져 있었다.

서연은 빌라의 유리로 된 현관문을 밀고 들어섰다. 언덕 위
에 지어져 있는데도 빛이 들지 않아서인지 빌라에서는 쿰쿰
한 지하실 냄새가 났다.

그녀는 우산을 접어서 대충 물기를 털어내고 에코백에서

휴대폰을 꺼내 카메라 조명을 켰다. 센서등이 고장 나 불은 2층에서 3층으로 올라가는 계단에만 켜졌다.

서연은 계단을 올라갔다. 우산이 바닥을 찍는 소리가 계단에 울렸다. 그녀가 계단참을 돌아 2층으로 올라갈 때 어느 집에선가 희미하게 TV 소리가 들렸다. 혼자가 아니라는 생각에 안도했다.

2층에서 3층으로 올라가는 계단에서도 센서등이 켜지지 않았다. 이것마저 고장 난 것이 분명했다. 구두 바닥에 얇은 유리 조각이 밟혀 부서지는 소리가 났다. 카메라 조명에 바닥의 물기와 유리 가루가 반사돼 반짝거렸다.

서연은 우산을 벽에 기대 세워놓고 에코백에서 현관 열쇠를 찾아서 꺼냈다. 자물쇠는 두 개였다. 찰칵, 그녀는 자물쇠 하나를 돌려서 열고, 다른 하나에 열쇠를 꽂아 넣었다. 그녀는 불현듯 바닥의 유리 조각과 물기가 두려워지기 시작했다. 비가 오기 시작한 건 불과 20여 분이 지나지 않았고 조금 전 밖에서 볼 때 4층 창문의 불은 전부 꺼져 있었다. 잠을 자기에는 이른 시간이었다. 서연은 조금 전 밟은 유리 조각이 깨진 센서등의 파편일지 모른다는 생각이 들었다.

그녀의 손이 떨렸다. 카메라 조명으로 4층으로 올라가는 계단을 비췄다. 빛이 출렁거렸다. 계단 바닥에는 우산에서 흐른 것 같은 물기가 4층으로 이어져 있었다. 그리고 갈색과 은색이 섞인 뭔가의 껍질이 떨어져 있었다. 땅콩껍질? 껍질은 계단을 따라 여기저기 흩어져 있었다. 다행히 인기척은 없었다. 하지만 서연은 벌써 다리가 후들거리고 손이 떨려 열쇠를 제대로 돌리지 못할 정도였다.

찰각, 열쇠가 돌아가고 자물쇠가 열렸다. 서연은 어서 안전한 집으로 들어가 두꺼운 철문을 닫고 위협적인 세상과 단절되고 싶었다. 그녀는 너무 피곤했고, 지쳤고, 두려웠다.

서연이 현관문의 손잡이를 돌리는 순간, 계단에서 인기척이 느껴졌다. 그녀는 돌아볼 수조차 없었다. 문을 열고 들어가 급하게 문을 닫았다. 현관 천장의 센서등이 켜졌다. 서연은 힘을 주어 현관문을 닫았다. 하지만 뭔가에 걸렸는지 문은 끝까지 닫히지 않았다. 벽에 기대놓은 우산이 바닥에 쓰러지는 소리가 들렸다. 서연은 현관 거울에 비친, 공포에 질린 자신의 얼굴 뒤에 있는 하얀색의 선명한 Y 자 로고를 보았다. 벌어진 현관문 틈으로 야구 모자를 쓴 남자가 자신을 무표정하게 보고 있었다.

서연은 온 힘을 다해 문을 닫았지만 이미 모자 쓴 남자의 손이 그녀의 목을 움켜쥔 뒤였다. 남자가 그녀의 목을 쥐고 눌렀다. 서연은 목뼈가 부러질 것 같은 고통에 저항조차 할 수 없었다. 비명을 질렀지만 소리가 돼서 입 밖으로 나오지는 않았다. 점점 다리의 힘이 풀렸고, 의식이 사라져갔다. 남자는 그때까지 아무 말도 없었다.

서연은 횡단보도에서 처음 마주친 남자가 왜 자신의 목을 조르는지 알 수 없었다. 또 처음 마주친 남자가 어떻게 자신보다 먼저 집 앞에 와서 기다리고 있는지도 이해할 수 없었다.

목을 조르는 남자의 손을 떼기 위해 안간힘을 쓰던 서연의 손이 툭, 떨어졌다.

서연은 바늘 수십 개를 목에 쑤셔 넣는 듯한 통증을 느꼈다. 아직 의식이 온전치 않아 모든 게 흐릿했는데도 통증만큼은 또렷했다. 그녀는 모자 쓴 남자가 자신의 목을 움켜잡았던 걸 기억해냈다. 목이 부러졌나? 소리를 내보려고 했지만 입 안에 가득 찬 뭔가에 막혀 신음조차 제대로 나오지 않았다.

서연은 눈을 살짝 떴다. 원목 무늬로 프린트된 비닐 장판이 보였다. 자신의 방이었다. 그녀는 자신이 뒷짐을 진 채 바닥에 엎드린 자세로 있다는 걸 깨달았다. 옷매무새를 확인하려고 턱을 당기자 극렬한 통증 때문에 숨조차 쉴 수 없었다. 저절로 눈물이 흘렀다. 옷은 퇴근할 때 그대로였고, 블라우스의 단추도 모두 채워져 있었다.

서연은 손을 움직여보려고 했지만 꼼짝할 수 없었다. 양 손목이 단단히 묶여 있었다. 힘을 주자 가는 줄이 살 속을 파고들었다. 통증, 다행히 몸이 마비된 건 아니었다. 발목 역시 묶여 있어 움직일 수 없었다. 그녀는 목이 부러진 것 같은 통증 때문에 고개조차 마음대로 돌릴 수 없었다. 서연은 자신의 몸이 나무토막 같다고 느꼈다.

등 뒤에서 서랍을 여는 소리, 옷가지 같은 가벼운 것들이 바닥에 떨어지는 소리, 싱크대의 문을 여닫는 소리, 유리그릇이 부딪치는 소리 등이 차례로 들렸다. 남자는 뭔가를 찾고 있었다. 집은 넓지 않았고 이렇게 오랫동안 찾을 만한 값나가는 물건도 없었다. 재개발구역으로 지정된 동네의 빌라에 혼자 사는 여자가 그런 걸 가지고 있을 리 없었다. 그래도 남자는 멈추지 않고 계속 집 안을 뒤졌다.

띵, 띵, 냉장고에서 경고음이 울렸다. 이어서 냉장고 문을 닫는 소리가 들렸다. 뭘 찾는 걸까?

침대의 스프링이 튀는 소리와 함께 천을 찢는 소리가 들려왔다. 남자가 침대의 매트리스를 찢어서 무언가를 확인하고 있었다.

서연은 남자가 원하는 것이 무엇이든 빨리 찾아서 나가길 바랐다. 원한다면 직접 찾아주고 싶을 만큼 빨리 그가 떠나길 바랐다.

바닥에 책과 종이 뭉치가 떨어지는 소리가 들렸다. 그리고 병이 깨지는 소리와 함께 화장품의 익숙한 향기가 났다.

서연은 남자가 찾는 것이 궁금했다. 이렇게까지 집요하게 찾을 정도로 중요한 것이 자신에게 있다는 게 믿기지 않았다.

옷가지들이 찢어지고 바닥에 떨어지는 소리가 난 뒤, 뭔가를 두드리는 무겁고 둔탁한 소리가 들렸다. 아마도 소리를 감추기 위해 천으로 뭔가를 감싸 내려치는 것 같았다.

퍼석, 뭔가가 깨졌다. 잠시 후 남자는 다시 뭔가를 두드렸고, 다시 깨지는 소리가 들렸다. 소리는 같은 패턴으로 계속됐다. 서연은 소리가 멈추고 나면 다음은 자신의 차례가 될 것만 같았다. 그녀는 소리가 계속되기를 바랐다.

뭔가가 깨지는 낮은 소리가 들린 뒤, 한동안 아무 소리도 들리지 않았다. 그리고 남자의 발걸음 소리가 가까워졌다. 서연은 숨을 멈췄다.

똑똑, 남자는 노크하듯 바닥을 두드렸다. 서연은 폐가 터질 것 같았지만 숨을 내쉴 수 없었다. 다시 똑똑, 바닥을 두드리는 소리가 들렸다. 이번에는 조금 떨어진 곳에서 들렸다. 서연은 천천히 숨을 내쉬었다.

발걸음 소리와 함께 벽과 바닥을 두드리는 소리가 연이어 들렸다. 남자가 찾는 게 대체 뭘까. 혹시, 마약? 영화 같은 데서나 봤던 일이었다. 그가 착각한 게 아닐까? 서연은 아무리 생각해도 남자가 자신의 집을 이렇게까지 뒤지는 이유를 알 수 없었다.

남자가 화장실 천장을 확인하는 소리가 난 뒤, 변기의 수조

뚜껑이 타일에 부딪치는 소리가 들렸다. 그리고 모든 소리가 멈췄다.

서연은 뜨고 있던 눈을 감았다. 남자의 발소리가 바닥을 타고 점점 커졌다. 그는 방바닥부터 거실 벽, 화장실 천장까지 집 안의 모든 곳과 모든 것을 뒤졌다. 이제 남은 것은 딱 한 군데뿐이었다. 서연 자신이었다.

그녀는 숨을 멈췄지만 심장이 뛰는 것까지 숨길 수는 없었다. 심장 뛰는 소리가 남자의 발소리보다 크게 들렸다. 머리맡에서 남자의 발소리가 멈췄다.

남자의 시선이 목덜미를 타고 하반신으로 옮겨가는 것이 느껴졌다. 벌레가 몸 위를 기어가는 듯한 징그러운 감각이었다.

남자가 서연의 팔을 잡고 몸을 돌렸다. 서연은 눈을 감은 채 뜨지 않았다. 묶여 있는 팔목이 몸에 눌려 비정상적인 각도로 꺾였다. 저절로 신음이 흘러나왔다.

"눈 떠요."

중저음의 목소리가 바로 코앞에서 들려왔다. 서연은 눈을 뜰 수 없었다. 남자의 얼굴을 정면으로 보고 나면 돌이킬 수 없다는 것쯤은 그녀도 알고 있었다. 어떤 범죄자도 자신의 얼굴을 본 피해자를 그대로 두고 가지 않는다. 피해자가 신고를 못 하게 만드는 방법은 두 가지다. 죽이거나 강간하거나.

서연은 눈을 뜰 수 없었다. 살아남으려면 상식대로 해야 했다.

숨은 멈췄지만 그녀의 심장은 계속해서 쿵쿵, 온몸을 두드렸다. 말을 할 수 있다면 서연은 당신의 얼굴을 본 적도 없고, 설사 봤더라도 기억하지 못할 거라고 말하고 싶었다.

"눈 떠요."

남자가 상냥한 말투로 말했다. 그래서 더 소름 끼쳤다. 서연은 눈을 뜨지 않았다. 파르르, 눈꺼풀이 경련을 일으키듯 떨렸다.

"눈꺼풀을 잘라내기 전에."

상냥하지만 높낮이가 없는 말투. 서연은 남자의 말이 단순한 협박이 아니라는 걸 깨달았다. 그는 처음부터 얼굴을 가리지 않았다. 횡단보도에서도, 편의점에서도, 집에 침입한 순간에도. 굳이 얼굴을 가릴 필요가 없었던 것이다. 그는 계획적이었고 익숙했다. 이미 답은 정해져 있었다.

서연은 눈을 떴다. 아까와는 달리 상의와 하의가 붙어 있는 흰색 일회용 작업복을 입은 남자가 쪼그리고 앉아서 그녀를 내려다보고 있었다. 야구 모자에 가려진 그늘 밑으로 흰자위가 선명한 눈이 보였다. 검은 눈동자보다 흰자위가 가득한 눈이었다. 콧대는 뾰족했고, 입술은 얇았다. 날카로운 인상이었다. 삼십 대 후반쯤? 가지런한 흰 치아를 보이며 그가 웃었다. 찬물을 뒤집어쓴 것처럼 몸이 떨려왔다.

"내 얼굴 기억나요?"

서연은 고개를 흔들었다. 목의 통증 같은 건 공포에 눌려 느껴지지 않았다.

"유감이네요. 뭐, 기억한다 해도 대답하지 않겠지만."

조롱하는 투는 아니었다. 그는 정말 실망한 표정이었다. 남자의 눈이 서연을 지나 뒤편 벽으로 향했다. 서연은 남자의 얼굴을 본 적이 있는지 필사적으로 떠올렸다. 이 정도의 인상이라면 기억이 날 만도 한데 떠오르지 않았다.

"그럼 내가 왜 왔는지도 모르겠네요?"

그녀는 고개를 끄덕였다. 이번에도 고통은 느껴지지 않았다.

그가 손을 들어 올렸다. 서연은 본능적으로 눈을 감았다. 아무 일도 일어나지 않았다. 서연은 다시 눈을 떴다. 그의 장갑 낀 손에는 Y 자가 선명한 야구 모자가 들려 있었다. 모자를 벗은 그는 머리가 짧아 군인처럼 보였다.

"다시 잘 봐요. 알겠어요?"

서연은 그를 본 기억이 전혀 없었다. 그가 왜 자신을 찾아왔는지도 알 수 없었다. 서연은 기억나지 않았지만 그냥 되는 대로 고개를 끄덕였다. 그게 그가 원하는 답인 것 같았다.

"이제 기억이 난다고요? 근데, 왜 왔는지는 모르겠고요?"

서연은 다시 고개를 끄덕였다. 남자가 빙긋 웃었다.

"그래요, 나를 모르고, 또 내가 왜 왔는지도 모를 수 있어요. 나도 알아요. 아직까진 그럴 확률이 훨씬 더 높다는 걸."

서연의 눈에 눈물이 차올랐다. 서연은 그의 말을 이해할 수 없었다. 그가 다시 모자를 썼다.

"또, 거짓말일 수도 있고요."

서연은 고개를 흔들었다. 뭘 원하는지 모르지만, 거짓말이 아니라고 진심을 다해 고개를 흔들었다.

"믿어요. 그래도 확인은 해야지 않겠어요?"

그가 주머니에서 접이식 칼을 꺼내 칼날을 펼쳤다. 짧지만 소름 끼치게 날카로운 칼날이었다. 서연은 그의 '확인'이라는 말이 진짜 칼날이 되어 몸을 찌를 것 같았다.

남자가 서연의 발목을 잡았다. 치마가 살짝 걷혀 올라갔다. 서연은 자신도 모르게 다리에 힘을 주었다. 그가 서연의 발목을 묶고 있는 뭔가를 끊어냈다. 케이블 타이 같았다.

남자는 서연의 몸을 돌려 손목을 묶고 있는 케이블 타이도 끊어냈다. 두 손과 발이 자유로워졌지만 그녀는 꼼짝도 할 수 없었다. 오랜 시간 피가 통하지 않은 탓인지 손과 발에 감각이 돌아오지 않았다. 서연은 남자가 뭘 하려는지 막연하게 짐작할 수 있었다. 그러나 그녀가 할 수 있는 저항은 그저 몸을 돌려 웅크리는 것뿐이었다.

남자가 서연의 오른손을 움켜잡았다. 그리고 접이식 칼로 서연의 손목을 일직선으로 그었다. 피가 솟구쳤다.

서연은 자신에게 무슨 일이 벌어지고 있는지 인식할 수 없었다. 왜 손목에 통증이 느껴지는지조차 이해할 수 없었다. 더 정확하게는 남자가 왜 칼로 자신의 옷이 아니라 손목을 그었는지 알 수 없었다.

손목에 그어진 붉은 선이 벌어지며 피가 뿜어져 나왔다. 심장이 뛸 때마다 박동에 맞춰 피가 솟구쳤다.

"요골동맥을 잘랐어요. 의학적으로 보면 30초 정도 지나면 정신을 잃고, 2분 정도 지나면 사망할 거예요. 상처를 눌러 지혈하면 조금 더 시간이 늘어날 수도 있고요."

서연은 왼손으로 팔목의 벌어진 상처를 움켜쥐었다. 피가 솟구치는 건 막았지만 손가락 사이로 붉은 피가 울컥거리며 흘러나왔다.

"주어진 시간이 많지 않아요. 아껴야죠."

점차 상처는 뜨거워졌고, 몸은 차가워졌다. 몸이 덜덜 떨렸다.

서연은 자신이 죽을 만큼 잘못한 게 뭘까, 생각했다. 남들이 시기할 만큼 성공하지도 못했고, 누군가 돈을 노릴 만큼 많이 벌지도 못했고, 누군가 질투할 만한 연애조차 못 해봤는데. 서연은 억울했다.

서연은 불현듯 엄마와 아빠가 보고 싶었다. 이젠 사진으로만 남은 두 분이었다.

그녀는 주변을 둘러보았다. 매트리스가 스프링이 보일 정도로 찢겨 있었고, 계절에 맞지 않는 옷들이 찢긴 채 방 안에 뒹굴고 있었다. 열린 방문 너머로 보이는 거실은 더 심각했다. 자신의 모든 물건들이 해체돼 바닥에 뒹굴고 있었다.

손목에서 시작된 붉은 선이 바닥까지 이어졌다. 서연은 무릎으로 기다시피 거실로 나가 잔해들 사이를 헤집었다. 그녀의 움직임을 따라 붉은 선이 바닥에 출렁이듯 그려졌다. 뭔가를 찾기에는 너무 많은 것들이 부서져 뒹굴었다. 아무리 둘러봐도 가족사진이 들어 있는 액자는 보이지 않았다.

서연은 침대 머리맡에 있던 작은 액자를 떠올렸다. 초경을 시작할 때 찍은 기념사진이었다. 그녀는 다시 방으로 들어가 찢긴 옷가지와 너덜거리는 매트리스 사이에서 유리가 깨진 액자를 찾았다.

남자는 서연의 모습을 눈으로 쫓을 뿐 가만히 있었다. 그녀가 뭐라도 찾아내길 기대하는 것 같았다.

서연은 차츰 눈앞이 흐려졌다. 그녀는 눈을 가늘게 뜨고 사진 속에서 웃고 있는 엄마와 아빠를 보았다. 모두가 행복한 표정이었다. 액자를 타고 피가 흘렀다.

사진 위로 눈물이 뚝, 떨어졌다. 서러웠다. 고아가 된 것도 서러웠고, 도훈을 피해 숨어 살던 시간도 서러웠다. 그녀는 만약 다음 생이 있다면 사진 속에서처럼 엄마 아빠와 함께 오랫동안 같이 살고 싶었다. 생각해보니 혼자가 되고서는 힘들기만 했던 시간이었다.

서연은 손목을 잡고 있던 왼손을 놓았다. 울컥거리며 나오던 피가 처음보다 잦아들었다. 그녀는 어지러웠고, 추웠고, 미련 같은 건 없었다.

서연은 깨진 액자를 품에 안고 옷가지 위로 쓰러졌다. 잠이 왔다. 서연의 마지막 시야에 뒤집힌 서랍이 들어왔다. 배를 드러내고 떠 있는 죽은 물고기처럼 보였다.

남자는 접이식 칼을 오른손에 쥐고 그녀를 지켜보고 있었다. 서연의 손목에서 더 이상 피가 울컥거리며 흘러나오지 않을 때까지. 2분이 지나고 또 몇 분이 지나는 동안.

3

오전 6시 30분, 서울지방경찰청 3층 다기능증거분석실에
는 아무도 없었다. 선우현은 테이블 위에 '과학수사'라고 적
힌 알루미늄 케이스를 내려놓았다. 그는 술집에서 무전취식
을 하고 도망친 용의자를 특정하기 위해 소주병에서 지문을
채취해 돌아오는 길이었다. 과수팀장이 잡범 때문에 출동했
다는 것 자체가 지난밤이 평온했다는 증거였다.

선우현은 분석실이 비어 있는 이 시간을 좋아했다. 그는 전
기 주전자의 스위치를 누른 뒤 의자에 앉았다. 등받이에 등을
기대고 뒤로 젖히자 기분 좋은 피로가 밀려왔다.

코로 숨을 깊게 들이마셨다. 마음이 편안해지는 냄새였다.
그는 현장 주변의 담배꽁초부터 피 묻은 범구(범행도구)까지
온갖 증거물에서 뿜어져 나오는 냄새를 좋아했다. 진실의 냄
새, 선우현은 그렇게 생각했다.

그는 사람들의 말보다 증거물을 더 신뢰했다. 경험상 거짓말을 하지 않는 사람은 죽은 사람뿐이었다.

딸각, 물이 끓는 소리와 함께 전기 주전자의 스위치가 올라갔다. 그는 커피 드리퍼에 여과지를 올리고 뜨거운 물로 충분히 적셨다. 그는 커피 가루를 여과지에 채우고 가늘게 물줄기를 부어 넣었다. 커피 가루가 젖을, 딱 그만큼만. 커피 가루가 둥그렇게 부풀어 오르면서 진한 커피 향이 증거물의 오묘한 냄새를 서서히 덮었다.

선우현은 30초 정도 기다렸다가 부풀어 오른 커피 가루 위로 가는 물줄기를 다시 천천히 부었다. 섬세한 작업이었다. 거품이 올라오면서 향은 더욱 깊어졌다. 그는 콧속으로 향을 깊이 들이마셨다. 그의 예민한 후각도 커피 향에 익숙해져 증거물의 냄새를 구분할 수 없게 되었다.

갑자기 등 뒤에서 분석실 도어록의 키패드를 누르는 소리가 들렸다. 이 시간에 누가? 선우현은 드리퍼에 붓는 물줄기에 신경을 집중하는 척 돌아보지 않았다.

문이 열리고 망설임 없이 걸어 들어오는 발소리가 들렸다. 기세로 보아 이 시간에 그가 여기에 있는 것을 알고 찾아온 사람이었다.

"여기 있을 줄 알았어요."

두만의 목소리였다. 선우현은 반 박자 늦게 돌아보았다.

검은색 피케셔츠에 검은색 면바지를 입은 두만이 쓰레기 봉투를 들고 성큼성큼 걸어 들어왔다. 그가 가까이 올수록 땀 냄새와 쓰레기의 냄새가 진해졌다.

"교복 좀 빨아 입어. 집에서 나온 사람이 어떻게 당직인 사람보다 냄새가 더 진해."

"아침부터 좀 뛰었더니 그렇게 됐네요."

두만이 쓰레기봉투를 증거물 작업대 위에 올려놓았다.

"뭐야, 장물이야?"

선우현이 농담처럼 물었다. 두만은 웃지 않았다.

"여기서 지문 나오나 좀 봐주세요."

두만은 진지했다. 그는 소매 끝을 늘여서 쓰레기봉투 손잡이를 잡고 있었다.

"밑도 끝도 없이 무슨 일이야?"

"집 밖에 내놓은 쓰레기를 누군가 가져다가 옥상에서 뒤졌어요."

선우현은 두만을 보았다. 표정을 읽을 수 없었지만 목소리 톤만으로도 심각한 상황이라는 건 알 수 있었다.

"요즘 협박 같은 거 받고 있어?"

"협박이야 뭐 그러려니 하는데, 이번엔 좀 달라요. 액션이 없어요. 그래서 더 신경이 쓰이네요."

"내놓은 쓰레기를 뒤졌다는 건 이미 집이 노출됐다는 거잖아."

"그래서요. 부탁 좀 할게요."

"심각해질 수 있어. 광수대장한테 알리고 보호 요청해."

"아시잖아요. 우리 조직은 일 터지기 전에는 아무도 안 움직이는 거. 그리고 제가 형산데 누가 누굴 보호해요."

두만이 냉소적으로 반응했다. 형사나 과학수사요원에게 멀쩡하게 살아있는 사람은 상대적으로 덜 중요했다. 누군가 쓰레기봉투를 뒤진 정도로 광수대장이 두만을 챙겨줄 리 없었다. 광수대장이 나빠서가 아니라 원래 강력계 형사의 일이 그랬다.

"희령 씨는 괜찮아? 혹시 너 대신 희령 씨를 노리는 거 아냐?"

"그래서 피해 있어야 하는데 갈 만한 곳이 마땅치 않네요."

"하긴."

선우현은 두만의 아내 희령을 잘 알았다. 그녀는 10년 전 범죄로 인해 부모를 모두 잃었다. 피해자의 손가락을 모두 잘라낸 잔혹한 범행이었다. 범인은 끝내 잡히지 않았고 사건은 경찰의 대표적인 미제사건으로 남았다. 선우현은 희령이 그날의 트라우마 때문에 약이 없으면 정상적인 생활을 할 수 없다는 것도 알고 있었다.

"정 갈 곳 없으면 우리 집으로 와. 어차피 혼자 사는 집이고, 나야 야근이 일상이니까. 서로 마주쳐서 크게 불편할 것도 없을 거고."

두만이 그의 손을 덥석 잡았다.

"고마워요. 일단은 감식 결과부터 좀 보고요."

말과는 달리 그는 이미 마음을 정하고 온 것처럼 보였다.

"널 노리는 놈도 아무 연고도 없는 우리 집은 모를 거야."

"고마워요."

선우현이 두만에게 잡힌 손을 슬그머니 뺐다. 그제야 두만
도 자신이 선우현의 손을 잡고 있었다는 것을 깨달았다. 잠시
어색한 침묵이 흘렀다.

"CCTV는?"

선우현이 먼저 침묵을 깨고 물었다.

"지금부터 까봐야죠."

작업대 주변을 어색하게 맴돌던 두만의 손이 주머니에서
USB를 꺼냈다. 두만은 USB를 과장되게 흔들었다. 그는 여전
히 어색해 보였다.

"나한테도 보여줘. 혹시 모르니까."

"특정되면 봐주세요. 근데, 선배 용의자 몽타주 잘 못 보잖
아요. 그래서 과수로 옮긴 거 아니었어요?"

"내가 몽타주는 못 봐도 관상은 좀 보잖아. 사람 해치는 놈
들은 얼굴에 쓰여 있어."

"하긴, 큰 사건 중에 선배가 찍은 용의자가 결국 진범으로
밝혀진 경우가 많긴 했죠."

"거봐. 내가 몽타주는 잘 못 봐도 사람 해치는 놈들 면상은 알아본다니까."

"특정된 놈이 선배가 알아보지 못하고 그냥 무시해도 되는 잡범이면 좋겠네요."

"나도 그랬으면 좋겠다."

선우현은 두만이 테이블 위에 둔 쓰레기봉투를 살폈다.

"일단 여기서 뭐가 나오나 보자. 지문 나오면 잡으면 되고, 안 나오면 초짜는 아니라는 얘기니까 더 긴장하고."

"참, 이것도요."

두만이 작업대에 땅콩껍질이 들어 있는 비닐봉지를 꺼내놓았다.

"아파트 계단에 떨어져 있던 거예요. 놈이 저를 기다리면서 땅콩을 까먹은 건지, 그냥 거기 우연히 떨어진 건지 확실치 않아요."

선우현은 손끝이 떨렸다. 광역수사대 에이스를 노리면서 땅콩을 까먹을 정도로 여유로운 놈이라면 순간적인 감정으로 찾아온 놈이 아닐 거다. 놈에겐 목적이 있었다.

"확실해?"

"아뇨. 그냥 혹시나 해서요."

"어쨌건 잘했어. DNA 채취해서 긴급으로 국과수에 감정 보낼게."

DNA가 나올 개연성은 충분했다. 두만은 무도 특채에 강력계 형사치고는 현장을 보는 센스가 남달랐다. 그는 과학수사에도 재능이 있었다.

"당직 끝내고 피곤할 텐데 부탁 좀 할게요."

"괜찮아. 어젯밤은 조용하게 지나가서 힘들 것도 없었어."

일어서서 고개를 숙이는 두만에게 선우현은 손사래를 쳤다.

"강 반장, 조심해."

"걱정 마세요. 제 눈에 띄면 손모가지를 꺾어버릴 테니까요."

눈에 보이기라도 하는 듯 두만의 눈빛이 번들거렸다.

"두만아, 되도록 빨리 희령 씨 데리고 우리 집으로 옮겨 와."

"사건 터지면 중간에 시간을 뺄 수 있으려나 모르겠어요."

돌아서서 문을 향해 걸어가는 두만을 선우현이 불러 세웠다.

"두만아……."

"예?"

"조심해."

"뭘요?"

"뭐든."

"싱겁긴, 이따 뵐게요."

선우현은 두만이 나가고 나서도 한참 동안 그대로 있었다. 한 번도 잊어본 적 없는 오래된 기억이 어제 일처럼 생생하게 떠올랐다. 내리다 만 커피가 식어가고 있었고, 분석실 안에

악취가 퍼지고 있었다.

"내 기억이 맞긴 한가?"

선우현은 치매 걸린 노인처럼 혼자 중얼거렸다.

⌗

세찬 물줄기에 몬스테라 이파리들이 춤을 추듯 흔들렸다. 생각이 꼬리에 꼬리를 물고 이어졌다. 화분에서 넘친 흙탕물이 타일 바닥을 타고 배수구로 흘러들어갔다. 희령은 발등이 온통 흙탕물에 젖을 때까지도 알지 못했다.

또 잊어버렸다. 쓰레기봉투만이 아니었다. 키우고 있는 식물에 물을 주는 것도 잊었고, 언제 약을 먹었는지도 기억나지 않았다. 사소한 것들이 머릿속에서 지워지고 나면 공포와 후회가 선명해졌다. 그때 그러지 않았더라면…….

후회는 여러 가지 형태로 오랫동안 그녀를 괴롭혔다. 그때 버스를 기다리지 않고 바로 택시를 탔더라면, 그때 약속을 취소했더라면, 그때……. 선택의 갈림길은 너무도 많았고 매번 그녀는 갈림길에서 망설였다. 하지만 어느 쪽 갈림길을 선택해도 후회로 귀결되었다. 과거를 바꿀 수 없으니까.

그래도 끊임없이 그녀는 다른 길을 상상했다. 그리고 때로는 과거가 바뀌기도 했다. 그녀를 상담하던 정신과 의사는 이

것을 '방어기제'라는 말로 설명했다. 그녀의 기억 속에서만 과거가 바뀌었다는 뜻이었다. 의사의 말이 맞았다. 자꾸 상상하다 보면 어느 것이 진짜 기억인지 헷갈렸다. 좋은 쪽이든 좋지 않은 쪽이든 기억은 자꾸 흔들렸다.

최근엔 증세가 더 심해져 아직 일어나지 않은, 그러니까 그녀가 아직 선택하지 않은 문제들마저 뒤섞였다. 그녀의 머릿속에서 실재하는 것과 상상으로 만들어낸 것들이 뒤엉켰다. 뭐가 진짜 기억인지 스스로 구별할 수 없게 되었다. 희령은 거기 있었지만 없기도 했다.

희령은 더 이상 미룰 수 없다고 생각했다. 방법을 찾아야 했다. 자기 꼬리를 물고 있는 뱀처럼 상상이 그녀를 조금씩 잠식해 모두 먹어 치워버리기 전에.

희령은 마음을 굳혔다. 지도교수가 제안한 대로 심리학 대학원에 복학한 뒤 내담자가 되기로 했다. 교수의 프로젝트에 내담자로 참여해 자신의 문제를 객관화해보기로 했다. 교수와 함께 자신을 분석하다 보면, 해결의 실마리가 보일 것 같았다.

두만이라면 물어보지 않아도 그녀를 지지해줄 것이다. 희령은 당장 두만에게 전화를 걸 생각이었다. 그리고 그 순간 그녀는 이런 결정을 이미 오래전에 한 건 아니었는지 의심이 들었다. 어쩌면 두만에게 이미 대학원에 대해 이야기했을지도 모른다. 그녀는 자신도 모르게 한숨을 내뱉었다.

희미하게 전화벨 소리가 들렸다. 그제야 희령은 화분의 물이 넘쳐 발코니가 엉망이 되었다는 걸 깨닫고 물을 잠갔다. 얼마나 지난 것일까. 30분?

그녀의 생각이 또 그녀의 시간을 얼마간 지워버렸다.

손의 물기를 대충 털어내고 흙이 묻은 발을 닦지도 못한 채 거실로 들어섰다. 벨 소리는 끊어질 듯 위태롭게 계속됐다.

액정을 보니 두만이었다.

"어쩐 일이에요?"

두만은 사건이 터졌다며 당분간 집에 들어오지 못할 거라 했다. 위험한 놈이 돌아다닌다며 며칠 가 있을 만한 곳을 찾아보라고도 했다. 두만이 사건 때문에 집에 못 들어온 적은 흔하게 있었지만 이런 식으로 전화까지 한 건 처음이었다.

희령은 젖은 발 때문인지 온몸이 떨렸지만 태연한 척했다.

"알았어요. 알아볼게요."

두만은 그녀가 건성으로 듣고 있다고 생각했는지 문을 열어주지 말고, 짐을 싸놓으라고 잔소리처럼 덧붙였다.

희령은 겁이 났다. '발신자 정보 없음'으로 오는 전화도 겁이 났고, 집을 나설 때마다 느껴지는 누군가의 시선도 겁이 났다. 이맘때쯤 되풀이해서 꾸는 꿈도 겁이 났다. 옆구리에 칼이 박히거나 목을 졸리는 꿈이었다.

그녀는 본능적으로 창문에서 두어 걸음 물러났다. 건너편 아파트 옥상에서 뭔가 움직이는 것 같았다. 깊은 곳에서부터 공포가 올라왔다.

"아침부터 이상하네. 진짜 별일 없는 거죠?"

희령은 자신이 떨고 있는 걸 들키지 않기 위해 목소리 톤을 높였다. 그녀는 암막 커튼을 닫았다. 커튼 사이로 건너편 옥상을 보았다. 아무도 없었다.

"그럼요."

전화를 끊었다. 대학원 프로젝트 얘기는 하지 못했다. 아니, 어쩌면 이미 했는지도 모른다. 희령은 프로젝트를 시작하기 전에 서류 정리를 위해 한 번 더 학교에 가야겠다고 생각했다.

그녀는 흙이 묻은 젖은 발을 수건으로 닦았다. 마치 맨발로 숲속이라도 헤맨 것 같은 몰골이었다. 바닥에 찍혀 있는 흙 묻은 발자국이 발코니에서 그녀를 향해 걸어오고 있었다. 그녀는 자신의 발자국조차 무서웠다. 조금 전 그녀가 발코니에서 몬스테라에 물을 주고 있었다는 기억은 공포에 가려졌다.

흙 묻은 발자국이 점점 검붉은 피로 바뀌어갔다. 그날의 기억이 떠올랐다. 안방에서 거실을 지나 현관을 향해 찍혀 있던 피 묻은 발자국. 희령은 옆구리에 날카로운 통증을 느꼈다. 희령은 검붉은 핏자국이 더 또렷해지기 전에, 옆구리의 통증이 더 생생해지기 전에 고개를 흔들어 생각을 지웠다.

그녀는 서둘러 바닥에 찍힌 자신의 발자국을 닦아냈다. 머 릿속에 다른 생각이 자리 잡지 못하게 오랫동안 수건으로 바 닥을 문질렀다.

¤

선우현은 분석을 위해 일회용 방오복(증거의 오염을 방지하기 위해 입는 옷)을 입고, 마스크를 착용했다. 그리고 옷에 달린 후 드를 당겨서 머리에 썼다. 그는 라텍스 장갑을 낀 뒤, 두만이 두고 간 쓰레기봉투를 뒤집어 내용물을 작업대 위에 쏟았다. 휴지 조각부터 머리카락까지 잡다한 생활 쓰레기가 펼쳐졌 다. 마스크를 뚫고 들어오는 악취가 진해졌다.

그는 두만에게 받은 쓰레기봉투에서 잠재지문을 현출하기 위해 CA(Cyanoacrylate: 순간접착제) 챔버를 열었다. 챔버가 작 아 부피가 큰 증거물에 적용할 수 없다는 점만 제외하면, 증 거물을 훼손하지 않고 지문을 채취할 수 있어 그가 자주 쓰 는 기법이었다.

선우현은 CA 챔버에 쓰레기봉투를 둥글게 펼쳐서 넣었다. 그리고 가열 플레이트에 올려진 접시에 순간접착제를 여러 방울 떨어뜨렸다. 그는 반응이 빨라지도록 플레이트의 온도 를 높인 다음 공기순환기를 작동시키고 챔버를 닫았다. 이제

20분 후면 쓰레기봉투에 찍혀 있던 지문의 단백질 성분에 기화된 순간접착제가 달라붙어 융선(손가락 지문을 나타내는 지문곡선)이 하얗게 드러날 것이다.

선우현은 작업대로 돌아가 확대경이 달린 스탠드의 불을 켰다. 확대경으로 보자 작업대 위에 쌓인 쓰레기들이 비로소 증거물로 보이기 시작했다.

그는 확대경을 눈앞으로 끌어당겨 투명 비닐 안에 들어 있는 땅콩껍질을 관찰했다. 땅콩껍질은 아직 숨이 죽지 않았고 바스러지지도 않았다. 오래되지 않았다는 뜻이었다.

선우현은 비닐 안에 들어 있는 땅콩껍질을 핀셋으로 하나씩 꺼냈다. 공기의 흐름에 따라 땅콩껍질이 곤충의 날개처럼 파르르 떨렸다.

그는 멸균봉으로 땅콩껍질이 찢어지지 않도록 섬세하게 앞뒤를 닦아냈다. 땅콩껍질의 수만큼 멸균봉의 숫자도 늘어났다. DNA 채취는 그리 오래 걸리지 않고 끝났다.

그는 습관적으로 시계를 확인했다. 아직 잠재지문이 현출되기에 충분한 시간이 지나지 않았다. 그는 챔버에 들어 있는 쓰레기봉투를 확인하고 싶은 마음을 누르고 작업대 위에 있는 쓰레기들을 하나씩 분리했다.

체액이 묻어 있는 휴지, 머리카락 뭉치, 뭔가를 닦아낸 키친타월, 나무젓가락, 마트 스티커, 영수증, 명함, 깨진 도자기 조각, 실내 슬리퍼 한 짝, 배달 전단지, 남은 뭔가가 썩어가는 비닐봉지, 비닐 랩, 과일 껍질 등이 나왔다. 그는 깨진 도자기 조각이 눈에 익었다. 수작업으로 도자기 표면에 도장 찍듯 문양을 찍어 반복되는 패턴을 만든 도자기였다.

선우현은 생각을 지우듯 깨진 그릇 조각을 한쪽에 밀어놓았다. 지금은 놈이 쓰레기를 헤집은 이유를 찾는 데 집중해야 했다. 정보 수집? 누구에 대한? 두만이 목적이라면 집까지 아는 마당에 쓰레기를 뒤져 정보를 수집할 필요는 없을 것이다. 그렇다면 희령을 노리는 걸까? 두만 대신 희령을 노린다 해도 집까지 아는 마당에 쓰레기를 뒤질 필요는 없었다.

놈은 뭘 확인하려고 했을까?

만약, 두만이 아니라 처음부터 희령이 목적이라면? 선우현은 마음이 급해졌다. 어쩌면 두만이 생각하는 것보다 훨씬 더 심각한 상황일 수도 있었다. 그는 10년 전 희령의 부모님을 살해한 단지(斷指) 살인마가 떠올랐다. 10년 만에 냉각기를 깨고 놈이 희령을 노리는 걸까? 하지만 아직 놈이 나타났다는 어떤 전조도 없었다. 놈의 범행 특징은 피해자를 살해하기 전에 손가락을 잘라 고문한다는 것이었다. 아직 놈의 방식으로 살해된 피해자는 없었다. 섣부른 의심이었다.

쓰레기를 뒤진 목적이 희령에 대한 정보 수집으로 좁혀지자 선우현은 그녀와 관련된 것들을 우선 추려냈다. 영수증,

전단지, 마트 스티커, 명함.

아마도 놈은 쓰레기 중에서 희령이 외부인과 접촉한 흔적을 주로 확인했을 것이다. 그는 습관적으로 다시 시계를 보았다. 20분이 지났다.

선우현은 챔버를 열고 쓰레기봉투를 꺼냈다. 맨눈으로 보아도 대여섯 개의 지문이 선명하게 보였다. 그는 쓰레기 중에서 추려낸 것들을 챔버에 하나씩 넣었다. 검은색 비닐봉지, 스티커, 코팅된 명함. 그는 조금 전과 마찬가지로 순간접착제를 추가로 몇 방울 떨구고, 챔버의 문을 닫았다.

그는 쓰레기봉투에서 현출한 지문의 선명도를 높이기 위해 흑색 분말을 찍은 붓으로 지문들을 가볍게 칠해주었다. 온전한 지문 서너 개와 쪽지문(일부만 남은 지문) 두어 개가 선명해졌다. 이어 쓰레기봉투에 찍힌 지문에 번호를 매겨 사진을 찍었다. 그리고 AFIS(Automated Fingerprint Identification Systems: 지문자동검색시스템)를 담당하고 있는 박선주 경사에게 메신저로 사진을 보냈다. 만약 두만이나 희령의 지문 외에 다른 사람의 지문이 나온다면 일이 의외로 쉽게 마무리될 수 있을 것이다.

그는 작업대에 펼쳐져 있는 쓰레기들 중에서 지문이나 DNA가 검출될 만한 것들을 훑었다. 나무젓가락, 접힌 종잇조각, 실내 슬리퍼. 선우현은 멸균봉으로 나무젓가락과 실내 슬리퍼에서 DNA를 채취했다. 큰 기대는 없었다. 그리고 접힌 종잇조각을 확인하기 위해 펼쳤다. 흘려 쓴 여섯 개의 숫자가 있었다. 6인지 0인지, 7인지 1인지조차 구별하기 어려운 필체였다. 하지만 그는 그 숫자의 조합이 익숙했다. 설마? 그는 고개를 흔들었다. 우연일 것이다.

선우현은 지금까지 채취한 DNA 샘플을 포장한 뒤 '긴급감정' 스티커를 붙였다. 스티커는 빠른 분석이 필요한 중요 강력사건의 증거물에 붙이는 일종의 급행 티켓이었다. 그는 결과를 빨리 받아볼 수 있다면 긴급감정 스티커를 몇 장이라도 붙이고 싶었다.

선우현은 챔버를 열어 어지럽게 지문이 현출된 검은색 비닐봉지와 전단지, 마트 스티커, 명함을 꺼내 차례로 사진을 찍었다. AS 기사의 명함에 인쇄된 사진을 보다가 그는 안면이 있는 사람이라는 걸 깨달았다. 하얗게 현출된 지문의 융선 밑으로 보이는 얼굴은 분명히 아는 얼굴이었다. 'AS 기사 차정후.'

선우현은 깊게 숨을 들이마셨다. 잊어버릴 수 없는 위험한 놈이었다.

¤

두만은 1팀에 있는 자신의 자리에 앉았다. 당직 팀마저도 씻으러 갔는지 자리를 비워 사무실에는 아무도 없었다. 컴퓨터가 부팅되는 소리가 나지막이 들렸다. 잠시 후 컴퓨터 바탕화면에 희령이 웃고 있는 얼굴이 떴다. 몇 년 전 어느 꽃 피던 날에 찍은 사진이었다. 두만은 아무것도 모른 채 웃고 있는 희령에게 미안했고, 목이 늘어난 것 같은 그녀의 니트가 오늘따라 마음에 걸렸다.

컴퓨터에 USB를 꽂자 팝업 창이 열리면서 희령의 미소를 가렸다. 폴더에는 아파트 관리실에서 확보한 CCTV 영상들이 있었다. 시간이 너무 이른 탓에 아파트 주변에 설치된 사설 CCTV는 확보할 수 없었다. 동네 상가가 문을 열기 전까지 놈이 움직인 시간대와 진출입로의 방향만 파악해도 앞으로의 수사가 한결 수월해질 것이다.

두만은 폴더에서 아파트 공동현관을 찍은 CCTV 영상을 선택해 최근 시간부터 역순으로 재생시켰다. 화면의 시간이 거꾸로 돌아가기 시작했다. 그는 자신이 화면 속에 등장할 때까지 배속을 빠르게 돌렸다. 몇몇 사람들이 공동현관문을 닫고 뒷걸음질 쳐서 계단을 올라가거나 엘리베이터를 탔다. 우스꽝스러운 모습이었다. 사람들이 지나가고 나면 현관의 센서등이 꺼졌고, 다음 사람이 나타날 때까지는 흑백필름을 보고 있는 것처럼 어두웠다. 화면 밝기를 높여도 계단의 난간 정도만 간신히 알아볼 수 있는 수준이었다.

얼마 지나지 않아 두만은 자신이 뒷걸음질 쳐서 열린 현관문을 닫고 들어와 빠르게 엘리베이터를 타는 걸 볼 수 있었다. 이제부터가 시작이었다. 그는 재생 속도를 늦췄다. 현관불이 켜졌다. 검은색 오토바이 헬멧을 쓴 사람이 뒷걸음쳐 들어와 엘리베이터를 탔다. 두만은 화면을 멈추고 참았던 숨을 내뱉었다. 그리고 화면을 멈춘 시간을 확인했다. 5시 30분.

두만은 다시 화면을 역방향으로 재생시켰다. 현관 등이 꺼졌다 다시 켜지자 조금 전 오토바이 헬멧을 쓴 사람이 엘리베이터에서 뒷걸음질 쳐서 나와 현관 밖으로 뛰어나갔다. 화면을 멈췄다. 5시 20분. 10분 동안 쓰레기봉투를 옥상으로 들고가 확인하고 내려오기에는 부족한 시간이었다.

두만은 멈춰진 화면 속 헬멧 쓴 남자가 왼손에 신문 두어 부를 들고 있는 것을 발견했다. 정황상 그는 신문 배달원이 맞을 것이다. 필요하다면 어제 날짜의 CCTV만 돌려봐도 확인할 수 있다는 생각에 그를 용의선상에서 제외시켰다.

두만은 CCTV를 다시 역방향으로 재생시켰다. 공동현관의 조명이 꺼지고 아무것도 보이지 않는 암흑 속에서 거꾸로 돌아가는 시간만 선명하게 보였다. 그리고 어느 순간 다시 불이 켜지면서 야구 모자를 쓴 남자가 공동현관의 출입문을 닫고 뒷걸음쳐서 엘리베이터를 탔다. 화면을 멈췄다. 5시 5분. 남자는 야구 모자를 쓰고 있었다. 나가는 모습이 찍힌 탓에 뒷

모습과 옆모습의 일부만 볼 수 있었다.

두만은 화면을 계속 역방향으로 재생시켰다. 야구 모자를 쓴 남자는 좀처럼 나타나지 않았다. 남자가 오늘 자 CCTV에 끝내 나타나지 않는다면 그는 이 아파트에 사는 입주민이라는 뜻이다. 화면상의 시계가 계속해서 뒤로 돌아갔다.

센서등이 켜지기도 전에 어둠 속에서 흰색 Y 로고가 새겨진 야구 모자가 먼저 눈에 띄었다. 야구 모자가 지나가고 한 박자 늦게 현관의 센서등이 켜졌다. 덕분에 남자의 얼굴은 드러나지 않았다. 화면을 멈췄다. 4시 10분. 놈은 무려 55분 동안 아파트에 머물러 있었다. 그런데도 놈의 옷차림은 들어올 때와 같았다. 모자에서 장갑까지. 야근을 마치고 잠깐 집에 들른 거라면 아주 사소한 변화라도 있기 마련이었다. 이놈이 확실했다.

두만은 놈의 인상착의가 가장 정확하게 드러난 장면을 휴대폰으로 찍어 갈무리했다. 정확한 얼굴을 확보하진 못했지만 놈의 착의를 확인한 것만 해도 수확이었다. 이 정도면 놈을 쫓는 데는 충분했다. 이제 아파트 정문 CCTV와 주변 CCTV를 차례로 분석해 놈이 움직인 동선을 쫓아가면 그간 느낀 불안의 실체를 제거할 수 있을 것이다.

그는 폴더에서 아파트 정문을 찍고 있는 CCTV 영상을 찾아 재생시켰다. 놈이 공동현관문에 들어선 4시 10분을 기준으로 30분 전인 3시 40분에 시간을 맞췄다.

어둠 속에서 변화 없이 가로등 불빛만 선명하게 보였다. 새벽 시간이라 차량의 통행조차 없었다.

두만은 급한 마음에 재생속도를 두 배로 올렸다. 평소 같으면 작은 움직임이라도 놓칠까 봐 하지 않던 일이었다. 그는 초조했고, 희령이 걱정됐다.

화면에 노이즈가 생겼지만 사람들이 다니지 않는 시간이라 식별하는 데 문제 될 정도는 아니었다. 화면 속 시간이 현실의 시간보다 두 배 빠르게 흘러갔다. 하지만 놈이 아파트 공동현관을 빠져나간 5시 5분이 지나고 30분이 훌쩍 지난 후에도 CCTV에 Y 자 로고의 야구 모자가 지나가는 모습은 찍혀 있지 않았다. 5시 10분, 승용차의 헤드라이트 불빛이 보였다. 진행 방향을 보면 아파트로 들어오는 차량이었다.

CCTV에는 놈이 정문을 나가는 모습은 물론, 들어오는 모습도 찍혀 있지 않았다.

두만은 폴더에서 아파트 후문을 찍고 있는 CCTV를 재생시켰다. 이것 역시 3시 40분부터 2배속으로 돌렸다. 후문에는 가로등조차 멀리 있어 전체적으로 희미했다.

CCTV를 보는 동안, 두만의 등 뒤에서 퇴근하는 당직 팀과 출근하는 형사들의 목소리가 교차되었지만 그는 모니터에서 눈을 떼지 않았다. 다른 형사들도 두만의 그런 모습에 익숙한

지 말을 걸지 않았다. 형사 두엇이 호기심에 두만이 보고 있는 화면을 어깨 너머로 잠시 보다 그들의 자리로 돌아갔다.

딸각, 두만은 CCTV 영상을 종료시켰다. 놈이 빠져나갔을 시간이 한참 지난 후에도 놈은 나타나지 않았다. 아파트를 빠져나가는 사람이라도 있었으면 위장 여부를 따져볼 텐데 그마저도 없었다.

범행을 저지르고 추적을 피하기 위해 도주로를 지저분하게 만드는 것은 누구나 하는 본능적인 행동이다. 하지만 아직 범행을 저지르기 전, 그러니까 현장으로 들어오는 진입로를 지저분하게 만들었다면 의미가 다르다. 놈은 경찰의 CCTV 수사를 꿰고 있었다. 전문가라는 뜻이었다.

모래알이 굴러다니는 것 같은 뻑뻑한 눈을 감고 그는 생각했다. 마음만 먹으면 누구라도 아파트 단지의 야트막한 담을 넘는 건 쉽다. 다만 의도가 문제다. 놈이 담을 넘었다면 분명한 목적을 가지고 아파트 단지로 들어왔다는 의미였다. 생각보다 희령이 더 위험했다. 희령은 위험에 노출되었는데 반대로 두만은 놈을 추적할 끈이 끊어졌다.

아파트 주변을 뒤져 모든 사설 CCTV를 확보하고 하나씩 확인하면 놈의 동선을 복원할 가능성이 있지만 그 일을 혼자 하기란 불가능에 가까웠다. 버리려고 내놓은 쓰레기를 뒤진 정도만으로 형사들을 동원해 대대적으로 놈의 행적수사를 할 수도 없는 노릇이었다.

희령을 대피시켜 시간을 벌어야 한다는 결론만 남았다.

두만은 희령에게 전화를 걸었다. 연결음이 끝나고 음성사서함으로 넘어갔다. 그는 자신도 모르게 시간을 확인했다. 11시 10분. 매 순간 시간을 확인하는 건 형사로서 몸에 밴 습관 같은 거였다. 그는 애써 초조한 마음을 눌렀다.

두만은 잠시 후 다시 전화를 걸었지만 희령은 여전히 전화를 받지 않았다. 연결음이 울릴 때마다 불안한 마음이 송곳처럼 심장을 찔렀다. 이번에도 역시 몇 번인가 더 울리다 연결음이 끊기고 음성사서함으로 넘어갔다.

두만은 의자에서 엉거주춤 일어나 다시 통화 버튼을 눌렀다. 여차하면 튀어 나갈 생각이었다. 신호음이 열 번 정도 울린 뒤에야 희령이 전화를 받았다.

"왜 이렇게 전화를 안 받아요?"

"아, 청소기 소리가 시끄러워서 못 들었어요. 무슨 일 있어요?"

희령은 큰 소리에 자주 놀랐고, 그래서 전화기의 볼륨도 작게 줄여놓고 사용했다. 이것 역시 외상 후 스트레스 장애의 흔한 증세였다. 긴장감 때문에 날이 서 있던 그의 목소리가 다시 낮게 깔렸다.

"짐은 싸놓았어요?"

"아직요."

"당장 필요한 거만 얼른 싸요. 되는대로 옮기게요."

"이렇게 급하게요? 아직…….."

"내가 시간이 없어서 그래요. 사건이 터졌어요. 그러니까 서둘러요. 좀 이따 데리러 갈게요. 그때 얘기해요."

두만은 희령이 질문할 틈을 주지 않고 한 번에 말했다. 희령이 알아봐야 좋을 게 없었다.

"오늘 정말 이상하네. 정말 무슨 일 있는 거 아니죠?"

"걱정하지 말아요. 나만 믿어요."

"알았어요. 근데…….."

"다시 전화할게요. 준비해놔요."

두만은 갑자기 커진 사무실 소음 때문에 희령의 끝말을 제대로 듣지도 못하고 서둘러 전화를 끊었다. 각 팀의 팀장이 줄줄이 과장실로 들어갔다. 눈치 빠른 2팀의 이일호 반장이 외근 중인 팀원에게 빨리 들어오라고 재촉하는 목소리가 들렸다. 큰 건이 터진 게 분명했다.

희령에게 지금 가봐야 하는데, 자꾸 일이 틀어지고 있었다.

4

허기가 몰려왔다. 점심도 거른 채였다. 차정후는 1시가 되기 전에 마지막 한 건을 남기고 오늘 예약된 AS 건을 모두 처리했다. 센터에서 잡아준 일정대로라면 6시까지 해도 시간이 빠듯했을 것이다. 하지만 그는 다른 기사들보다 이 일을 좋아했고, 냉장고에 대해 잘 알았고, 손이 빨랐다. 게다가 그의 고객들은 수리 기사가 방문 시간을 앞당기는 것을 언제나 환영했다. 실온에서 음식물이 상해가고 있을 테니 예외는 없었다. 그는 센터에서 가장 실력이 좋은 기사였고, 고객에게 클레임을 받지 않는 유일한 기사였다. 입사 1년 만에 쟁쟁한 선배들을 제치고 그는 AS 센터의 에이스가 되었다.

그런데 오늘 차정후는 기분이 썩 좋지 않았다. 일정은 계획대로 마무리되고 있었지만 오늘처럼 냉장고 상태나 고객들이 별로였던 적도 드물었다. 방문하는 집마다 냉장고에 밴 썩은 냄새 때문에 숨쉬기가 힘들었고, 고객들은 AS가 늦어 음식물이 상했다고 투덜거렸다. 그들은 수리 비용에만 관심이 있었고, 고생한다며 물 한 잔 건네는 이도 없었다.

그는 자신이 몰고 다니는 스타렉스 밴의 테일게이트를 열어 공구 상자와 아직 열기가 남은 용접기를 실었다. 그리고 고장 난 냉장고에서 떼어낸 컴프레서를 종이 상자에 넣어 고정한 뒤 다른 부품들과 함께 한쪽 옆에 쌓았다.

밴의 짐칸에는 855리터의 구형 양문형 냉장고가 거인의 관처럼 자리 잡고 있었다. 차정후는 냉장고를 보자 기분이 좀 나아졌다. 가지고 놀 장난감이 생긴 아이와 같은 기분이었다. 냉장고는 오전에 방문했던 고객이 비용 때문에 수리를 포기해 수거한 물건이었다. 원래 수거는 AS 기사의 몫이 아니었지만 그는 기꺼이 폐냉장고를 수거했다. 냉장고의 분해와 수리는 그의 오래된 취미 생활 같은 거였다.

이 냉장고는 오래된 모델이기는 했지만 전반적으로 상태가 깨끗했다. 또 많이 팔린 모델이 아니라서 희소가치까지 있었다. 남들에게는 같은 생산라인에서 만들어진 흔한 제품으로 보이겠지만 전문가의 눈으로 보면 다르다는 것을 알 수 있었다. 추가된 기능에 따라 파생된 특별한 모델이었다. 이 냉장고는 정수기와 탈취 기능이 장착된, 같은 라인에서 생산된 제품 중에서도 최상위 모델이었다.

그는 머릿속으로 냉장고를 해체하고 고장 난 냉각기를 떼어낸 후 다른 냉각기로 교체하는 상상을 했다. 잘라낸 냉각관과 냉각기를 용접해 이어주고 내부를 진공상태로 만들어주면 까다로운 일은 거의 끝난 셈이다. 그다음 냉매가스를 적당한 압력으로 냉각관에 채워주고 전원을 연결하기만 하면 된다. 수리가 제대로 됐다면 냉각기 표면이 하얗게 얼어붙는 걸 보게 될 것이다. 그는 수리가 끝난 후 냉동실에 쏟아지는 냉기를 좋아했다. 생각만으로도 차가운 냉기가 손끝에 느껴졌다. 기분이 훨씬 나아졌다.

차정후는 장갑을 벗고 입고 있던 일회용 작업복을 벗어서 쓰레기봉투에 쑤셔 넣었다. 그는 지급품도 아닌 일회용 작업복을 개인적으로 구매해 사용했다. 수리를 하면서 그에게 오물이 묻는 것도, 냉장고에 오물을 묻히는 것도 싫어서였다. 특히 오늘 같은 날 냉장고의 역겨운 냄새가 옷에 배는 것이 싫었다.

차정후는 팔을 들어 소매 끝을 코에 갖다 대고 냄새를 맡았다. 역겨운 냉장고 냄새 때문에 후각이 마비된 탓인지 다른 냄새가 잘 느껴지지 않았다.

그는 밴의 테일게이트를 열어둔 채 차량에 걸터앉았다. 흐르는 바람에 조금이라도 냄새가 씻겨나가기를 바랐다.

스트레칭을 하기 위해 허리를 곧게 폈다. 찌릿한 통증이 척

추를 타고 발가락 끝까지 내려갔다. 냉장고는 중요 부품들이 죄다 아래쪽에 몰려 있어, 허리를 굽히고 쪼그려 앉아 일을 해야 했다. 그 탓에 얻은 직업병이었다. 휴식이 필요했다.

스트레칭을 하고 나서 허기를 달래기 위해 그는 주머니를 뒤졌다. 아침도 건너뛴 탓에 혈당이 부족해서인지 손이 떨렸다. 주머니 속에는 휴대폰과 차량 열쇠, 껌 두어 개가 전부였다. 평소 습관처럼 주머니에 넣어두던 견과류 봉지도 없었다.

차량의 글러브박스를 뒤졌다. 언제 넣어두었는지 모를 견과류 한 봉지를 찾을 수 있었다. 그는 봉지를 뜯어 땅콩과 호두와 아몬드를 한 알씩 꺼내 아주 오랫동안 씹어 먹었다. 땅콩껍질이 조수석 바닥에 떨어졌다. 떨리던 손이 차츰 멈췄다.

그는 스마트폰을 꺼내 저장된 번호를 훑었다. 신형 휴대폰이라 터치에 반응하는 속도도 빨랐다. 알파벳과 숫자로 조합된 이름들이 손가락 끝에서 하나씩 밀려 올라갔다. S90SW55T_RS, 매혹적인 모델 번호였다. 차정후는 냉장고와 냉장고의 주인을 빨리 만나고 싶었다. 그가 오늘 일을 빨리 끝마치려고 유독 서두른 이유였다.

알파벳과 숫자들의 조합은 늘 차정후를 매료시켰다. 이 조합으로 이루어진 모델 번호를 보면, 냉장고가 양문형인지 4도어인지, 몇 리터인지, 색깔과 어떤 부가 기능이 있는지 알 수 있었다. 차정후는 냉장고의 모델 번호로 고객의 이름을 대신했고 그들을 기억했다.

S90SW55T_RS. 양문형, 900리터급의 용량, 실버화이트 색상. 홈바가 있고, 최고 사양은 아니지만 다양한 기능이 있으며 터치식의 패널이 있는 모델. 그리고 이어지는 RS는 그가 붙인 고유의 식별기호였다.

차정후는 통화 버튼을 눌렀다. 한 번, 두 번, 세 번 통화 연결음이 계속됐다. 심장이 빠르게 뛰었다. 여자의 하얀 발을 감싸던 선홍빛의 붉은 실내화가 떠올랐다.

"여보세요."

목소리를 듣는 순간 이미 그는 그녀가 보고 싶어졌다.

"안녕하세요. 며칠 전 냉장고를 수리했던 AS 기사 차정후입니다."

"아, 예."

"수리 후 냉장고에서 다시 물이 흐르거나 냉기가 약해지진 않았습니까?"

"네, 덕분에요."

그녀는 단답형으로 대답했지만 정중했고, 상대방을 충분히 배려하는 느낌이었다. 그는 짧게 숨을 들이마셨다.

"혹시 같은 증상이 다시 발생하면 꼭 제 휴대폰으로 연락 주세요. 센터에 접수하면 오래 걸리거든요. 전화 주시면 바로 방문하겠습니다."

"네, 고맙습니다."

"그리고 지금 냉동실 문을 잠깐 열어보실 수 있을까요? 점검할 게 있어서요."

"아, 잠시만요. 열었어요."

"맨 아래 칸에 있는 식품이랑 맨 위 칸에 있는 식품이랑 얼어 있는 정도를 확인해보세요. 같습니까?"

"음, 얼기는 했는데 같지는 않네요."

"위쪽이 좀 약하죠?"

"그러네요."

"냉기를 뿌려주는 팬이 문제인 거 같습니다. 부품 신청을 못 해서 그때는 그대로 두었는데 결국 문제가 되네요. 간단하게 교체할 수 있는데 오늘 방문해도 되겠습니까?"

"오늘요?"

그가 쐐기를 박았다.

"저, 말씀드리기 좀 그렇지만 같은 증상으로 센터에 접수하시면 저한테 페널티가 있습니다. 시간이 괜찮으시다면 부탁드립니다."

그녀가 잠시 망설이다 대답했다.

"아, 그렇군요. 그렇게 하죠."

"감사합니다. 출장비는 따로 없고, 냉각 팬 교체도 무상으로 진행하겠습니다."

"고맙습니다."

"그럼, 서너 시경에 찾아뵙겠습니다. 전화드리겠습니다."

"알겠습니다. 그때 뵐게요."

그녀가 전화를 끊었다. 차정후는 콧노래라도 부르고 싶은 심정이었다. 냉각 팬이 문제가 될 거라는 걸 알면서도 그냥 둔 건 순전히 오늘 같은 이유에서였다.

차정후는 오늘 예약된 마지막 오더의 고객에게 전화를 걸었다. 큰 기대는 하지 않았다. 모델 번호를 보면 위에는 냉동, 아래는 냉장의 옛날식 2도어 냉장고였다. 대부분 지방에서 올라와 혼자 사는 남자 자취생이 중고로 구입해 쓰다 버리는 모델이었다. 그들은 대부분 냉장고를 먹다 남은 음식 저장고 쯤으로 생각했고, 냄새 또한 지독했다. 그는 되도록 빨리 끝내고 S90SW55T_RS를 보고 싶었다.

통화 연결음이 계속됐지만 상대방은 전화를 받지 않았다. 차정후는 전화가 음성사서함으로 넘어가자 짜증이 치밀어 올랐다. 분명 컴퓨터로 게임이나 동영상 같은 걸 보느라 전화 소리를 못 듣는 것이리라. 고객과 약속된 시간까지는 한참 남아서 센터에 '부재' 처리를 할 수도 없었다. 다시 전화를 걸었다. 연결음이 대여섯 번 정도 계속되었다.

"여보세요."

경계심이 가득한 젊은 여자의 목소리였다. 목소리가 마음에 들었다. 그는 기분이 좋아졌다.

"냉장고 AS 기사입니다. 오늘 취소된 건이 있어서 약속 시간보다 일찍 찾아뵐 수 있는데 가능할까요?"

"……."

"여보세요?"

"……네."

"저, 괜찮으시다면 지금 방문드리려고 하는데요."

"……지금요?"

"어려우실까요?"

"아니에요. 괜찮습니다."

"저, 주된 고장 증상이 어떤가요? 가능하면 교체할 부품을 준비해야 하거든요."

"냉장고에서 점점 냉기가 나오지 않아요."

"에바 쪽 문제 같습니다."

"에바요?"

"에바포레이터라고, 쉽게 냉각기라고 보면 됩니다."

"아, 예."

"그럼 가서 뵙겠습니다."

"저, 냉장고를 새로 사야 할까요?"

"뜯어봐야 알 수 있을 것 같습니다."

"네."

차정후는 밴의 테일게이트를 닫고, 운전석에 올라가 내비게이션에 여자의 집 주소를 입력했다. 그녀의 집은 15분 정도 거리에 있는 도심의 재개발지구였다.

R-B187W. 그녀의 모델 번호였다. 그는 냉장고 모델 번호를 줄여서 그녀를 그냥 R이라 부르기로 했다. 하지만 그는 R이 곧 자신의 고유 식별코드를 갖게 될 거라 확신했다. 목소리만으로 그는 알 수 있었다.

R은 재개발지구로 묶인 동네의 4층 빌라에 살고 있었다. 빌라는 완만하게 이어진 경사로 끝에 있었다. 주변 집들은 이미 이주가 시작됐는지 드문드문 빨간 페인트로 'X' 표시가 돼 있었다. CCTV라고는 없는 취약한 지역. 차정후는 점점 더 기분이 좋아졌다.

그는 밴을 빌라의 옆에 바싹 붙여 주차했다. 빌라의 벽은 도시가스의 배관이 동맥처럼 뻗어 4층까지 이어져 있었다.

그는 새 일회용 작업복을 꺼내 입고, 양말도 새것으로 갈아 신었다. 고객의 집을 방문할 때마다 그는 양말을 새로 갈아 신었다. 냄새는 물론 바닥에 찍히는 그의 발자국을 벌레 자국이라도 되는 양 보던 고객들의 눈빛 때문에 생긴 습관이었다.

공구 가방과 수리용 부품을 꺼내 바닥에 내려놓고 열쇠를 돌려 밴의 문을 잠갔다. 그는 손잡이까지 당겨 제대로 잠겼는지 확인하고 나서야 안심이 됐다. 그래봤자 소 잃고 외양간 고치는 격이었다. 쓴웃음이 났다. 얼마 전 그는 오래되어 손에 익은 전동공구와 액정에 금이 간 구형 휴대폰을 도둑맞았다. 수리를 끝낸 고객의 집에 멀티테스터를 두고 온 것을 깨닫고 차 문을 잠그지 않은 채 다녀온 탓이었다. 불과 1, 2분 정도의 짧은 시간이었고, '누가 이런 걸 훔쳐 가겠어' 하고 방심한 대가였다. 다행히 전화번호와 사진들은 클라우드에 자동으로 백업한 터라 복원할 수 있어서 피해가 크지는 않았다.

그는 공구 가방을 들고 빌라로 향했다. 현관에 들어서자 축축한 습기와 함께 곰팡이 냄새가 났다. 집 장수가 땅의 지분을 쪼개기 위해 방향 따위는 신경 쓰지 않고 대충 지어서인지 한낮인데도 빌라에는 볕이 들지 않았다.

그가 2층에서 3층으로 올라가는 순간 머리 위에서 센서등이 켜졌다. 대낮에 켜지는 센서등이라니.

층마다 세 개의 현관문이 있었다. 301호. R의 집이었다. 현관문에 칠해진 선명한 녹색 페인트와 달리 귀퉁이는 붉은 녹이 슬어 있었다. 잠금장치는 열쇠로 여는 아날로그식 두 개였다.

차정후는 초인종을 눌렀다. 한참 동안 인기척이 없었다. 다시 초인종을 누르려는 순간, 문이 한 뼘 정도 열렸다. 문틈으로 R의 시선이 그를 빠르게 훑었다. 그는 회사 로고가 찍힌 신분증을 들어 보였다.

"조금 전 전화를 드렸던 AS 기사 차정후입니다."

문이 열렸다. 흰 피부와 동그란 눈이 인상적인 이십 대 중후반 여자였다. R은 한 손에 전화기를 들고 의심이 가득한 눈초리로 그를 지켜보았다. 커다란 티셔츠를 원피스처럼 입고, 삼선의 아디다스 레깅스를 입고 있었다.

"저 들어가도 될까요? 냉장고를 봐야 고칠 수 있거든요."

R이 옆으로 비켜섰다. 차정후는 그녀를 지나쳐 집 안으로 들어섰다. R에게서 섬유유연제 냄새가 났다. 차정후는 신발을 벗고 조심스럽게 안으로 들어갔다. 집 안에는 문이 두 개였다. 하나는 방문, 하나는 화장실인 듯했다. 거실과 주방은 원룸처럼 구분되지 않았다. 주방 싱크대 옆에 흰색 냉장고가 보였다. 그리고 그 옆으로 냉장고에 절반쯤 가려진 미닫이문이 있었다.

냉장고 문을 열어도 되는지 동의를 구하기 위해 R 쪽으로 돌아보았다. R은 여전히 현관문 앞에 서 있었다. 그가 그대로 멀뚱히 바라보자 마지못해 R이 고개를 끄덕였다.

차정후는 냉장실 문을 열었다. 냉장실은 텅 비어 있었고, 냉장고 냄새 속에 희미하게 화장품 냄새가 섞여 있었다. 냉동실을 열었다. 아직 뜯지 않아 풍선처럼 부풀어 오른 김치 한 봉지와 물병 몇 개가 눈에 띄었다. 한동안 냉기가 남아 있던 냉동실을 냉장실처럼 사용했으리라.

2도어 냉장고의 냉각기는 냉동실에 있다. 냉동실에서 만들어진 냉기가 팬에 의해 냉장실로 뿌려지는 구조다. 그 때문에 냉각기 고장이 아니라면 냉동실에는 상대적으로 조금 더 오랫동안 냉기가 남아 있었을 것이다.

차정후는 연장 가방을 열고 전동공구를 꺼내 냉각기 커버를 고정하는 나사를 풀었다. 하지만 커버가 분리되지 않았다. 얼어붙은 게 분명했다. 그가 R을 돌아보았다. R이 불안한 얼굴로 그를 보았다.

"얼어붙어서 냉각기 커버가 분리되지 않는데, 헤어드라이어가 있을까요?"

과거에는 냉각기 얼음을 녹이는 데 고객의 헤어드라이어를 빌려 썼지만 지금은 AS 기사라면 누구나 히팅건 정도는 가지고 다닌다. 하지만 차정후는 히팅건을 연장 가방에 둔 채 R에게 헤어드라이어를 부탁했다. R이 고개를 끄덕인 뒤 자리를 떴다. R은 좌측의 문으로 들어갔다.

R이 방 안으로 들어가자 그는 재빨리 집 안을 살폈다. TV조차 없는 거실에 가구라고는 작은 탁자가 전부였다. 벽은 물론이고 탁자 위에 사진 같은 것도 없었다. 주방 한쪽 벽에 붙어 있는 식탁에는 의자가 한 개밖에 없었다. 혼자 사는 여자일 가능성이 컸다.

그는 냉장고에 반쯤 가려진 문을 열었다. 예상대로 세탁기가 설치된 발코니였다. 철제 선반에 물건들이 불규칙하게 정리돼 있었고, 빨래 바구니에 담긴 수건과 옷들이 눈에 띄었다. 그는 서둘러 문을 닫고 연장 가방에서 뭔가를 찾는 시늉을 했다.

"여기 있어요."

R이 헤어드라이어를 내밀었다. 그는 전기를 끌어올 4미터짜리 콘센트를 가방에서 꺼내 R에게 내밀었다. R은 콘센트의 플러그를 받아 싱크대 벽에 있는 콘센트에 연결했다. 허리를 숙이자 펑퍼짐한 티셔츠가 올라가면서 가려져 있던 R의 몸매가 슬쩍 드러났다.

찰칵, 셔터 소리가 들리자 R이 돌아보았다. 차정후는 휴대폰으로 냉장실에 붙어 있는 스티커를 향해 다시 셔터를 눌렀다.

"제품 출시 연도랑 사양을 확인해야 해서요. 글씨가 흐릿해서 잘 안 보이네요."

R이 고개를 끄덕였다. 차정후는 드라이어를 작동시켜 냉동실 냉각기 커버의 연결 부위를 녹였다. 얼마 지나지 않아 양말 끝이 물에 젖었다. 예상보다 얼음이 빨리 녹아내렸다. 2도어 냉장고는 냉동실과 냉장실이 구조적으로 연결돼 있어 녹은 물이 냉장실 벽을 타고 바닥으로 흘러내린다.

"저, 죄송하지만 걸레랑 세숫대야 같은 게 있을까요? 냉장고에서 물이 좀 흐를 것 같은데요."

R이 그의 말을 듣고 곧장 자리를 비웠다. 그러자 그는 발코니 문을 열고 나가 빨래 바구니를 뒤졌다. 혼자 사는 여자가 분명했다. 수건과 티셔츠 같은 빨랫감 사이에서 R의 흰색 속옷이 보였다. 차정후는 망설일 틈도 없이 속옷을 일회용 작업복의 품속에 쑤셔 넣었다. 심장이 미친 듯이 뛰었다.

발코니에서 나와 미처 제자리에 돌아오기 전에 R이 걸어오는 인기척이 느껴졌다. 그는 발코니 문을 닫지도 못한 채 쭈그리고 앉았다. 그리고 냉장고 뒤편을 확인하는 척 들여다보았다. 보았을까? 심장이 뛰는 소리 때문에라도 그는 모든 걸 R에게 들킬 것 같았다. R의 발걸음 소리가 점점 가까워졌다. 그는 냉장고 뒤편을 비집고 들어가 손으로 컴프레서에 쌓인 먼지를 털어냈다.

차정후는 무심하게 먼지가 묻은 장갑을 벗어서 연장 가방에 넣고 새 장갑을 꺼내서 꼈다. 가볍게 기침도 몇 번 했다. 그리고 원래 자리로 돌아와 드라이어를 잡았다.

냉장고에서 얼음이 녹은 물이 흘러 양말을 적시고 있었지만 차정후는 얼어붙은 듯 그대로 서 있었다.

뜨겁게 달아오른 드라이어를 식히기 위해 껐다. 아무 소리도 들리지 않았다. 그래서 그는 더 불안했다. 뒤를 돌아보았다. R의 시선이 열려 있는 발코니 문을 향해 있었다.

"냉장고 뒤편에 먼지가 많이 쌓였네요. 지금까지 한 번도 청소를 하지 않으셨나 봐요."

R의 얼굴이 붉어졌다. 냉장고 뒤편에 쌓인 먼지를 고객들에게 보여주면 백이면 백 모두 부끄러워했다. 그래서 고장의 원인이 제품의 불량보다는 먼지 때문이라고 해도 대체로 수긍했다. 먼지 문제는 그가 늘 사용하는 일종의 고객응대 기술 같은 거였다. R의 표정을 보니 이번에도 통했다.

"먼지가 쌓여 냉각 효율을 떨어트렸을 수 있습니다. 고장의 원인이 되기도 하고요. 심하면 화재가 발생할 수도 있습니다. 확인이 필요해서 컴프레서에 쌓인 먼지를 일단 털어냈는데 좀 날리더라고요."

"아, 그래서……. 죄송해요. 제가 관리를 잘 못해서."

"죄송하긴요. 사실 다들 그래요. 덕분에 제가 밥 먹고 사는 거죠."

R이 살짝 웃으며 수건 두 장과 세숫대야를 내밀었다. 그는 비로소 참았던 숨을 천천히 내뱉었다.

차정후는 수건을 냉장실 바닥에 깔고 일자 드라이버로 얼어붙은 덮개를 벌려 뜯어냈다. 예상대로 냉각기는 얼음으로 뒤덮여 있었다.

"서리를 제거하는 제상장치에 문제가 생겨 얼음이 생겼고, 얼음 덩어리가 커져서 냉장실로 통하는 통로를 막아버린 것 같아요. 일단 이걸 녹이고, 부품들을 좀 살펴봐야겠습니다."

"고칠 수 있는 건가요? 수리비는요?"

"죄송하지만, 아직 정확한 원인을 파악하진 못해서요. 문제가 파악되면 견적을 말씀드리고 수리를 진행하겠습니다."

"아, 예."

절판된 구형부터 최신 모델까지 그가 고치지 못하는 냉장고는 없었다. 그는 이미 머릿속으로 대충의 견적 계산을 끝냈다. 아마도 얼음을 녹여 냉기가 흐르는 통로를 확보하고 원인이 되는 제상히터를 교체하면 냉장고는 문제없이 돌아갈 것이다. 그럼에도 남아 있는 다른 계산 때문에 결정을 미뤘다.

차정후는 헤어드라이어로 얼어붙은 얼음을 녹이고, 냉장실로 흘러내린 물을 수건으로 훔쳐 대야에 짜냈다.

"고장 원인이 밝혀지면 말씀드릴게요. 얼음을 녹이려면 시간이 좀 더 걸릴 것 같습니다. 하시던 일을 하셔도 됩니다."

"아, 예."

R은 대답을 하고 나서도 자리를 뜨지 않았다. R은 여전히 스마트폰을 손에 쥐고 있었다. 차정후는 R이 보이는 경계심이 거슬렸다.

그는 연장 가방에서 멀티테스터를 꺼내 성에를 녹이는 제상히터를 확인했다. 예상대로 전압이 잡히지 않았다. 제상히터를 교체하려면 원래 구만 원 정도가 든다. 이 가격이라면 R은 수리를 포기할 것이다.

"제상히터에 문제가 있습니다. 수리비가 구천 원 정도인데 진행할까요?"

"출장비는요?"

"구천 원에 포함돼 있습니다."

R이 안심한 표정으로 고개를 끄덕였다.

차정후는 제상히터를 교체했다. 그리고 냉장고에 냉매가스를 기준보다 조금 더 보충했다. 그는 냉매가스를 보충하며 자연스럽게 바닥에 찍힌 자신의 젖은 발자국을 확인했다. 그가 움직인 동선이 그대로 드러났다. 다행히 발코니 쪽으로 향한 발자국은 양말이 살짝 젖은 탓에 선명하게 보이지 않았다.

"저, 물 좀 버려주시겠습니까?"

그가 세숫대야를 내밀었다. R이 대야를 들고 화장실로 사라졌다. 차정후는 연장 가방에서 송곳을 꺼내 냉각기의 배관에 보이지 않을 정도의 아주 작고 미세한 구멍을 냈다. 그리고 접착제를 발랐다. 접착제는 얼마 못 가서 가스의 압력을 이기지 못하고 떨어져 나갈 것이다. 그렇게 되면 이 미세한 구멍으로 조금씩 냉매가스가 샐 것이고, 얼마 못 가서 다시 냉각 기능을 상실하게 된다. R은 수리비 때문에라도 AS 센터를 거치지 않고 그에게 전화할 것이다. 그의 나머지 계산이 끝났다.

그는 냉각기 덮개를 다시 고정시키고 냉장고 전원을 넣었다. 팬이 돌면서 잠시 후 냉기가 나오기 시작했다.

"이상 없이 냉기가 나오네요."

"감사합니다. 냉장고가 고장이라 시원한 물도 한 잔 드리지 못하네요."

"괜찮습니다. 또 문제가 생기면 저한테 바로 전화 주세요."

그가 명함을 내밀었다.

"감사합니다."

R이 명함을 받고, 현금을 내밀었다. 그는 구천 원을 받은 뒤 스마트폰에 R의 사인을 받았다. 그가 내민 스마트폰에는 0이 하나 더 붙어 있었지만 R은 알아채지 못했다. 모든 절차가 끝났다.

그는 젖은 양말 때문에 바닥에 찍힌 발자국이 신경 쓰였다. R이 눈치채고 더 방어적인 태도를 취할까 봐. 하지만 발코니에 찍힌 발자국은 희미했고 R이 발견하기 전에 마를 것이다. 그는 그냥 그렇게 생각하기로 했다.

R은 그가 나갈 때까지 몇 번이고 인사를 했다. 그의 등 뒤로 현관문이 닫혔다.

머리 위에서 센서등이 켜졌다. 계단은 여전히 빛이 들지 않았다.

차정후는 스마트폰에서 R의 전화번호를 찾아 R-B187W_WP라는 개인 식별코드로 저장했다. 2도어 하얀색 팬티. 머릿속에 여자의 이미지가 떠올랐다. 그는 휴대폰의 메모장을 열어 작업일지를 찾았다. 그리고 오늘 작업한 내용을 타이핑했다. 기록을 남겨놓아야 다음이 쉬워진다. 기억할 게 많아지면 헷갈리기 마련이다. 일일이 기억하는 데는 한계가 있으니까.

차정후는 일회용 작업복도 벗지 않은 채 서둘러 밴에 올라탔다. 그는 그때까지 품속에 있던 속옷을 꺼내 냄새를 맡았다. 흐릿하게, R에게서 나던 섬유유연제 냄새가 났다. 냄새가 지워지기 전에 그는 속옷을 지퍼 백에 담았다. 조만간 그는 다시 이곳을 찾을 것이다. R-B187W_WP가 원하든 원하지 않든.

차정후는 밴의 시동을 걸었다. 2시 10분. 드라이어로 얼음을 녹이느라 예상보다 시간이 많이 지났다.

그는 최근 통화 목록에서 S90SW55T_RS를 찾아 전화를 걸었다. 방아쇠를 당기기 직전의 사냥꾼처럼 흥분되기 시작했다. 연결음이 계속됐지만 음성사서함으로 넘어갈 때까지 전화를 받지 않았다. 그는 계획이 틀어질까 봐 조바심이 났다. 전화를 다시 걸었다. 연결음이 계속되다 음성사서함으로 넘어갔다.

마음이 급해진 차정후는 안전벨트도 제대로 매지 않고 액셀을 밟았다. 밴이 꿀렁거리며 움직이기 시작했다. 그는 한 손으로 급하게 문자를 남겼다.

밴이 골목을 채 빠져나가기도 전에 전화벨이 울렸다.

긴장과 흥분으로 핸들을 쥐고 있는 손에 땀이 났다. 그는 조수석에 던져둔 휴대폰의 액정을 흘깃 보았다. 저장되어 있지 않은 번호였다. 들뜨던 흥분이 가라앉았다. 그는 전화를 받지 않았다. 전화벨은 잠시 끊어졌다 다시 이어졌다.

전화벨이 끈질기게 울렸다. 잘못 걸린 전화가 아니라는 것을 그는 곧 깨달았다. 차정후는 손을 뻗어 휴대폰을 집어 들었다.

5

두만은 오상한 팀장이 광수대장의 방에서 나오기도 전에 팀의 막내인 최윤 형사를 따로 불러 형사기동대 차량을 준비 시켰다.

광수대에서 팀장 전원이 소집되는 사건은 흔치 않다. 첩보에 의해 시작되는 인지수사를 제외하면 각각의 팀은 서로 담당하는 구역이 다르다. 특정 팀이 사건을 독점하는 걸 막기 위해 만들어진 일종의 내부 규정이다. 그러니 사건이 발생한 지역에 따라 전담팀이 배정되는 건 당연하다. 그런데 팀장 전원이 소집되었다는 건 사람들의 시선이 집중될 정도로 큰 사건이 터졌다는 뜻이었다.

유력 인사가 피해자나 가해자로 개입된 사건이나, 관할서가 한 곳 이상인 연쇄범죄, 방법이나 동기가 엽기적인 사건, 다중 피해자가 발생한 사건, 사회적인 의미로 해석될 여지가 있는 사건 등의 경우가 그랬다. 거기에 더해 청에서 수사지휘가 내려온 사건은 이유 불문 중대 사건으로 분류됐다.

두만은 한 형사와 최 형사를 기동대 차량에 태운 뒤 주차장에 대기시켰다. 발이 빠른 형사가 범인도 먼저 잡는 법이었다.

두만은 휴대폰을 들어 시간을 확인했다. 12시 10분. 회의가 길어지고 있었다. 그는 희령에게 다시 전화해 재촉하려다 그만두었다. 희령을 불안하게 할수록 증세만 심해질 것이다. 사건 현장에서 초동수사를 끝내고 나면 슬쩍 집에 들러 외출하듯 희령을 데리고 나오리라. 두만은 마음먹었다.

광수대장 방의 문이 열리고 팀장들이 우르르 나왔다. 그들의 얼굴 표정만 봐도 심각한 사건이 터졌다는 걸 쉽게 짐작할 수 있었다. 팀장들이 나오자 각 팀에 소속된 형사들이 모여들었다. 그중 몇몇은 자리에 없는 팀원을 호출하느라 휴대폰을 귀에 댄 채였다.

"우리 애들은?"

오 팀장이 비어 있는 팀원들의 자리를 보고 두만에게 물었다.

"형기대 차에서 대기 중입니다."

오 팀장이 두서없이 모여 있는 다른 팀 형사들을 흘깃 보았다. 굳은 표정이 살짝 펴졌다.

"강 반장, 나는 너만 믿는다."

오 팀장이 그의 어깨를 가볍게 두드렸다.

"가시죠. 사건 관련해서는 현장 가면서 듣고요."

"그래."

두만이 빠른 걸음으로 앞장서서 걸었다. 아침부터 뛰어다녀 눅눅해진 속옷이 몸에 들러붙었다.

두 사람이 청사 현관문을 열고 나오자 눈치 빠른 최윤 형사가 형기대 차량을 현관 앞에 바짝 붙였다. 오 팀장은 조수석에, 두만은 슬라이딩 도어를 열고 뒷좌석에 올라탔다. 두만이 미처 문을 닫기도 전에 차량이 움직이기 시작했다.

"팀장님, 어디로 갈까요?"

"일단 이태원 쪽으로 가자."

최 형사는 서울청을 벗어나 시청 쪽으로 방향을 잡았다.

"외국 애들이 사고 친 거예요?"

한 형사가 궁금한 걸 참지 못하고 끼어들었다. 오 팀장이 고개를 저었다. 두만은 오 팀장의 심상치 않은 표정에서 생각보다 사건의 사이즈가 크다는 걸 직감했다.

"연쇄예요?"

두만이 툭, 던졌다. 팀원들의 시선이 두만에게 모였다가 오 팀장으로 옮겨갔다. 두만 역시 오 팀장을 보았다.

오 팀장이 고개를 끄덕였다.

"살인이요?"

두만의 말끝이 자신도 모르게 올라갔다. 오 팀장이 다시 고개를 끄덕였다. 순간, 누구의 입에서인지 탄식 같은 신음이 흘러나왔다.

CCTV와 스마트폰이 모두의 일거수일투족을 따라다니며 감시하는 이런 세상에 아직도 연쇄살인이 발생한다고? 두만은 연쇄살인이 발생했다는 것도, 지금껏 범인을 특정하지 못했다는 것도 믿기지 않았다.

오 팀장은 팔짱을 꼈고, 막내인 최 형사는 한숨을 쉬었고, 한 형사는 주먹을 움켜쥐었다. 침묵이 길어졌다.

— 약 700미터 앞에서 시속 60킬로미터 이하로 안전 운전하십시오.

내비게이션에서 흘러나오는 여자의 목소리만 숨죽인 침묵 사이를 메웠다.

"저, 팀장님 사이렌 켤까요?"

막내가 오 팀장의 눈치를 보며 조심스럽게 물었다.

"조용히 가자."

"예, 알겠습니다."

오 팀장은 좀처럼 입을 열지 않았다. 그는 어디서부터 이야기를 꺼내야 할지 망설이고 있는 것 같았다. 팀원 모두 긴장한 채 오 팀장이 입을 열기를 기다렸다. 운전을 하던 막내조차 힐끔거리며 오 팀장을 살폈다.

"강 반장, 3주 전에 요골동맥이 잘려서 살해당한 피해자 기억나지?"

"다들 기억하죠. 수법이나 현장이 특이해서 말들이 많았잖아요."

"반장님, 영등포서 사건 말씀하는 거죠?"

한 형사가 아는 척 끼어들었다.

"설마, 그 사건이에요?"

두만이 다시 물었고, 오 팀장은 고개를 끄덕였다.

"아."

조건반사처럼 두만의 입에서 신음이 튀어나왔다. 눈으로 직접 확인하지는 못했지만 앞뒤가 맞지 않는 현장이라 신경이 쓰이던 사건이었다. 냉장고까지 뒤질 정도로 물색 흔적이 과도하게 남은 현장에서 휴대폰이나 지갑 속의 현금이 그대로 있다는 게 이해할 수 없었다. 또, 피해자를 공격한 부위가 애매했다. 살인이 목적이라면 3~4초면 사망하는 심장을 찌르거나 목의 동맥을 잘라야 했다. 그런데 놈은 손목의 요골동맥을 잘라 피해자가 천천히 죽어가도록 만들었다. 마치 그 순간을 지켜보며 즐기기라도 했던 것처럼.

두만은 놈의 살인이 한 번으로 끝나지 않을 것 같다고 느꼈다. 그냥 그의 촉이었다. 그리고 지금 두 번째 살인이 일어났다. 두만은 첫 번째 사건이 발생했을 때 광수대로 사건을 가지고 와야 한다고 밀어붙이지 못한 게 후회됐다.

"같은 수법이야. 이번엔 용산서 관할이고."

오 팀장이 두만을 보며 대답했다.

"백 퍼센트 똑같아요? 이번에도 손목의 동맥을 잘랐고요?"

한 형사가 믿기지 않은 듯 연이어 되물었다.

"그래. 요골동맥을 자른 것도 같고, 과도한 물색 흔적도 같아."

한 형사가 한숨을 쉬었다. 연쇄살인, 앞으로 벌어질 일이 그의 눈앞에 그려졌다. 광수대가 투입되었다는 건 곧 수사본부가 꾸려진다는 뜻이었다. 그리고 광수대 형사들의 일거수일투족이 언론을 통해 생중계된다는 뜻이기도 했다. 빠른 시간 안에 놈을 잡지 못하면 광수대 대장 정도는 쉽게 날아갈 것이다.

"사이코 새끼가 뭘 찾고 있던 걸까요?"

"낸들 아냐."

오 팀장과 한 형사의 대화가 푸념처럼 이어졌다.

"혹시, 약 같은 거 아닐까요? 현금이나 휴대폰 같은 거에 손도 안 댄 거 보면 잔돈푼 노리고 들어간 잡범은 아닌 게 분명한데 말이죠."

"영등포서에서 이미 확인했어. 사체에 바늘 자국도 없었고, 약물 성분도 검출되지 않았대."

"약쟁이는 아니더라도 배달부일 수는 있잖아요. 물주가 따로 있는 약을 운반하다가 욕심 때문에 잠수를 탄 스토리죠."

"피해자 동선이 깔끔해. 회사와 집이 다야. 출입국 기록도 없고, 약이랑 엮일 만한 거리가 전혀 없어."

"하, 미치겠네. 그럼 사이코패스에 의한 쾌락살인인가?"

한 형사가 자신 없는지 혼잣말처럼 중얼거리다 말꼬리를 올렸다.

"그럼, 물색 흔적은?"

"수사 방향을 교란하기 위한 일종의 트릭이죠. 동기를 감추기 위해 현장을 위장하는 건 흔하잖아요."

형기대 차가 우회전을 한 뒤 곧바로 좌회전했다. 몸이 좌우로 쏠렸다. 사이렌을 켜지 않았지만 마음이 급한지 막내의 운전이 거칠었다.

두만은 머릿속으로 현장의 모습을 떠올렸다. 과도한 물색 흔적 위에 떨어져 있는 피해자의 혈흔, 피해자 손목과 발목의 결박 흔적, 주저흔(한 번에 치명상을 만들지 못하고 머뭇거린 흔적)이나 감정이 실리지 않은 단 하나의 치명상.

"현장에 가보면 알아. 위장으로 보기에는 물색 흔적이 너무 과도해."

"동기가 나와야 수사 방향이라도 잡지. 돌겠네요. 에이, 전 그냥 시키는 거나 하렵니다."

한 형사가 머리를 감싸 쥐었다.

"나도 돌겠다. 강 반장은 이 사건 어떻게 생각해?"

오 팀장이 두만을 돌아보았다. 몇 시간 만에 그의 눈 밑에 그늘이 더 짙어져 있었다.

"팀장님은 어느 쪽이 주일 것 같으세요? 물색, 아니면 살인?"

"안 그래도 머리가 터질 것 같은데, 퀴즈 내지 말고 그냥 얘기해줘요."

한 형사가 다소 엄살을 담아 소심하게 항의했다.

"한 형사, 살인강도 사건이 발생했다고 쳐. 살인이 주야, 강도가 주야? 강간살인이라면 강간이 주야, 살인이 주야?"

"대부분의 경우 살인강도면 강도가 주고, 강간살인이면 강간이 주죠."

"거봐. 범죄의 목적을 알면 수사의 우선순위가 달라지잖아. 살인이 주면 피해자 주변을 털어 범행 동기를 봐야 하고, 강도가 주면 동종 수법 전과자를 털어야 하잖아."

"반장님, 그럼 이번 사건은 물색이 주예요? 살인이 주예요?"

"물색."

"왜요?"

갑자기 주변이 어두워졌다. 형기대 차가 남산3호터널을 지나고 있었다. 터널 안 불빛이 일직선으로 빠르게 뒤로 흘러갔다.

"놈은 피해자를 완벽하게 제압한 뒤 물색했어. 손목이나 발목에 결박 흔적이 남은 걸 보면 알 수 있지. 살인이 주면 죽인 다음에 뒤졌을 거야. 그게 더 경제적이거든."

터널이 끝나고 갑자기 햇빛이 쏟아졌다. 한 형사가 눈이 부신지 얼굴을 찌푸렸다.

"근데 그것도 좀 이상하잖아요. 이미 제압을 했는데 왜 죽여요? 물색이 목적이면 죽일 필요까지는 없잖아요."

"살인강도나 강간살인에서 목적이 강도고 강간이면 목적을 달성했는데 왜 피해자를 죽이겠어."

"하긴 그것도 그러네요."

"근데 반장님 말씀대로라면 먼저 죽여도 하등 상관 없잖아요. 어차피 죽일 거면."

"아마도 놈은 자신이 찾는 무언가를 찾지 못할 수도 있다고 생각한 것 같아. 그래서 물색이 끝날 때까지 피해자를 살려둔 거지."

"근데 뭔가 캐내려면 피해자를 죽이면 안 되죠. 죽이면 영원히 끝인데."

"맞아."

"칼자국도 손목에 딱 한 개예요. 눈에 띄는 피하출혈도 없고요. 뭔가를 캐내려면 협박을 하거나 물리적으로 고통을 줘야 하잖아요. 정황과 어긋나요."

"그것도 맞아."

"에이, 그러면 다시 원점이잖아요."

"만약 2차 사건이 발생하지 않았다면 한 형사 말이 맞아. 그런데 2차 사건이 터졌어. 놈은 첫 번째 피해자에게서 자신이 찾는 게 없다는 걸 알았어. 그래서 두 번째 살인이 발생한 거야. 놈에게 살인은 증거인멸 행위이자 일종의 확인 같은 건지도 몰라. 만약 이번에도 찾지 못했다면 세 번째 살인이 발생할 거야."

"무슨, 그리 무시무시한 소릴 해. 현장 가기 전에 나 심장마비 오는 거 보려고 이래?"

오 팀장이 조수석 창문을 내렸다. 찬 바람이 고막을 울리며 차 안으로 한꺼번에 밀려들어왔다. 운전을 하던 막내가 몸을 부르르 떨었다. 바람 소리 때문에 두만의 목소리가 커졌다.

"놈은 자신이 찾는 걸 누가 갖고 있는지 정확히는 몰라. 그래서 하나씩 가능성을 줄여가는 거야. 살인으로 증거를 없애면서, 들키지 않게."

"반장님, 잠깐만요. 그럼 피해자들 사이에 뭔가 공통점이 있겠네요?"

한 형사가 정답을 맞힌 아이처럼 크게 소리를 질렀다.

"내 생각엔 그래."

팀장이 창문을 다시 올렸다.

"막내야, 사이렌 켜라. 할 게 많다."

오 팀장은 막막했던 수사의 가르마를 탄 듯 막내를 재촉했다. 최 형사가 사이렌을 켜고 가속페달을 깊숙이 밟았다. RPM이 급하게 올라가며 엔진의 소음과 함께 차가 튕겨 나가듯 달렸다.

최 형사는 차가 주택가 이면도로에 들어서자 속도를 줄이고 사이렌을 껐다. 차는 골목길을 따라 천천히 언덕 위로 올라갔다. 골목이 깊어질수록 색이 바랜 낮은 지붕들이 차창 밖으로 지나갔다. 벌겋게 녹슨 대문과 깨진 채 방치된 유리창, 페인트가 벗겨져 시멘트가 드러난 벽이 이어졌다. 주인의 손길이 닿지 않은 집들이 자기 무게에 짓눌려 금방이라도 주저앉을 것 같았다.

— 목적지에 도착했습니다.

내비게이션이 안내를 종료했고, 이어서 차도 멈춰 섰다. 언덕 위에 있는 4층짜리 빌라 앞이었다. 두만은 차에서 내려 주변을 둘러보았다. CCTV는 고사하고 보안등조차 드물었다. 요즘 세상에 CCTV가 없는 동네라니. 시간이 멈춰 흐르지 않고 고여 있는 것 같았다. 각오는 했지만 그래도 막막했다.

오 팀장이 앞장서서 빌라의 공동현관문을 밀고 안으로 들어섰다. 출입구를 통제하던 근무복 차림의 관할서 순경이 비켜서며 경례를 했다. 한 형사와 최 형사가 팀장의 뒤를 따랐다. 두만이 앞서가는 최 형사의 어깨를 잡았다.

"최 형사는 현장 주변 CCTV부터 체크해봐."

"동네 분위기도 그렇고, 이미 관할서에서 훑었을 텐데 남아 있는 게 있을까요?"

"선무당들이 많아서 빠트린 게 있을지도 모르지. 차는 놔두고 걸어서 훑어봐. 범인은……."

"범인은 손이 아니라 발로 잡는 거다, 맞죠?"

최 형사가 씨익 웃었다. 두만이 최 형사의 어깨를 토닥였다.

"그래."

"반장님 말씀 잊지 않고 있습니다."

"내가 꼰대가 다 됐다."

"꼰대가 아니라 형사죠. 진짜 형사."

"고맙다. 그렇게 생각해주니. 하는 김에 주차돼 있는 차량에 블랙박스 있는지 확인하고 장기 주차된 차량이면 차주 전화번호도 확보하고."

"연락되면 영상까지 확보하겠습니다."

믿음직했다. 두만은 최 형사를 보내고 빌라 주변을 살폈다. 빌라를 기준으로 형기대 차가 진입한 쪽은 재개발로 이주가 시작돼 비어 있는 곳이 많았다. 그와는 달리 반대쪽 길은 지하철역이 있는 번화가로 이어져서 그런지 오래되고 낡은 집들이지만 아직 사람들이 살고 있었다.

두만은 빌라의 외벽을 살폈다. 도시가스 배관이 촘촘하게

4층까지 이어져 있었다. 사건 현장이 3층이라고 해도 외부 침입이 불가능한 상황은 아니었다.

두만은 빌라의 공동현관문을 향해 걸었다. 문 앞을 지키고 있던 순경이 현관 유리문을 열어놓고 그를 기다리고 있었다. 두만이 가볍게 목례를 했다.

101호를 지나 계단을 따라 2층으로 올라갔다. 그의 뒤로 유리문이 닫히는 소리가 들렸다. 2층으로 올라가는 난간에 과수팀이 지문 분말을 칠한 흔적이 남아 있었다. 미처 다 닦아내지 못해 남은 흔적이었다. 2층에서 3층으로 올라가는 계단참에는 잘게 조각난 유리 가루가 반짝거렸다. 천장을 보았다. 센서등의 전구가 깨져 있었다.

계단참을 돌아 3층에 올라갔다. 303호의 현관에 노란색 폴리스라인이 쳐져 있었다. 문 앞을 지키던 근무복 차림의 순경이 두만을 가로막았다. 두만을 막는 손에 수첩이 들려 있었다. 볼펜이 끼워져 있어 수첩의 배가 불룩했다.

강은호, 근무복의 오른쪽 가슴에 달려 있는 명찰의 이름이 선명했다. 순경치고는 나이가 들어 보이는 얼굴이었다.

두만은 안쪽에 있는 오 팀장을 가리켰다. 오 팀장이 인기척에 반응해 두만을 보고 들어오라고 손짓했다. 강 순경이 비켜섰다. 현장에는 두만의 팀을 제외하고는 아무도 없었다. 과수팀은 물론이고 관할서 강력팀마저 모두 철수한 모양이었다.

발견 당시 현장 상황을 설명해줄 사람이 아무도 없었다.

두만은 뭔가 좀 석연치 않았다. 수사본부가 꾸려지고 사건을 광수대로 넘긴다 하더라도 관할서 서장이나 형사과장이 아무 미련 없이 형사들을 모두 철수시키는 건 이상했다. 또 윗선에서 사건을 넘겼다 하더라도 수사하던 자기 사건을 이렇게 순식간에 포기하는 형사는 없었다. 뭔가 이유가 있다는 뜻이었다.

"유력 용의자가 떴나 봐요?"

두만이 강 순경에게 지나가는 말처럼 던졌다. 그의 얼굴에 당황한 빛이 스쳤다.

"저는, 잘 모릅니다."

두만은 강 순경의 태도에서 뭔가 있다는 걸 눈치챘다.

"그래요. 현장을 지키고 메모를 열심히 해도 모를 수 있죠."

강 순경의 얼굴이 붉어졌다. 남의 수사를 뺏어 오는 마당에 그들이 쥐고 있는 용의자까지 뺏어 올 수는 없었다. 그러나 유력한 용의자가 있다는 건 반가운 일이었다. 그들이 쥐고 있는 용의자가 진범이면 더할 나위 없고, 아니라면 그때부터 현장을 장악하고 새판을 짜면 되니까. 두만이 미소를 지었다.

"저, 정말입니다."

강 순경이 말을 더듬었다. 두만은 자신의 문신과도 같은 귀가 떠올랐다. 찌그러진 귀 때문에 자신이 웃는다고 선한 사마

108

리안처럼 보이지는 않으리라.

"그래요. 알았어요. 잠시 현장 출입문을 봐도 될까요? 침입 흔적은 없는 거죠?"

강 순경이 옆으로 비켜섰다. 얼굴이 붉어지기는 했지만 안도하는 표정이었다. 두만은 허리를 굽혀 현관문의 잠금장치를 살폈다. 두 개의 자물쇠가 달려 있었는데 쇠지레 같은 걸로 억지로 젖혀서 연 흔적은 없었다.

따라들기? 문을 여는 피해자의 뒤를 따라 들어가 범행했을 수도 있다. 계획적인 범죄보다 우발적인 범죄에서 주로 볼 수 있는 수법이다. 그렇다면 놈이 충동적으로 피해자를 골랐다는 뜻인가? 두만은 바로 고개를 저었다. 1차 사건은 물론 2차 사건 현장에도 과도한 물색 흔적이 남아 있었다. 놈은 자신의 취향에 맞는 피해자를 충동적으로 골라 살해하는 미치광이 살인마와는 결이 달랐다. 놈은 살인이 아니라 물색이 목적이었다. 훨씬 더 계획적으로 피해자를 골랐을 것이다.

그럼에도 따라들기 수법으로 현장에 침입했다면, 놈은 피해자를 사전에 선택해 뒤를 쫓았을 것이다. 두만은 현장 주변 CCTV에서 피해자를 찾으면 놈의 흔적 또한 찾아낼 수 있을 것 같았다. 그런 면에서 최 형사는 믿을 만했다.

두만은 허리를 폈다. 강 순경이 경직된 자세로 정면을 응시하고 있었다.

"혹시, 피해자 옷차림 봤어요?"

"예?"

"그러니까 피해자가 옷을 입고 있었는지, 입었으면 외출복인지, 아니면 실내복 차림인지를 묻고 있는 거예요."

두만이 강 순경이 들고 있는 수첩을 가리켰다.

"이, 이건 저도 수사를 배워보려고요. 그, 그러니까 저도 과, 광수대 형사가 되고 싶어서."

"훌륭해요. 꼼꼼하니 저보다 잘할 거예요. 거기에 피해자 옷차림에 대한 것도 있겠네요?"

강 순경은 수첩의 페이지를 몇 장 빠르게 넘겼다.

"여기 있네요. 피해자는 당일 출근 복장 상태로 살해되었다고 합니다. 블라우스에 치마. 강력팀이 회사 동료들한테 이미 확인했답니다."

"아, 그래요."

두만은 고개를 끄덕였다. 따라들기가 아니어도 물리적 흔적을 남기지 않고 침입하는 방법은 얼마든지 있다. 피해자가 쉽게 문을 열도록 건물 관리인이나 택배 배달원으로 가장하는 고전적인 수법도 있고, 범인이 피해자와 면식관계의 지인일 수도 있다. 또, 열쇠 수리공을 불러 문을 따게 하거나 건물 외부의 가스 배관을 타고 창문으로 침입했을 수도 있다. 그 때문에 사망한 피해자의 옷차림은 당시 정황이나 침입자와의 관계를 유추할 수 있는 중요한 단서다. 피해자가 출근 복장 그대로 당했다면 수사팀은 범행 시간을 추정할 수 있고, 침입자와의 관계에 대해서도 범위를 좁힐 수 있다.

"강 반장, 거기서 애 그만 괴롭히고 이것 좀 봐봐."

오 팀장이 안에서 두만을 불렀다.

"그 수첩에 또 뭐가 적혀 있는지 되게 궁금하네요."

강 순경의 얼굴이 다시 붉어졌다.

"별거 아닙니다. 제 생각 같은 거예요. 혼자 현장을 지키다 보면 생각이 많아지거든요."

"혹시 뭔가 단서가 될 만한 게 있으면 알려줘요."

"아, 아직 없지만 여, 영광입니다."

두만은 강 순경에게 가볍게 목례를 하고 폴리스라인을 넘어 안으로 들어섰다. 일상 공간과 범행 현장이 노란색 폴리스라인을 경계로 나뉘었다. 선을 넘자 비릿한 피 냄새가 났다.

현관은 폴리스라인의 바깥쪽처럼 일상적인 모습이었다. 혈흔이 보이거나 몸싸움의 흔적이 보이지도 않았다. 거울이 있었고, 운동화 한 켤레가 신기 좋게 정리되어 있었다. 시트지가 벗겨진 낡은 신발장에 긴 우산이 기대어 있었다.

피해자가 얌전히 운동화를 벗어놓은 걸까? 두만은 집 안을 살폈다. 거실 바닥에 깔린 하얀색 시트 위에 부서지고 깨져 원래 모습을 알 수 없는 잔해가 증거물 번호표와 함께 오

와 열을 맞춰 펼쳐져 있었다. 과학수사팀이 쌓여 있는 잔해들을 시간 순서대로 정리해놓았을 것이다. 과도한 물색 흔적이었다. 놈은 뭘 찾고 있었던 걸까?

두만은 거실을 빠르게 훑어보다 흰색 시트와는 조금 떨어진 곳에서 증거물 번호표와 함께 있는 구두 한 짝을 발견했다.

피해자는 현관에서 제압당한 채 안으로 끌려들어갔을 것이다. 피해자가 구두를 신은 채 공격당한 거라면 정황상 따라들기 수법일 가능성이 컸다. 그런데 현관은 지나치게 깔끔했다. 몸싸움을 한 흔적이 없었다. 위태롭게 서 있는 우산마저 그대로였다.

수사팀이 손을 댄 걸까? 두만은 폴리스라인 바깥쪽에 서 있는 강 순경에게 물어보려다 그만두었다. 그는 수첩에 뭔가를 열심히 적고 있었다. 두만은 집중하고 있는 그를 그대로 두었다. 그도 자신의 수사를 하고 있었다.

두만은 신발장에 기대 있는 우산의 손잡이에서 희미한 분말 자국을 보았다. 과수팀이 지문을 감식했다는 뜻이었다. 애초에 물어볼 필요가 없는 질문이었다.

수사가 시작되면 현장의 훼손은 어쩔 수 없는 일이었다. 사건 현장의 원래 모습은 과수팀이 찍은 사진 속에만 남아 있을 것이다.

그는 우산을 만져보았다. 축축하긴 했지만 물기가 묻어날 정도는 아니었다. 우산이 있던 위치와 날씨는 범행 시간을 추정할 수 있는 중요한 단서였다. 두만은 바닥에 남은 물 자국을 확인했지만 바닥 타일이 낡은 탓에 육안으로 식별할 수 없었다.

두만은 과학수사팀이 증거의 훼손을 막기 위해 바닥에 깔아놓은 현장 통행판을 밟고 안으로 들어갔다. 그런데 이상한 건 족적이 보이지 않는다는 점이었다. 놈이 신발을 벗었을까? 신발을 벗는 행위는 면식자의 경우 흔했다.

거실 중앙에서부터 통행판 주위로 점점이 떨어진 피가 검붉은 선을 만들며 방 안으로 이어졌다. 두만은 바닥에 떨어진 낙하혈흔에 생성된 돌기를 눈여겨보았다. 돌기의 모양은 피해자가 움직인 방향을 유추할 수 있는 중요한 단서였다.

두만은 낙하혈흔이 중첩된 곳에서 멈췄다. 피해자는 이곳에서 피를 흘리며 멈춰 있었을 것이다. 중첩된 혈흔에서 다시 이어진 낙하혈흔은 두어 걸음 떨어진 곳으로 향했다. 그리고 그곳에서 갑자기 끊어졌다. 떨어지던 피가 멈췄다기보다는 흐트러진 물건의 잔해 위에 떨어졌다고 보는 것이 타당했다. 물색이 요골동맥을 절단한 행위보다 먼저 일어났다는 증거였다. 두만은 과수팀이 정리해놓은 잔해들에 묻어 있는 검붉은 피를 눈여겨보았다.

찢어진 옷가지부터 뒤집힌 가방, 찢긴 책, 박살 난 시계, 헤어 롤, 뿌리째 뽑힌 선인장과 뿌리만 남아 뒹구는 식물, 음료수병, 쏟아진 밀가루, 깨진 그릇, 얼었다 녹아서 물이 흥건한 고깃덩이, 뒤집힌 서랍 등.

과수팀은 섞여 있던 잔해들을 맨 위의 것부터 분리해 정리했을 것이다. 쌓여 있던 순서와 종류를 분류하면 물건들이 파괴된 순서를 알 수 있으니까.

과수팀이 시간 순서대로 정리해놓은 잔해들은 마치 연쇄살인마가 섞어놓은 퍼즐 조각 같았다. 저 퍼즐 조각들을 다 맞추고 나면 검붉은 얼룩은 어떤 그림을 만들어낼까? 그는 펼쳐져 있는 잔해들을 보다가 그중 음식물이 지나치게 적다는 생각이 들었다. 두만은 열려 있는 냉장고를 흘깃 보았다. 냉장고는 텅 비어 있었다.

그가 서 있는 통행판은 혈흔을 따라 두 갈래로 갈라져 방 안으로 이어졌다. 혈흔을 따라서 통행판 위를 걷던 두만은 형태가 뭉개진 혈흔을 발견했다. 지금까지와는 다른 패턴이었다. 흔적을 보면 누군가 밟아서 뭉갠 것 같았다. 뭉개진 혈흔은 낙하혈흔이 떨어진 패턴에서 떨어져 나와 대여섯 군데 더 찍힌 뒤 없어졌다. 다른 혈흔들과는 달리 혈흔이 찍힐수록 옅어졌다. 놈이 혈흔을 밟아서 만들어진 흔적이었다.

두만은 쭈그리고 앉아 뭉개진 혈흔과 놈이 밟아 전이된 혈흔을 살폈다. 신발 문양은 고사하고 직물의 패턴도 없었다.

그렇다고 맨발의 흔적도 아니었다. 마치 과수팀이 실수로 밟은 것 같은 흔적이었다. 신발 싸개? 두만은 몸을 부르르 떨었다. 놈은 전문가가 맞았다.

두만의 시선이 현장 통행판 위에 표시된 붉은색 화살표를 따라 방 안으로 향했다. 화살표는 피해자가 사망한 지점을 가리키는 이정표 같았다. 오 팀장과 한 형사는 화살표가 모이는 지점에 서서 검붉은 피 웅덩이를 보고 있었다. 웅덩이 가장자리에는 검붉은 피가 딱지처럼 말라붙어 있었다.

"부검감정서 없이도 사인이 실혈사(심한 출혈로 피가 부족해 죽음에 이르는 일)라는 건 알겠군요."

"정확히는 요골동맥 절단에 의한 실혈사지."

"다른 외상은요?"

"부검의 감정서는 아직이야. 현장에 임장한 검안의 말로는 손목 외에는 눈에 띄는 자상(칼 따위의 날카로운 것에 찔려서 입은 상처)은 없대."

"그럼, 멀쩡하게 걸어서 집에 온 피해자를 어떻게 한 방에 제압했을까요?"

"누가 그래? 집에 걸어온 피해자를 한 방에 제압했다고?"

두만이 턱 끝으로 거실 한쪽에 뒹굴고 있는 구두 한 짝을 가리켰다.

"반장님도 보셨군요."

한 형사가 끼어들었다. 그는 자신도 머리를 쓸 줄 안다는 걸 늘 팀장에게 증명하고 싶어 했다.

"한 형사도 그렇게 생각하지?"

두만은 한 형사의 길어질 것 같은 설명을 미리 잘랐다.

"당연하죠. 미국도 아니고 맨정신에 누가 신발을 신고 집안에 들어오겠어요?"

오 팀장의 얼굴에 알 듯 모를 듯 미소가 스쳤다.

"검안의 말로는 피해자 목에 손으로 압박한 액흔(목이 졸린 흔적)이 남아 있고, 설골이 골절됐다나 봐."

"사인은 아닌 거죠?"

"아니지. 바닥에 떨어진 낙하혈흔을 보면 방향성이 있잖아. 다량의 피를 흘리고 죽어가는 피해자의 목을 일부러 조른 게 아니라면 설골 골절이 먼저고 혈흔이 나중이야."

오 팀장의 말대로 낙하혈흔은 물론 천장과 바닥에도 동맥에서 뿜어져 나온 비산혈흔이 흩어져 있었다. 게다가 벽에는 심장이 뛰고 있었다는 걸 증명하듯 심장박동에 따라 출렁인 피의 곡선이 보였다.

"동맥혈이 분출된 패턴도 보이네요."

"출혈 당시 심장이 뛰고 있었다는 얘기지."

"그렇다면 설골이 골절될 정도로 목을 강하게 압박한 게 피해자를 제압한 방법이 되겠군요."

"그 정도 데미지면 피해자는 한동안 정신을 잃었을 거야."

"근데, 왜 정신을 잃은 피해자를 결박까지 한 걸까요? 이번에도 피해자 손목과 발목에서 결박 흔적이 나왔답니다."

한 형사가 아무런 설명을 붙이지 않고 물었다.

"물색 흔적이 과도하잖아. 그걸로 설명이 되지."

오 팀장이 대답했다. 과도한 물색 때문에 피해자가 깨어나는 것에 대비해 결박했을 거라는 의미였다.

"그런데 반장님, 더 이해가 안 되는 건, 왜 묶은 걸 다시 풀어줬냐는 거죠."

한 형사가 두만을 보았다. 이것이 그가 진짜 하고 싶었던 질문이리라.

"묶은 걸 풀어줬다고?"

두만이 되물었다.

"과수팀이 잔해들 사이에서 끊어진 케이블 타이를 찾아냈어요."

두만은 방 안을 찬찬히 둘러보았다. 갈기갈기 찢겨 스프링이 튀어나온 매트리스와 솜이 튀어나온 이불이 보였다. 방 안 잔해들은 거실과 마찬가지로 흰색 시트 위에 증거물 번호표와 함께 정리되어 있었다. 뒤집힌 서랍과 찢어진 옷가지, 깨진 화장품병, 부서진 TV, 산산조각 난 유리 조각 그리고 끊어진 케이블 타이 같은 게 보였다.

두만은 바닥에 떨어진 피해자의 핏자국을 따라 다시 거실로 나갔다. 오 팀장과 한 형사가 미심쩍은 얼굴로 뒤를 따랐다.

"낙하혈흔의 돌기를 보면 피해자가 움직인 동선을 추정할 수 있어요. 낙하혈흔은 방에서 시작돼 거실로, 그리고 거실에서 머물다 다시 방으로 이동한 것으로 보여요. 혈흔이 규칙적인 간격으로 생성된 것으로 볼 때 피해자가 끌려다닌 건 아니에요. 중간에 뭉개진 혈흔만 봐도 그렇고요. 피해자는 방에서 사망하기 전에 자유의지로 움직여 뭔가를 찾고 있었던 것 같아요. 놈은 그런 피해자를 그냥 내버려둔 거고요."

잠시 침묵이 흘렀다. 한 형사와 오 팀장 모두 두만의 분석에 대해 생각하는 듯했다.

"놈은 피해자 심장이나 목이 아니라 손목의 동맥을 잘랐잖아요. 그래서 피해자가 사망하기까지 시간을 조금 벌었고요. 와, 그러니까 죽기 전에 놈이 찾지 못한 뭔가를 피해자가 찾게 했다는 거잖아요?"

두만이 고개를 끄덕였다. 강 순경이 현관 밖에서 안쪽을 기웃거리고 있었다.

"와, 미친놈. 진짜 사이코패스잖아요."

오 팀장의 표정이 일그러졌다.

"사람들은 보통 가장 절박한 순간에 상황을 역전시킬 수 있는 뭔가를 찾거나 자신에게 가장 소중한 걸 찾을 테니까."

"놈이 그걸 노리고 결박한 케이블 타이를 끊어준 거라는 거지?"

"팀장님, 근데, 피해자가 가족사진이 든 액자를 품고 있었다고 하지 않으셨어요? 설마 연쇄살인마가 가족사진을 원하진 않았을 테고."

"그래, 현장보고서에는 그렇게 적혀 있었어."

"연쇄살인마와 피해자가 찾는 게 서로 달랐던 건 분명한데, 그럼 반장님 예상대로 세 번째 연쇄살인이 일어난다는 얘기잖아요."

"아마도. 놈이 이번에도 원하는 걸 찾지 못했으니까 또 찾으려 들겠지."

두만은 답답했다. 살인마가 원하는 걸 알면 용의선상에 올릴 대상자를 조금이라도 추려낼 수 있을 것 같았다. 한데 지금 광수대가 가진 건 아무것도 없었다.

"팀장님, 피해자들 간의 연관성이나 공통점을 찾는 게 우선일 것 같아요. 파다 보면 뭔가 나오겠죠. 놈이 무엇을 노리고 있는지."

"빨리 찾아야 해. 세 번째 희생자가 나오기 전에. 막내는 어디 간 거야?"

"주변 CCTV랑 주차된 차량의 블랙박스 확보하라고 시켰습니다."

"잘했네. 일단 한 형사는 영등포서 가서 1차 사건의 수사 자료부터 확보해. 간 김에 현장에 투입됐던 형사들도 만나보고. 알다시피 보고서에 못 쓰는 것도 있잖아."

"알겠습니다. 영등포서 갔다가 청으로 복귀하겠습니다. 수사본부 꾸려지면 연락 주세요. 그리로 갈 테니까요."

한 형사가 바쁘게 현장을 떠났다. 두만 역시 통행판의 화살표를 거슬러 밖으로 나왔다. 오 팀장은 어딘가에 전화를 하며 몇 걸음 앞서 나갔다. 깍듯하게 존칭을 쓰는 것으로 보아 상대는 광수대장일 것이다. 그는 현장분석 결과와 함께 수사 방향에 대해 장황하게 보고하고 있었다.

현관을 지키던 강 순경이 오 팀장의 뒤통수에 대고 거수경례를 했다. 두만은 폴리스라인 바깥의 일상적인 공간으로 다시 넘어왔다. 하지만 곤두선 신경은 사그라들지 않았다. 그는 3층으로 올라가는 계단을 흘깃 보았다. 주변 탐문이라면 관할서에서 이미 했을 터였다.

두만은 강 순경의 시선이 팀장을 떠나 자신에게 오길 기다렸다.

"저, 3층에 사는 주민들 탐문은 이미 진행됐겠죠?"

강 순경의 시선이 두만을 지나 3층 계단으로 향했다.

"세 집 중 한 집은 빈집이고, 두 집은 사건이 발생한 추정 시간대에 아무도 없었다고 합니다. 거주자의 알리바이는 지금 확인 중일 겁니다."

이번에는 비교적 자세히 알고 있었다. 강 순경의 망설임 없는 태도로 보아 3층 사람들 중에 형사들이 쫓고 있는 용의자는 없는 것 같았다.

두만은 습관처럼 주변을 둘러보기 위해 계단으로 향했다. 계단에 붙여놓은 미끄럼 방지 타일이 깨져 군데군데 시멘트가 드러나 있었다. 몇 개의 계단을 올라 층계참을 따라 돌았다. 오래된 먼지가 덕지덕지 붙어 있는 유리창으로 불투명한 빛이 새어 들어왔다. 그리고 그는 흐릿한 빛 속에서 난간과 깨진 타일 틈에 붙어 있는 은색과 갈색의 뭔가를 발견했다. 땅콩껍질? 습기에 젖은 채 깨진 타일 틈에 들러붙어 있는 건 땅콩껍질이 맞았다. 아침에도 보았던 그 땅콩껍질.

두만은 미친 듯이 심장이 뛰었다. 그는 몇 걸음 만에 계단을 뛰어내려왔다.

"강 순경, 저기 위에, 층계에 땅콩껍질. 땅콩껍질 있는 거, 알고 있는 거지? 그거 언제부터 있었지?"

말이 두서없이 나왔다. 질문보다 윽박지르는 것에 가까웠다. 강 순경이 놀란 표정으로 두만을 보았다.

"무슨 땅콩껍질을 말씀하시는 건지……."

"계단 타일 깨진 틈에 붙어 있는 땅콩껍질. 아니, 아니. 모를 수 있지. 그것보다 과수팀이 3층 계단에서 뭔가 채취하지 않았나?"

그가 알 리 없었다. 두만은 강 순경의 대답을 듣지도 않고 휴대폰을 꺼냈다.

"저는……."

두만의 손가락이 휴대폰의 통화 버튼을 눌렀다. 통화 중이었다. 두만은 입 안이 바싹 말랐다.

"저, 위에 무슨 일이라도?"

강 순경은 두만이 당황하는 모습에 놀라 허리에 찬 권총의 손잡이를 잡으며 물었다.

"일이 아니고, 땅콩껍질, 아, 됐어요. 감식한 과수팀에 확인해볼게요."

우연의 일치라고 하기에는 촉이 좋지 않았다. 두만은 자신의 아파트 계단에 떨어져 있던 '땅콩껍질'의 목표물이 그가 아니라 희령일지도 모른다는 의심이 들었다.

다시 통화 버튼을 눌렀다. 희령은 전화를 받지 않았다. 연결음이 끝나고 음성사서함으로 연결됐다. 불과 몇 분 전에 통화 중이었는데?

청소기를 돌리거나 음악을 듣다가 작게 줄여놓은 벨 소리를 듣지 못했을 수도 있었다. 하지만 불안한 의심은 상상력과 결합해 두만을 더 조급하게 만들었다. 그의 머릿속에선 이미 누군가 희령의 목을 움켜잡아 설골을 부러뜨리고 있었다.

강 순경이 수첩을 빠르게 넘겼다.

"모, 모르겠습니다. 죄송합니다."

두만은 계단을 뛰어내려갔다. 이것저것 따지고 확인할 겨를이 없었다. 희령을 빨리 집에서 데리고 나와야 했다.

현관 앞에 순찰차가 서 있었다. 현장을 지키는 순경들과 교대하기 위해서 온 것 같았다. 순찰차에서 내린 근무복을 입은 순경이 두만에게 경례를 했다. 두만은 목례를 하고 최근 통화목록에 있는 선우현 팀장을 찾아 통화 버튼을 눌렀다. 연결음이 계속되다 음성사서함으로 넘어갔다. 다시 통화를 시도했지만 마찬가지였다. 아무래도 야간 당직을 마치고 잠에 곯아떨어진 것 같았다.

오 팀장은 형사기동대 차량 옆에 쭈그리고 앉아 담배를 피우고 있었다. 두만은 오 팀장을 보고서야 형기대 차량의 열쇠를 막내가 가지고 있다는 걸 깨달았다. 최 형사에게 전화를 걸었다. 연결음이 울리자마자 그가 전화를 받았다.

"예, 반장님."

"지금 어디야?"

"현장 근처예요. 다 왔어요."

"뭐 좀 나왔어?"

"가서 말씀드릴게요."

"빨리 와. 급해."

두만은 초조하게 기동대 차량 주변을 서성거렸다. 교대가 끝났는지 순찰차가 언덕 아래 큰길로 내려가는 것이 보였다. 그는 연락처 목록을 내려 현장감식2팀 김준성 팀장의 번호를 찾아 눌렀다.

"어, 강 반장. 한남동 살인사건 맡았다며?"

"그래서 뭐 좀 여쭤보려고요."

"지금 보고서 작성 중인데. 급해?"

"팀장님, 거기 3층 계단에 땅콩껍질이 있는 걸 봤는데 과수팀에서 수거했는지 알고 싶어서요."

"땅콩껍질? 그게 왜? 중요한 거야?"

"이유는 나중에 말씀드릴게요."

"잠깐만, 어디 보자."

전화기 너머 자판을 두드리는 소리와 마우스를 클릭하는 소리가 들렸다. 두만은 초조하게 김 팀장의 대답을 기다렸다.

"어, 여기 있네. 수거했어. 사진 보니까 제법 떨어져 있었던 모양이야."

"땅콩껍질에서 DNA 채취하셨어요?"

"수거는 했는데 사건 연관성이 떨어져서 후순위로 밀렸어. 근데 왜?"

"팀장님, 땅콩껍질에서 DNA 채취해서 감정 의뢰해주세요. 긴급으로요."

"왜, 무슨 일인데? 나도 좀 알자."

"아무래도 이번 사건 연쇄가 맞는 것 같아요. 팀장님, 영등 포서 사건 현장에도 땅콩껍질이 있었는지 확인해주시고요. 있으면 DNA 검사 여부도 확인해주세요. 제 생각엔 우연이 아닌 거 같거든요."

"……알았다."

김 팀장은 짧은 침묵 후에 대답했다. 침묵은 연쇄살인을 인 정하고 난 뒤 벌어질 일에 대한 본능적인 두려움이었고, 동시 에 두만에 대한 믿음이었다.

전화가 끊어졌다. 두만은 밀려오는 불안감에 손끝이 덜덜 떨렸다. 그는 다시 희령에게 전화를 걸었다. 통화 연결음이 뜸을 들이듯 천천히 계속됐다. 이번에도 연결음이 끝나고 음 성사서함으로 넘어갈 때까지 희령은 전화를 받지 않았다.

두만은 휴대폰의 통화 목록에서 최 형사와 통화한 시간을 확인했다. 겨우 5분 정도 지났을 뿐이었다.

두만은 선우현 팀장에게 다시 전화를 걸었다. 그도 전화를 받지 않았다. 마치 약속이나 한 것처럼 두 사람 다 부재중이 었다.

두만은 초조함을 이기지 못하고 최 형사에게 다시 전화를 걸었다. 아까와는 달리 연결음이 몇 번 되풀이돼도 전화를 받 지 않았다.

"반장님!"

최 형사의 목소리였다. 그는 힘겹게 언덕을 뛰어올라오고 있었다. 땀에 젖은 티셔츠가 멀리서도 눈에 들어왔다. 두만은 귀에 대고 있던 휴대폰을 내렸다. 전화를 끊었다.

"뛰지 마. 천천히 와."

말은 그렇게 했지만 사실 여유 같은 건 없었다. 최 형사는 멈추지 않고 뛰어왔다.

"반장님, ……저, 급하시……다는 ……일은?"

최 형사의 말은 가쁜 숨 때문에 토막토막 끊겼다. 오 팀장이 방금 피워 문 담뱃불을 끄고 일어섰다.

"무슨 일이야? 뭐라도 건진 거야?"

"일단 차에 타고 가면서 들으시죠."

오 팀장은 두만과 최 형사를 번갈아 쳐다보며 조수석에 올라탔다. 두만도 뒷자리에 탔다. 최 형사가 시동을 걸었다. 오 팀장은 차에 타서도 두만과 최 형사의 얼굴을 번갈아 쳐다보았다.

"팀장님, 개인적으로 급하게 확인해야 할 일이 있어서 저는 중간에 내리겠습니다. 최 형사, 사이렌 켜자."

큰길에 접어들자 최 형사가 사이렌을 켰다. 형기대 차가 버스 전용차선을 시원하게 달렸다. 오 팀장이 굳어진 얼굴로 두만을 돌아보았다.

"무슨 일이야? 지금 시국에."

"사건 관련해서 확인하고 싶은 게 있어서요. 뭔가 구체적으로 걸리면 말씀드리겠습니다."

오 팀장은 더 이상 캐묻지 않았다. 두만은 다시 통화 버튼을 눌렀다. 신호음이 계속되다 음성사서함으로 넘어갔다. 오 팀장의 시선이 휴대폰에 머물렀다.

"그건 그렇고, 최 형사 뭐 좀 건졌어?"

두만의 질문에 오 팀장의 시선이 자연스럽게 휴대폰에서 최 형사로 옮겨갔다.

"각이 괜찮은 CCTV를 하나 확보했습니다. 골목 안쪽의 개인 주차장 CCTV인데요. 관할서에서 미처 확보하지 못했던 것 같습니다."

"봤어?"

"최근에 설치한 거라 야간이어도 화질은 괜찮습니다."

"피해자는? 피해자 뒤에 따라붙은 사람은 봤어? 혹시 야구 모자 쓴 놈은 없었어?"

"강 반장, 질문이 디테일한데. 뭔가 쥐고 있는 거라도 있는 거야?"

오 팀장의 시선이 다시 두만에게 옮겨왔다.

"확인되면 보고드리겠습니다."

"뭔데 그래? 강 반장답지 않게."

"죄송합니다."

오 팀장은 못마땅한 얼굴로 시선을 돌렸다. 최 형사가 분위기를 바꾸려는 듯 자신의 휴대폰을 오 팀장에게 내밀었다.

"팀장님은 피해자 인상착의 알고 계시잖아요. 미리 한번 보시죠."

오 팀장이 휴대폰을 밀어냈다.

"그날 비 왔다. 피해자는 우산을 썼고. 서둘지 말자."

"알겠습니다."

퇴근 시간이 지나자 도로 위에 차들이 많아졌다. 사이렌을 울려대도 제대로 속도를 낼 수 없었다.

여전히 희령은 전화를 받지 않았다.

6

차정후는 밴의 창문을 내리고 차단기 옆에 붙어 있는 경비실 호출 버튼을 눌렀다. 신호음이 길게 이어졌다.

오늘의 완벽했던 스케줄은 최악으로 치닫고 있었다. S90SW55T_RS는 전화를 받지 않았다. 그는 약속 시간에 늦은 연인을 기다리는 사람처럼 초조했고 짜증이 났다. 그는 RS의 붉은 슬리퍼 말고, 진짜 그녀와 함께하고 싶다는 욕망이 불꽃처럼 일었다. 같은 공간에서 잠을 자고, 밥을 먹고, 냉장고를 수리하고 싶었다. 그녀를 영원히 소유하고 싶었다. 하지만 연락을 부탁한다고 급하게 문자까지 남겼는데도 S90SW55T_RS는 답조차 없었다.

밴이 골목길을 빠져나가기 직전 전화벨이 울렸다. 벨 소리만 듣고도 붉은 슬리퍼와 하얀 발이 떠올랐다. 얼어붙은 그녀의 피부를 덮고 있는, 순결하게 반짝이는 얼음 알갱이가 떠올랐다. 핸들을 잡고 있던 손에 땀이 뱄다. 하지만 S90SW55T_RS는커녕 저장조차 되어 있지 않은 번호였다. 차정후는 S90SW55T_RS에게 무시당했다는 기분마저 들었다. 흥분은 식었고, 화가 치밀었다. 벨 소리가 끊어졌다 바로 이어졌다. 잘못 걸린 전화가 아니었다.

차정후는 짜증이 나서 미칠 것만 같았다. 고객평가 때문에 전화를 받은 것부터 잘못된 선택이었다.

"몇 호 오셨습니까?"

"206동 1103호에 냉장고 AS 왔습니다."

밴을 가로막고 있던 차단기가 올라갔다.

느닷없이 전화를 건 고객 놈은 AS를 받은 지 얼마 안 된 냉장고가 고장이 났다며 고래고래 소리를 질렀다. 서비스 센터에 먼저 접수하라고 해도 막무가내였다. 고객 놈은 냉장고에 들어 있는 식품의 가격과 유통기한을 하나하나 큰 소리로 읊었다. 결국 일정에도 없는 방문 약속을 잡고 나서야 고객 놈은 전화를 끊었다.

차정후는 206동과 가까운 지하 주차장에 차를 세웠다. 평일 낮이라 빈 곳이 듬성듬성 있었다. 그는 밴의 테일게이트에 걸터앉아 의식처럼 양말을 갈아 신었다.

휴대폰의 벨 소리가 다시 울렸다. 참을성이라고는 찾아볼 수 없는 고객 놈. 그는 액정을 보았다. R-B187W_WP였다. 기분이 한결 나아졌다.

"예. AS 기사 차정후입니다."

"냉동실이 시간이 지나도 얼지 않아서요. 차가워지기는 하는데 얼지를 않아요."

"온도 조절 스위치를 돌려서 높은 숫자에 맞춰보셨나요?"

"지금 7에 맞춰져 있는데, 얼지 않아요."

냉각 파이프에 낸 구멍을 막아놓은 접착제가 가스의 높은 압력 때문에 떨어져 나간 모양이었다.

"지금 서비스 출장 중인데 마무리되는 대로 전화드리겠습니다."

"너무 늦으시면 내일 오셔도 돼요."

"불편하실 텐데 가능하면 오늘 찾아뵙겠습니다."

전화를 끊었다. 데이트 약속이라도 잡힌 것처럼 설레기 시작했다. 그녀는 혼자 살았고, 가족사진조차 없었다. 차정후는 R-B187W_WP를 삭제하지 않고 영원히 저장할 수 있을 것 같았다.

그는 일회용 작업복을 살폈다. R-B187W_WP의 냉장고 상태가 괜찮았던 탓에 그대로 입어도 될 것 같았다. 그는 연장 가방을 챙기고 차 문을 잠갔다.

차정후는 206동 3, 4라인의 입구를 찾지 못해 여기저기를 기웃거리며 안내판을 찾아 두리번거렸다. 처음 온 것처럼 익숙지 않았다. 원래 그는 고객 놈들에 대해선 기억하지 못했다.

11층에는 두 집이 있었다. 엘리베이터를 가운데 두고 디 근 자 모양으로 꺾여 있어 서로의 현관이 마주 보지 않았다. 1103호의 현관문이 살짝 열려 있었다.

"실례합니다. AS 기사입니다."

현관에서 팔짱을 끼고 있던 키가 큰 남자가 목례를 했다. 휴대폰에 대고 막무가내로 소리 지르던 고객 놈이 맞을까 싶 을 정도로 차분한 인상이었다. 다만 초점이 잡히지 않은 것 같은 남자의 눈빛에 그는 잠깐 몸서리를 쳤다.

"연식이 있는 냉장고는 수리를 해도 다른 부품이 또 문제 되는 경우가 종종 있습니다."

남자의 시선이 그의 얼굴에 잠깐 머물다 뒤편 벽으로 향했 다. 마치 당신의 변명을 더 이상 듣고 싶지 않다는 듯이.

"수리한 지 얼마 안 돼 또 고장이 나서 마음이 상하셨죠? 지 난번 수리할 때 다른 부품도 좀 살펴봤어야 하는데, 죄송합니 다. 저희도 증상이 없으면 미리 잡아내기가 쉽지 않아서요. 또, 고장이 안 난 부품을 미리 교체하면 과잉 수리가 될 수도 있어 서 조심스럽습니다. 고객님께서 양해해주시기 바랍니다."

차정후는 고객응대 매뉴얼대로 장황하게 사과와 변명을 늘 어놓았다. 고장 나지 않은 부품을 미리 찾아내서 교체하는 건 사실 AS 기사의 업무 영역이 아니었다.

남자가 손가락으로 주방을 가리켰다. 그의 장황한 변명을 손가락으로 잘랐다. 혀끝에 욕설이 맴돌았지만 차정후는 미소를 지었다. 고객평점을 위해서.

S631S32, 은색의 양문형 냉장고. 출시된 지 5년 정도 된 기종이었다. 냉장실 문을 열었다. 예상과는 달리 냉장실에는 꽤 많은 식재료들이 포장된 상태 그대로 들어 있었다. 아직 찬 기운도 남아 있었다.

냉장고에서는 음식물 냄새보다는 알코올 냄새, 코를 톡 쏘는 화학약품 냄새, 볶은 아몬드 냄새가 났다. 김치나 밑반찬 같은 음식물과는 겉도는 냄새들이었다. 전원 쪽이 문제인지, 냉장고 문을 열었다 닫아도 내부 등이 켜지지 않았다. 냉동실도 확인하기 위해 문을 열었다. 순간, 냉동실 바닥에 고여 있던 물이 흘러나와 양말이 젖었다. 그는 욕설이 튀어나오려는 걸 간신히 참았다. 냉동실 내부 등도 켜지지 않았다. 그는 냉동실의 냉각기 위치에 손을 대보았다. 찬 기운이 남아 있었다. 고장 난 지 오래되지 않은 것 같았다.

내부 등이 켜지지 않은 것으로 보아 전원 쪽부터 확인하는 것이 순서였다. 하지만 다른 이유도 있었다. 그는 냉장고 뒤에 쌓인 먼지를 보여주면 남자의 태도가 어떻게 달라질지 궁금했다. 차정후는 일부러 오염되지 않은 새 목장갑을 꺼내서 끼고 냉장고 뒤편으로 갔다. 그가 벽에 바짝 붙은 냉장고의 틈을 벌렸다. 냉장고 뒤편은 깨끗했다. 처음이었다.

차정후는 남자의 시선이 서늘하게 느껴졌다. 남자는 강박적인 성격이었다. 그는 늘어져 있는 전선을 잡아당겼다. 전원 플러그가 힘없이 딸려 나왔다. 차정후는 손을 뻗어 플러그를 콘센트에 꽂았다. 웅, 하는 낮은 소리가 들렸고 냉장고 내부 등도 모두 켜졌다. 전원 쪽 문제는 아닌 것 같았다.

그는 냉장실의 냉각기에 손을 대고 기다렸다. 시간이 지나자 냉기가 흘러나왔다. 냉동실에서도 이상 없이 냉기가 흘러나왔다. 냉기 때문인지 팔에 소름이 돋았다. 등줄기를 타고 싸한 느낌이 흘러내렸다.

단순히 냉각기에 성에가 두껍게 껴서 냉기의 흐름을 막아 버린 경우라면 전원을 꺼놓는 게 해결책이 될 수 있다. 냉각기에 낀 성에가 녹으면 정상적으로 냉기가 흘러 문제가 해결되기 때문이다. 차정후는 돌아서서 남자를 찾았다. 남자는 일정한 거리를 두고 그를 지켜보고 있었다.

보통 AS 기사는 이쯤에서 웃음과 함께 수리를 끝낸다. 고객도 수리비가 들지 않는 것에 안도하며 AS 기사를 따라 미소 짓는다. 행복한 결말이었다. 그러나 지금은 상황이 달랐다. 다시 고장 나면? 생각만 해도 짜증이 났다. 차정후는 두 번 다시 남자의 전화를 받고 싶지 않았다.

"저 어느 쪽이 문제였나요? 양문형은 냉각기가 두 개라⋯⋯."

그가 남자에게 물었다. 남자는 대답 대신 손가락으로 냉동실을 가리켰다. 또 한 번, 욕설이 차정후 혀끝에 맴돌았다.

그는 냉동실의 냉각기 커버를 열고 멀티테스터로 제상히터의 전압을 측정했다. 정상 수치였다. 고장 부위가 짐작되지 않았다. 그는 한쪽 장갑을 벗고 S631S32의 수리 이력을 조회하기 위해 스마트폰 앱을 활성화했다. 지난번에 어떤 부품을 교체했는지 알면 고장 범위를 좁힐 수 있었다.

"저, 과거 수리 이력을 좀 살펴봐야 할 것 같습니다. 접수자 성함이 어떻게 되시나요?"

차정후가 고개를 돌려 남자를 찾았다. 남자는 생각보다 가까이 있었다. 겨우 한 걸음이나 떨어졌을까? 픽, 소리와 함께 눈앞에 불꽃이 튀며 머리에 둔탁한 통증을 느꼈다. 시야가 좁아지더니 주위가 캄캄해졌다. 몸이 바닥으로 힘없이 넘어갔다.

삐이, 삐, 삐이, 삐. 소리가 중첩되며 끊이지 않고 귓속에서 울려댔다. 두개골이 쪼개지는 것처럼 아팠고, 심장이 뛰는 미세한 진동에도 머릿속이 울렸다. 눈을 뜰 수 없었다.

차정후는 여기가 어디인지, 자신이 어떤 상황에 처했는지 알 수 없었다. 손가락 하나 꼼짝할 수 없었고, 귓속을 울리는 삐 소리 외엔 아무것도 들리지 않았다. 입 속엔 뭔가가 가득

차 있었지만 입을 벌려 뱉어낼 수 없었다. 속이 메스꺼워 토할 것 같았다.

삐 소리를 뚫고 현관문이 열렸다 닫히는 소리가 들렸다. 발걸음 소리가 가까워졌다. 누군가 그의 옆에 앉았다.

"네가 모아놓은 냉장고를 보고서 확신했어. 내가 틀리지 않았다는 걸."

남자의 목소리가 들렸다. 차정후는 자신이 고장 난 냉장고의 AS를 위해 남자의 집에 왔다는 걸 기억해냈다. 하지만 여전히 남자의 말을 이해할 수 없었다. 이 남자가 자신의 냉장고 컬렉션을 어떻게 확인하고 무엇을 확신하게 됐다는 걸까.

차정후는 남자에게 들키지 않을 정도로 미세하게 손과 발을 움직여보았다. 가는 줄이 살 속을 파고드는 것이 느껴졌다. 힘을 주자 손발을 묶어놓은 줄이 죄어왔고, 심장박동이 빨라졌다. 덩달아 귓속을 울리는 삐 소리도 빨라졌다. 두통이 심해졌다. 그는 생각하기를 멈췄다. 그리고 몸에 힘을 뺐다.

남자가 움직이는 기척이 나더니 그의 양쪽 발목을 움켜잡았다. 그는 본능적인 두려움으로 다리를 버둥거렸다. 발목을 잡은 손아귀의 힘이 세졌다. 남자는 그를 어딘가로 끌고 갔다. 뒷머리가 바닥에 끌리면서 두개골이 쪼개지고 뇌수가 삐져나오는 것 같은 고통을 느꼈다. 저절로 비명이 새어 나왔다. 눈을 떴다. 아파트 천장이 보였다. 천장의 조명이 흔들리듯 여러 개로 겹쳐 보였다. 남자의 집이었다. 삐 소리가 신경을 긁어대며 계속됐다.

남자가 그의 다리를 툭 내려놓았다. 잠시 후 남자의 손이 그의 겨드랑이 사이를 비집고 들어왔다. 남자의 눈 코 입이 초점이 맞지 않은 사진처럼 흔들려 보였다. 그는 메스껍고 어지러워 눈을 감았다.

남자는 개의치 않았다. 남자가 힘을 주자 그의 상체가 들렸다. 그리고 어딘가에 몸의 절반가량이 거꾸로 처박혔다. 머리가 단단한 바닥에 부딪혔고 눈꺼풀 속으로 검은 점들이 무수히 쏟아졌다. 그는 정신을 잃었다.

그가 정신을 차렸을 때 제일 먼저 인지한 것은 깨질 것 같은 두통과 희미한 화학약품 냄새였다. 차정후는 눈을 뜨지 않고도 냄새만으로 자신이 어느 곳에 갇혀 있는지 알 수 있었다. 남자의 냉장고 속. 냉장고에서는 저마다 독특한 냄새가 난다. 아무리 오랫동안 샤워를 해도 지워지지 않는 체취처럼 냉장고도 아무리 닦아내도 지워지지 않는 냄새가 있다. 남자의 냉장고에서는 알코올 같은 화학약품 냄새와 볶은 아몬드 냄새가 희미하게 났다.

그는 눈을 떴다. 좁은 냉장실 벽이 보였고, 아파트 천장이 보였다. 일회용 작업복을 입은 남자가 냉장고 문을 닫고 있었다. 아직도 남자의 눈 코 입이 여러 겹으로 겹쳐 보여서 표정을 읽을 수 없었다.

냉장고 안에 거꾸로 처박히고, 냉장고 문이 닫히는 일련의 상황 속에서 그는 몇몇 장면이 기억에서 빠져 있다는 걸 깨달았다. 빠진 몇 개의 장면은 그가 정신을 잃은 짧은 순간이었다.

텅, 냉장고 문이 닫혔다. 자신의 코끝도 보이지 않는 관 속 같은 어둠이었다. 미칠 것 같은 답답함과 심장을 죄어오는 불안감 때문인지 그의 호흡이 불규칙하게 빨라졌다. 냉장실에 남아 있는 공기가 얼마나 될까? 숨을 가쁘게 쉴 때마다 냉장실 속 공기가 더 빠르게 줄어드는 것 같았다. 숨을 쉴수록 숨이 모자랐다. 그는 패닉상태에 빠졌다.

차정후는 필사적으로 남자의 냉장고를 떠올렸다. 모델 번호 S631S32. 냉장실 용량 408리터, 냉동실 용량 228리터. 이론적으로, 그가 갇혀 있는 냉장실에는 408리터의 공기가 있었다. 그는 지금 당장 공기가 모자라 질식할 정도는 아니라고 생각하며 스스로를 진정시켰다. 숨 쉬는 속도가 조금씩 느려졌다.

그는 최대한 숨을 규칙적으로 쉬려고 노력했다. 숨을 들이마시는 시간과, 멈추는 시간, 다시 내쉬는 시간 동안 숫자를 셌다. 여전히 숨을 쉬기에는 답답했지만 점차 고른 호흡을 찾았다.

냉장고 밖에서 박스 테이프를 뜯는 요란한 소리가 들렸다. 그제야 차정후는 귓속을 울리던 삐 소리가 사라졌다는 걸 깨달았다. 남자는 냉장고 문을 열지 못하게 박스 테이프로 문짝을 고정하고 있는 것 같았다. 테이프를 떼고, 붙이고, 잘라내는 소리가 연속해서 들렸다. 두 손이 등 뒤로 묶여 있지 않아도 이제 냉장고 문을 혼자서 여는 것은 불가능한 일이 되었다.

도대체 왜? 그는 남자의 얼굴을 떠올렸다. 아무리 과거를 더듬어봐도 남자에 대한 기억은 없었다. 원한은 고사하고 마주친 기억조차 없는 얼굴이었다. 그는 남자가 자신을 냉장고 속에 가둔 이유를 짐작조차 할 수 없었다. 설마 고작 실패한 AS 때문에?

테이프 뜯는 소리가 멈췄다. 그는 밖에서 나는 소리에 귀를 기울였다. 한동안 아무 소리도 들리지 않았다. 이대로 방치된 걸까? 그가 질식해 죽을 때까지 남자가 그를 방치할까 봐 두려워졌다.

차정후는 머리로 냉장고 벽을 들이받았다. 쿵, 쿵, 공간이 좁아 큰 소리를 내지는 못했다. 그래도 남자가 주변에 있다면 들렸으리라.

한 박자 늦게, 찌릿한 통증이 머리카락 한 올 한 올을 타고 두개골 전체로 번졌다. 메스꺼움 때문에 숨 쉬는 것도 거북했다.

한참을 기다렸지만 어떤 소리도 들리지 않았다. 남자는 이미 떠난 것 같았다. 차정후는 발작하듯 연속해서 냉장고 벽을 머리로 들이받았다. 쿵, 쿵, 쿵, 쿵. 공포가 고통을 이겼다. 남자가 집 안에 있다면 충분히 들을 수 있을 정도의 소리였다.

울컥, 식도를 타고 뭔가가 넘어왔다. 신맛과 쓴맛이 나는 액체였다. 뱉어내지 못해 일부는 도로 삼켰고, 일부는 코를 통해 흘러나왔다. 질식할 것처럼 숨이 막혔다. 아무 감정 없이 눈물이 흘렀다.

그는 머릿속을 휘젓는 고통 때문에 차라리 빨리 정신을 잃었으면 좋겠다는 생각마저 들었다. 눈물이 멈추지 않고 계속 흘렀다. 몸에 힘을 뺐다. 지금 할 수 있는 건 고통이 지나가길 기다리거나 남자를 기다리는 게 전부였다.

냉장고 밖은 여전히 조용했다. 그는 알고 있는 온갖 저주의 말과 욕설을 남자에게 해댔다. 하지만 막혀 있는 입을 뚫고 나오는 것은 겨우 높낮이가 다른 신음 정도였다. 그럼에도 냉장고 밖은 조용했다. 곧 공기가 부족해질 테고 질식할 것이다. 냉장고 안에서 죽다니, 차정후는 냉장고 AS 기사에게 꽤나 어울리는 죽음이라고 생각했다.

윙, 갑자기 빠르게 도는 모터 소리가 들렸다. 남자가 아파트를 떠나지 않았다! 그는 숨죽이고 밖에서 들려오는 소리에 귀를 기울였다.

윙, 윙, 위잉. 모터 소리는 뭔가를 시험하듯 울리다 멈추기를 짧게 반복했다. 전동공구가 돌아갈 때 나는 익숙한 소리였다.

위잉, 이번에는 코앞에서 소리가 들렸다. 그리고 냉장고를 통해 진동이 느껴졌다. 굉음이 바로 눈앞까지 가까워졌다. 남자는 드릴로 냉장고 문에 구멍을 뚫고 있었다. 힘 조절을 조금이라도 잘못하면 날카로운 드릴의 날이 그의 눈알이나 두개골을 파고들 것이다. 어쩌면 그것이 남자의 목적인지도 모른다. 온몸에 구멍이 뚫린 채 피를 흘리는 자신의 모습이 머릿속에 그려졌다.

차정후는 드릴의 날이 회전하는 소리만으로 온몸에 소름이 돋았다. 남자가 원하는 것이 무엇이든 그의 몸에 구멍이 뚫리기 전에 얻길 바랐다. 얼마 되지 않는 현금이나 오래된 냉장고, 그것도 아니면 남자가 원하는 무엇이라도 주고 싶었다.

드릴의 날이 회전하며 냉장고 문을 뚫고 들어왔다. 그는 필사적으로 고개를 틀어 피했다. 드릴의 날이 그의 귀를 스쳤다. 드릴이 멈췄다. 남자는 드릴을 역회전시켜 뽑아냈다. 캄캄한 냉장고 안에, 새끼손톱보다 작은 크기의 구멍으로 스포트라이트처럼 빛이 들어왔다.

위잉, 다시 드릴이 돌아가고 진동이 느껴졌다. 처음 뚫린 구멍과 한 뼘 정도 떨어진 위치였다. 이번에도 그는 필사적으로 고개를 움직여 드릴의 날을 피했다. 남자는 서두르는 기색

없이 다시 드릴의 날을 뽑았다. 마치 마술사가 상자 속에 들어간 여자를 향해 칼을 찔러 넣는 것 같았다. 하지만 가슴이나 배 쪽을 드릴이 뚫고 들어온다면 그는 상자 속 여자와는 달리 피할 수 없을 것이다.

위잉, 윙, 그의 목 부분을 노리며 맹렬하게 드릴이 들어왔다. 그는 최대한 냉장고 벽에 붙어 피했지만 드릴 날이 목을 스쳤다. 목덜미에서 피가 흘렀다. 남자는 다시 드릴 날을 뽑았고, 냉장고 문에는 세 개의 구멍이 뚫렸다.

잠시 정적이 흘렀다. 드릴이 회전하는 소리가 더는 들리지 않았다. 그는 남자가 뚫어놓은 구멍으로 밖의 상황을 엿보고 싶었다. 하지만 무서웠다. 드릴 날이 언제 다시 그의 눈을 파고들지 알 수 없는 일이었다.

남자가 뚫어놓은 구멍으로 가는 빛과 함께 공기가 들어왔다. 남자는 그를 질식시켜 죽일 생각은 아닌 것 같았다.

냉장고가 천천히 세워졌다. 그가 구멍에 눈을 대고 밖을 보기 전에, 남자의 목소리가 들렸다.

"이제 밖으로 나갈 거야. 작은 소리라도 내면 다음번엔 드릴이 네 심장에 구멍을 뚫을 거야."

위잉, 드릴이 회전하는 소리가 들렸다. 섬뜩한 소리였다.

남자는 냉장고를 기울여 카트에 밀어 올렸다. 전문가처럼 깔끔한 솜씨였다. 카트가 천천히 움직였다. 문턱을 넘는지 몇 번 덜컹거리는 느낌이 있고 난 뒤 카트가 멈췄다. 잠시 후 엘리베이터의 문이 열리는 소리가 들렸다. 카트가 짧게 움직였다. 구멍을 통해 들어오는 빛의 세기가 달라졌다. 혹시라도 남자 외에 누군가가 엘리베이터에 탈지도 모른다. 기회는 그때뿐이다. 그는 그렇게 생각했다.

엘리베이터가 움직이자 차정후는 남자가 뚫어놓은 구멍을 통해 조심스럽게 밖을 내다보았다. 매끄러운 은색의 엘리베이터 벽이 보였다. 짧은 시간이 지나고 엘리베이터가 멈췄다. 등 뒤에서 엘리베이터 문이 열리는 소리가 들렸다. 그는 온 신경을 구멍 밖의 소리에 집중했다. 다른 사람의 기척은 느껴지지 않았다. 카트가 움직였다. 마지막 기회가 그렇게 사라졌다. 카트가 몇 번 덜컹거린 뒤에 갑자기 구멍을 통해 들어오는 빛의 양이 줄어들었다. 눈을 가져다 대고 밖을 보았다. 지하 주차장이었다.

남자는 카트를 주차장의 안쪽 벽 끝으로 밀고 갔다. 군데군데 비어 있는 주차 공간이 보였다. 카트가 멈췄다. 자신의 밴이 보였다. 그가 주차해놓은 것과는 달리 테일게이트가 정면을 향하도록 주차돼 있었다. 남자는 냉장고를 밴에 싣는 것까지 이미 계획해둔 것 같았다.

딸각, 남자가 테일게이트를 열었다.

그때, 멀지 않은 곳에서 구둣발 소리가 또렷하게 들렸다.

그에게 주어진 진짜 마지막 기회였다. 차정후는 머리로 냉장고를 몇 번이나 들이받았고, 비명 같은 신음을 질러댔다. 발걸음 소리가 냉장고 쪽으로 가까워지는 것 같았다. 그는 뚫려 있는 구멍을 향해 힘껏 신음을 내질렀다. 발소리가 가까운 곳에서 멈췄다.

카트가 제자리에서 한 바퀴 돌았다. 남자의 얼굴이 보였다. 그는 소스라치게 놀라 구멍에서 눈을 뗐다.

위잉, 전동드릴이 회전하는 소리가 들렸다. 뚫려 있던 구멍으로 날카로운 드릴의 날이 거칠게 들어왔다. 그는 냉장고 벽에 바짝 붙었다. 신음조차 낼 수 없었다. 조금이라도 움직이면 두개골에 구멍이 뚫릴 것 같았다.

남자의 흥얼거리는 노랫소리가 드릴의 소음에 섞여서 들렸다.

드릴 날은 그의 눈앞에서 아주 오랫동안 위협적으로 회전했다. 아마도 발걸음 소리가 그들을 지나쳐 갈 때까지 멈추지 않을 것이다.

드릴이 멈췄다. 그는 소리를 내지 않았다. 의미 없는 짓이었다. 멀지 않은 곳에서 타이어가 주차장 바닥에 미끄러지는 소리가 들렸다.

냉장고가 기울어지다 멈췄다. 아마도 냉장고를 밴에 싣기 위해 상단을 트렁크에 걸쳐놓았을 것이다. 그가 냉장고를 혼자 실을 때 쓰던 방식이었다. 남자가 냉장고의 아랫부분을 들어 차 안으로 밀어 넣었다. 구멍으로 밴의 때 묻은 천장이 천천히 지나갔다.

남자는 테일게이트를 닫고 운전석에 올라탔다. 그리고 차가 움직이기 시작했다. 내비게이션이 길 안내를 시작했다. 차가 주차장을 빠져나와 과속방지턱을 넘는 순간 그는 머리를 냉장고 벽에 세게 부딪쳤고 충격으로 정신을 잃었다.

우웅, 우웅, 윙. 모터 돌아가는 낮은 소리가 끊임없이 귓속을 파고들었다. 어딘가 익숙한 소음이라 편안한 느낌마저 들었다.

차정후는 바닥의 차가운 기운에 몸을 떨었다. 한 박자 늦게 지금까지의 일이 머릿속에 떠올랐다. 그는 자신이 어느 폐공장의 바닥에 던져진 거라고 생각했다. 영화에 자주 나오는 장면처럼 폭행을 당하고 피를 흘린 채 죽어갈 것이다. 어쩌면 손가락이 잘리거나 눈알이 뽑힐지도 모른다.

멀미를 하는 것처럼 속이 메스꺼웠다. 위가 뒤틀리면서 식도로 위액이 역류했다. 본능적으로 입이 벌어졌다. 역류한 위액이 입 밖으로 뿜어져 나왔다. 그는 입을 막고 있던 테이프가 없어졌다는 걸 깨달았다.

남자가 살려준 걸까? 실눈을 떴다. 제일 먼저 그리 밝지 않은 불빛들이 보였다. 크기가 다른 사각형의 불빛들이었다. 불빛들은 벽을 따라 이어져 있었고 마치 방문이 활짝 열린 싸구려 모텔의 복도 같았다. 그는 눈동자를 돌려 주위를 훑어보았지만 밝지 않은 데다 불빛마저 번져서 또렷이 보이지 않았다. 그는 눈을 가늘게 뜨고 불빛을 노려보았다. 불빛에 가려 보이지 않던 것들이 조금씩 보이기 시작했다. 냉장고였다. 그가 본 불빛 하나하나가 모두 냉장고의 내부 등이었다.

차정후는 그제야 자신이 어디에 있는지 알 수 있었다. R로 시작하는 모델 번호를 가진 옛날식 냉장고부터 양문형 냉장고 그리고 최신형 4도어까지. 냉장고들은 모두 문이 열린 채 벽을 따라 일렬로 세워져 있었다. 그가 들었던 익숙한 소음은 냉장고 모터가 돌아가며 내는 소리였다. 문이 열린 냉장고들은 내부 온도를 낮추려고 끊임없이 모터를 돌리고 있었다. 이곳은 그의 작업실이었다.

그의 창고 겸 작업실은 재개발로 이주가 거의 마무리된 동네의 상가 1층에 있었다. 외진 곳이라 업종이 자주 바뀌던 곳이었는데, 이주가 시작되고 불법 성인오락실이 폐업한 뒤로는 공실이었다. 얼핏 듣기에는 건물주가 보상 문제로 버텨 철거가 미뤄졌다고 했다. 덕분에 그가 헐값에 빌려 쓸 수 있었다.

이곳은 폐허였고, 술에 취한 노숙자들이나 숨어드는 동네였다. 그가 아무리 소리를 지른다 해도 주변에 들어줄 사람은 없었다. 남자가 그의 입을 막고 있던 테이프를 뗀 이유를 알 것 같았다.

"너지?"

남자는 뭘 확인하려는 걸까? 그는 소리가 나는 쪽으로 고개를 돌렸다. 묶여 있는 탓에 고개가 충분히 돌아가지 않았다. 남자가 발로 거칠게 밀어 그를 굴렸다. 자세가 바뀌자 일회용 작업복을 입은 남자가 보였다. 등 뒤로 꺾인 채 묶인 팔이 몸무게에 눌려 고통스러웠다. 해가 지지 않았지만 실내는 어두웠고, 그 때문에 남자의 표정을 제대로 읽을 수 없었다. 모든 창이 짙게 선팅된 성인오락실을 그대로 쓴 탓이었다.

남자가 쪼그려 앉았다.

"왜 이러시는 겁니까?"

"왜 이러는지 짐작이 안 된다는 거지?"

"냉장고 AS에 대한 불만 때문이시라면, 당장 새 제품으로 교환할 수 있도록 조치하겠습니다."

"내가 지금 냉장고 때문에 이러는 거 같다는 거지?"

"죄송합니다. 왜 이러시는지 몰라도 제가 잘못했습니다. 원하시는 게 있으시면 말씀해주세요. 뭐든, 제가 뭐든 하겠습니다."

그는 자신도 모르게 눈물을 흘렸다. 말을 하다 보니 더 감정에 몰입되고, 정말 남자가 시키는 거라면 뭐든지 할 수 있을 것 같았다.

"네가 그놈이지?"

"예?"

"손목의 동맥을 잘라서 살해하는 연쇄살인마."

동맥을 잘라서 죽인다고? 누굴? 내가? 그는 남자가 무슨 얘기를 하는지 이해할 수 없었다.

"누구 얘기를 하시는지……. 뭔가 잘못 아신 겁니다. 전 아무도 죽이지 않았습니다."

"그럼, 열 손가락을 잘라서 고통스럽게 살해하는 놈은?"

차정후는 오싹한 한기를 느꼈다. 마치 남자가 '너의 열 손가락을 모두 잘라줄게'라고 말하는 것 같았다. 몸이 부르르 떨렸다.

"모릅니다. 전, 아닙니다. 전 정말 누가 죽였는지 모릅니다."

"그래, 너도 스스로를 모를 수 있지."

남자가 휴대폰 카메라의 플래시를 그의 얼굴을 향해 비췄다. 강렬한 빛 때문에 눈을 뜰 수 없었다. 그는 눈을 감았다. 불빛은 오랫동안 꺼지지 않고 눈꺼풀을 뚫고 들어왔다.

"현장에 시체를 버려두고 온 걸 보면, 네가 아닐 수 있지. 넌 시체를 수집하는 걸 좋아했으니까. 하지만 순간의 판단은 다를 수 있고, 누구에게나 다른 시작은 있는 법이니까. 손가락을 자르거나 눈알을 뽑는 대신 요골동맥을 자를 수도 있는 것처럼."

미친놈이었다. 그는 남자의 말을 한마디도 이해할 수 없었다. 차라리 고장 난 냉장고 때문에 벌인 일이라면 이해할 수 있을 것 같았다.

플래시의 불빛이 꺼졌다. 그는 눈을 떴다. 남자의 하얗고 가지런한 이가 보였다. 남자는 웃고 있었다.

"이 사람들 누군지 알지?"

코앞에 오래된 가족사진이 있었다. 딸을 가운데 두고 엄마와 아빠가 조금 어색하게 수줍은 듯 웃고 있어서 더 행복해 보이는 가족사진이었다. 하지만 닮은 사람조차 떠오르지 않는 처음 보는 얼굴들이었다.

"잘 모르겠습니다. 죄송합니다."

남자는 미치광이가 분명했다. 사람을 냉장고 속에 가둬 납치해놓고서 물어보는 게 고작 사진 속 사람들이라고?

"여기 이 여자아이를 잘 봐. 기억나는 얼굴 없어?"

"예쁘게 생긴 아이네요. 그런데 주변은 물론이고, TV나 인터넷에서도 본 적이 없습니다."

"실망이군. 난 너였으면 했거든. 이번에 마침표를 찍고 싶었는데."

희망이 보였다. 남자가 착각한 거고, 원하는 인물이 그가 아닐지도 몰랐다.

"풀어주시면 신고 같은 거 하지 않겠습니다. 다 잊어버리고 앞으로 그냥 착하게 살겠습니다. 죄송합니다."

그는 남자의 표정을 필사적으로 살폈다. 무엇 때문인지 몰라도 남자의 표정이 굳어졌다. 가지런하게 보이던 이가 사라졌다.

"너도 무섭지? 왜 이러는지 몰라서 두렵고? 그런데 넌 왜 그랬어?"

"뭘 말씀하시는지……."

"첫 번째 냉장고에 두개골에 구멍이 뚫린 고양이가 일곱 마리나 들어 있었어. 두 번째 냉장고에는 뼈가 조각조각 부러지고 동맥이 잘린 개가 들어 있고. 모두 다섯 마리. 세 번째 냉장고에는……."

"제가 잘못했습니다. 작업실 주변에 개랑 고양이가 너무 많아서 시끄러워 그랬습니다. 정말, 다시는 그러지 않겠습니다."

"더 얘기해볼까? 세 번째 냉장고에는 지퍼 백에 든 속옷과 함께 이십 대 여자가 알몸으로 들어 있지. 네 번째 냉장고에는 꽃무늬 실내화와 함께 삼십 대 여자가 들어 있고. 다섯 번째 냉장고에는 팬티스타킹이랑 이십 대 여자가 들어 있어. 아홉 번째 냉장고에는 입던 교복과 함께 여고생이 들어 있지. 들키지 않았다면 넌 오늘 밴에 실려 있던 열두 번째 냉장고까지 여자들의 시신으로 가득 채웠을 거야. 자, 봐. 네가 수집한 냉장고에 들어 있는 여자들의 시신을. 네가 강간하고 살해해 수집한 시신들을."

그는 남자가 무슨 말을 하는지 알 수 없었다. 떠돌이 개와 고양이를 심심풀이로 죽인 건 맞지만, 여자들은 아니었다. 세 번째 냉장고부터는 남자가 말한 속옷이나 슬리퍼, 스타킹 같은 그의 수집품을 넣어두었을 뿐이다. 남자의 말처럼 여자들을 넣은 적은 단연코 없었다.

물론, 생각조차 안 해본 건 아니었다. AS를 마치고 작업실로 돌아오면 그는 휴대폰에 저장된 여자들을 머릿속으로 불러내서 현실에서는 하지 못한 온갖 상상을 했다. 그렇지만 상상은 현실이 아니었고 죄도 아니었다.

그는 눈을 가늘게 뜨고 냉장고 안을 보았다. 정면에 있는 여섯 번째 냉장고 안에는 붉은색 슬리퍼 외에는 아무것도 들어 있지 않았다. 다른 냉장고들에도 시체는 없었다.

"저 뭔가 잘못 아신 겁니다. 개, 고양이를 죽인 건 맞지만 여자를 강간하거나 죽인 적은 없습니다. 저기 보이시잖아요. 냉장고에 아무것도 없습니다."

"지금 없을 뿐이지."

"예?"

"난 말이야, 너의 미래를 기억해."

차정후에게 얼굴을 들이밀며, 남자가 나지막하게 말했다.

남자의 눈빛이 번득였다. 농담 같지 않았다. 차정후는 몸을 부르르 떨었다. 아직 겪지도 않은 미래를 '기억'한다고? 먼 곳을 보는 듯한 남자의 초점 없는 눈이 섬뜩하게 빛났다.

"무슨 말씀인지……."

"결국 넌 여자들을 죽일 거야. 네 뇌에 새겨진 본능 때문에."

"그럴 리 없습니다. 지금까지도 그러지 않았고요."

"고양이를 죽이고 나서 익숙해지자 조금 더 큰 개를 죽이기 시작했어. 그다음 희생양은 네게 냉장고 AS를 받은 여자들 중에서 골랐지. 혼자 있는 여자들 말이야. 넌 AS를 나갔다가 부재중인 고객을 대신해 하교하는 여고생도 납치해서 살해해. 그리고 냉장고에 보관했어. 썩지 않도록 냉동했지. 냉장고를 냉동고로 바꾸는 건 너에겐 쉬운 일이었으니까. 넌 매일 밤 냉장고 문을 열어놓고 얼어 있는 그녀들을 감상하곤 했어. 만져보기도 하고. 죽어서도 그녀들은 너를 벗어나지 못했어."

"제가 정말 그랬다면 저는 죽어도 되는 쓰레기입니다. 그런데 그건 어디까지나 상상일 뿐이잖아요. 실제로는 일어나지 않았어요. 정말 착하게 살겠습니다. 냉장고에 있는 고양이와 개도 다 묻어주고 명복을 빌어주겠습니다. 전 정말 여자들을 죽이지 않을 겁니다. 믿어주세요. 원하신다면 AS 기사도 그만두겠습니다."

"네 휴대폰에 저장돼 있는 냉장고의 모델명 그리고 거기에

이어 붙인 특정 알파벳. RS는 레드 슬리퍼, WP는 화이트 팬티, LP는 레이스 팬티, FS는 플라워 슬리퍼, PS는 팬티스타킹, PP는 핑크색 팬티, BS는 블랙 스타킹. 이래도 아니라고?"

뭔가 있었다. 그는 단 한 번도 자신의 휴대폰을 남에게 보여주거나 저장된 전화번호에 대해 떠벌린 적이 없었다. 설령 정신을 잃었던 동안 남자가 그의 휴대폰을 확인했다 하더라도 전화번호 목록만 보고 의미까지 이해할 수는 없었다. 보통의 사람이 냉장고 모델 번호를 한눈에 알아본다는 것도 그렇고 개인적으로 붙여놓은 여자들의 모델명을 보고 직관적으로 의미를 아는 것도 불가능했다. 그는 몸이 덜덜 떨렸다.

남자가 작업일지를 본 걸까? 그는 자신이 상상한 것들을 타이핑해서 'AS 작업일지'라는 메모 파일로 휴대폰에 저장해놓았다. 목록과 제목만 보면 그날 있었던 AS 작업 내용을 기록한 것처럼 보이지만 실제 내용은 달랐다. 작업일지에는 그가 수리한 내역과 더불어 다시 고장 나도록 세팅해둔 세세한 기록이 있었다. 거기에 덧붙여 냉장고 주인들에 대한 내밀한 욕망이 담겨 있었다.

차정후는 남자가 당장이라도 그의 손가락을 자를 것만 같았다. 자신의 이빨이 부딪치는 소리가 귓가에 선명하게 들렸다.

"정말 안 그러겠습니다. 생각조차 안 하겠습니다. 사실 그럴 마음도 없고요. 제가 잘못한 건 인정합니다. 반성하겠습니다. 하지만 강간이나 살인은 절대 아닙니다. 저는 그냥 방구석에서 냉장고나 고치고 혼자 노는 찌질한 놈일 뿐입니다."

그는 기도하는 심정이었다. 자신을 위해서라도 남자가 말한 일은 벌어지지 않아야 했다.

"너도 처음부터 여자들을 죽일 생각은 아니었을 거야. 넌 그냥 그녀들의 향기를 갖고 싶어 수집하던 변태였을 뿐이니까."

"맞습니다. 전 그녀들을 죽일……."

"쉿! 말 끊지 마."

남자가 검지를 펴서 입술에 댔다.

"너는 참 영리해. 세 번이나 냉장고가 고장 나면 사람들은 고객센터에 클레임을 걸거나 새 제품을 사거든. 그래서 넌 정확하게 두 번으로 끝냈어. 두 번이면 필요한 걸 얻을 수 있었으니까. 목적을 달성하고 나면 넌 핸드폰에 저장된 번호를 삭제했어. 그리고 다시 새로운 여자를 저장했지. 그런데 되풀이될수록 넌 아쉬웠어. '아, 핸드폰에 저장된 여자들을 삭제하지 않고 영원히 소유하고 싶다.' 네 안에 있던 괴물이 한순간에 눈을 뜬 거지. 넌 핸드폰이 아니라 냉장고에 여자들을 저장하기로 마음먹었어."

남자가 그의 작업일지를 본 게 분명했다.

"변태가 괴물이 되는 데는 그리 오래 걸리지 않았어. 너에게 처음 살해된 여자의 모델 번호는 WP야. 하필 그녀는 가족도 없이 혼자 살았고, 하필 네가 뚫어놓은 구멍에서 냉매가스가 생각보다 더 빨리 새어 나왔고, 하필 그녀는 하루가 지나기도 전에 네게 전화를 걸었고, 하필 그날이 네가 각성한 날이었던 거지."

그는 오늘의 작업일지에 하얀색 팬티와 냉각기 배관에 구멍을 뚫은 걸 적어놓았다. 남자는 작업일지와 통화 목록을 토대로, 일어나지 않은 일을 만들어낸 후 그를 단죄하려고 했다. 남자는 정의감에 불타는 미친놈이었다.

"그냥 상상일 뿐입니다. 절대 일어나지 않을. 용서해주십시오."

"상상이 현실이 되는 데에는 그리 오래 걸리지 않았다니까."

남자가 입술을 깨물었다. 말이 잠시 끊겼다.

"오늘부로 새사람이 되겠습니다. 아니, 되었습니다. 제발 믿어주세요."

"너를 믿어줄 수도 있지. 하지만 믿음의 대가로 치러야 하는 누군가의 생명은?"

"오늘 같은 일을 겪고도 제가 그런 짓을 저지를 거라고 생각하십니까?"

"당연하지. 네가 지금까지 살아온 시간을 보니 알겠더군. 앞으로도 네가 바뀌지 않는다는 걸. 희생자가 바뀌고 수법이 바뀔 수 있지만 결국 넌 여자들을 살해해 냉장고에 보관할 거라는 걸."

"여기 잡혀 온 덕분에 WP에게는 가보지도 못했습니다. 이미 당신이 틀렸잖아요!"

"경험상, 순서가 바뀌었다고 해서 결과가 달라지진 않더라고. 넌 더 치밀해질 거야. 들키지 않게. 그리고 처음으로 여자를 죽이고 나면 나를 찾겠지. 미래가 현재가 되는 순간, 내 기억을 지워야 하니까."

그는 어떤 말을 해도 남자가 자신을 살려주지 않을 거라는 걸 알 수 있었다. 감정이 드러나지 않는 남자의 눈빛이 그랬다. 남자는 그의 미래를 확신했고, 자신이 옳은 일을 하고 있다고 믿고 있었다.

울컥, 그의 속에서 뜨거운 뭔가가 치밀어 올라왔다. 그는 진심으로 억울했다.

"미친놈아, 난 안 죽였다고! 앞으로도 안 죽일 거고. 살인마는 내가 아니고 너야!"

울음과 욕설이 뒤섞인 말들이 뇌를 거치지 않고 바로 쏟아졌다.

남자가 그를 굴렸다. 그리고 그의 손목을 묶어놓은 가는 줄을 끊었다.

툭, 양손이 바닥에 떨어졌다. 남자가 묶인 걸 풀어주었다. 남자가 자신을 살려주려는 신호라고 차정후는 생각했다. 그는 손이라도 모아 남자에게 잘못을 빌고 싶었다. 두 번 다시

156

여자들 근처에 가지 않겠다고 맹세하고 싶었다. 하지만 오랫동안 같은 자세로 있어 굳은 몸의 감각이 금방 돌아오지 않았다.

"감사합니다. 꼭, 새사람이 되겠습니다. 앞으로 착하게 살겠습니다. 핸드폰에 있는 건 모두 삭제하겠습니다. 그러니까 제발……."

남자가 그의 장갑 낀 손을 잡았다. 그는 자신의 진심이 통했다고 생각했다.

순간, 손목에 날카로운 통증이 느껴졌다. 뭔가 뜨거운 것이 목장갑 안으로 타고 들어와 그의 몸 위로 떨어졌다. 피였다.

"개새끼."

욕설이 입 밖으로 새어 나왔다. 남자는 마치 순서라도 정해놓은 양 발목을 묶어둔 줄도 끊었다. 모든 줄이 끊어졌는데도 차정후는 움직일 수 없었다. 심장이 뛸 때마다 피가 뿜어져 나왔다. 그가 개의 허벅지 안쪽 동맥을 잘랐을 때와 같았다. 그는 자신의 생명줄이 곧 끊어질 거라는 걸 경험으로 알았다.

그는 오른손으로 왼쪽 팔목을 움켜쥐었다. 아무리 힘을 줘도 역부족이었다. 움켜쥔 손가락 사이로 피가 새어 나왔다.

남자가 열려 있던 냉장고들의 문을 닫았다. 먼저 죽은 고양이가 들어 있는 냉장고 문이 닫혔다. 그 뒤로 개가 있는 냉장고 문이 닫혔다. 작업실은 그만큼 더 어두워졌다.

휴대폰 벨 소리가 울렸다. 남자는 받지 않았다. 휴대폰 벨 소리를 배경음악 삼아 남자의 움직임이 느린 화면처럼 이어졌다.

남자는 세 번째 냉장고 앞에 서서 분홍색 팬티가 들어 있는 지퍼 백을 꺼냈다. 그는 지퍼 백을 열어 조심스럽게 안에 무언가를 넣었다. 멀리 떨어져 있어서 무엇인지는 보이지 않았다. 남자는 지퍼 백을 잠근 뒤 냉장고에 넣고 문을 닫았다. 그 다음은 꽃무늬 슬리퍼가 들어 있는 냉장고 문을 닫았다. 다음은 스타킹, 다음은…….

남자가 냉장고의 문을 닫을 때마다 그의 의식도 점점 어두워져갔다. 실내는 남자의 실루엣조차 제대로 보이지 않을 정도로 어두웠다.

짙게 선팅된 유리창에 간판처럼 새겨진 '성인오락실'이라는 글자가 희미하게 보였다. 글자는 거울에 비친 것처럼 뒤집혀 있었다. 글자가 보이는 것으로 보아 창밖에는 아직 해가 지지 않았을 것이다. 차정후는 자신의 '오락'이 자신을 죽음으로 데려가는 게 우스워졌다.

이제 곧 냉장고의 모터들이 멈출 것이다. 적정한 온도가 되면 더 이상 냉기를 만들지 않아도 되니까. 세상이 조용해질 것이다.

어둠 속으로 잠겨가는 의식 속에서 차정후는, 남자가 이 모든 걸 어떻게 알고 먼저 전화를 했는지 생각해보았다. 남자의 집에서 정신을 잃기 전까진 누구도 그의 휴대폰을 볼 수 없었다. 그러니까 남자는 일단 사냥부터 하고 살해하는 이유를 나중에 만들어서 붙인 격이었다. 살인마는 그가 아니고 남자였다. 남자가 마지막 냉장고의 문을 닫았다. 길게 이어지던 휴대폰 벨 소리도 끊겼다.

그런데 정말 누구도 휴대폰을 본 적이 없었나? 차정후는 얼마 전 휴대폰을 도둑맞았던 것을 기억해냈다. 그는 남자가 오랫동안 자신을 지켜보며 살인을 준비한 건지도 모르겠다는 생각이 들었다. 죽는 마당에 큰 의미는 없었지만.

7

두만은 이것저것 생각할 겨를이 없었다. 희령의 전화는 바로 음성사서함으로 넘어갔다.

눈을 감았다. 희령이 한 손으로 피가 솟구치는 자신의 손목을 움켜잡고 더듬거리며 휴대폰을 찾는 모습이 떠올랐다. 생각을 지우기 위해 반사적으로 눈을 떴다. 희령의 피가 잔상처럼 남아 건물 외벽에 설치된 휴대전화 광고판을 붉게 물들였다.

두만은 눈을 지그시 눌렀다. 통증 때문에 잔상은 지워졌지만 그렇다고 불안감까지 지워지지는 않았다.

"반장님, 그냥 가시는 데까지 가시죠. 곧 퇴근 시간이랑 겹쳐서 중간에 내리시면 애매하게 시간만 잡아먹을 것 같은데요."

눈치 빠른 최 형사가 두만과 오 팀장을 번갈아 곁눈질하며 대답을 기다렸다.

"그렇게 해. 귀중한 시간 길바닥에서 허비하지 말고, 수사에 집중해."

"최 형사, 연희동 쪽으로 가자."

형사기동대 차는 교차로 신호도 무시하고 급하게 좌회전해 연희동 쪽으로 방향을 틀었다. 최 형사는 되묻지 않고 두만의 아파트 쪽으로 차를 몰았다.

버스 전용차로가 없어지면서 차량의 움직임이 느려졌다. 최 형사는 도로의 차량들 사이를 헤집고 중앙선을 넘나들며 운전했다.

중심도로에서 빠져나오자 최 형사는 비로소 사이렌을 껐다. 하지만 두만의 속을 아는지 속도를 줄이지는 않았다. 형기대 차가 아파트 단지 입구에 멈추기도 전에 두만은 차 문을 열고 뛰어내렸다. 재활용 분리수거를 하던 아파트 주민의 호기심 섞인 시선이 그에게 따라붙었다.

"기다릴까요?"

두만이 질문을 미처 다 듣지도 않고 차 문을 닫았다. 최 형사가 운전석 창문을 내리고 고개를 뺐다.

"반장님!"

두만은 대답 대신 그냥 가라고 손짓을 했다. 최 형사가 알았다는 듯이 유리창을 다시 올렸다. 두만은 돌아보지도 않고 아파트를 향해 전속력으로 달렸다. 엘리베이터를 타고, 현관문 앞에 서서 디지털 도어록을 누를 때까지 가쁜 숨이 잦아들지 않았다.

삐빅, 삐빅, 삐빅. 경고음이 날카롭게 울렸다. 손가락이 두 꺼운 데다 떨리기까지 해 잘못 누른 탓이었다.

두만은 심호흡을 하고 천천히 비밀번호를 눌렀다. 문이 열 렸다.

두만은 콧속으로 숨을 깊게 들이마셨다. 다행이었다. 불길 한 냄새는 나지 않았다. 무릎에 힘을 주고 천천히 집 안으로 들어갔다. 걱정과 불안은 오직 자신에게만 머물도록 해야 한 다. 희령이 눈치채면 안 된다. 그는 무심한 듯 신발을 벗고 거 실로 들어섰다.

희령이 거실 바닥에 주저앉아 있었다. 그녀 앞에는 읽다 만 책처럼 여행용 캐리어가 펼쳐져 있었다. 희령이 그를 보았다.

"무슨 일 있어요?"

두만이 물었다.

"아무리 생각해도 핸드폰을 어디에 뒀는지 기억이 나지 않 아요. 진짜, 치매면 어쩌죠?"

"나 때문이에요. 내가 스트레스를 받게 했어요. 걱정하게 만들어서 미안해요."

"정말 스트레스 때문일까요?"

"누구라도 이런 상황에선 비슷할 거예요. 광수대 형사도 다 를 거 없어요."

위험하다는데, 오히려 희령은 안심하는 눈치였다.

"많이 위험해요?"

"조금요. 죄지은 놈이 복수한다고 설치고 다니네요. 그러니까 조금만 조심해요."

"알았어요."

"그래도 너무 걱정 말아요. 내가 곧 잡아넣을 테니까."

"믿어요."

"희령 씨, 마지막으로 통화한 사람 기억해요?"

"냉장고 AS 기사였던 거 같아요. 냉동실 상태가 어떤지 묻더라고요. 방문하겠다고 했는데."

두만은 냉동실 문을 열었다. 그리고 냉동된 음식물 사이에서 얼어 있는 희령의 휴대폰을 찾았다.

"여기 있네요."

희령은 휴대폰을 충전 케이블에 연결한 뒤 전원을 켰다.

"아. 다행히 고장 나지는 않았어요."

휴대폰이 부팅되는 경쾌한 소리가 들렸다.

"전화를 여러 번 했네요. 걱정했죠?"

"조금요."

희령은 부재중으로 찍힌 번호들을 확인했다.

"AS 기사분 전화도 못 받았어요. 오늘 방문하겠다고 했는데 미안해서 어쩌죠?"

"통화가 안 됐으니 헛걸음하지는 않았을 거예요."

"아, 기사분이 전화 달라고 문자까지 보내셨네요. 지금이라도 전화를 해봐야겠어요."

연결이 안 되는지 희령은 전화를 바로 끊었다.

"전화기가 꺼져 있네요. 작업 중인가 봐요."

"나중에 또 전화 오겠죠."

두만은 눈에 보이는 자신의 옷가지를 접어서 캐리어에 넣었다. 검은색 바지와 티셔츠 몇 벌이었다.

"당분간 선우현 팀장님 집에 가 있기로 했어요. 필요한 것만 간단하게 챙겨요."

희령은 선뜻 움직이지 않았다.

"불편해도 며칠만 참아요. 금방 돌아올 거니까."

"저보다 팀장님이 불편하실 거 같아서."

"오늘 큰 사건이 터져서 당분간 집에서 얼굴 보기 힘들 거예요."

"그냥 집에 있으면 많이 위험할까요?"

"미안해요. 놈이 우리 집을 알아요."

희령은 건조대에 걸려 있던 옷을 걷어 캐리어에 넣었다. 집에서 자주 입던 옷이었다. 초등학생이 그린 듯한 나무가 프린트된 흰색 티셔츠였다. 캐리어에는 세면도구와 약봉투, 간단한 화장품, 두 사람의 속옷 같은 게 정리되어 있었다.

"더 넣을 거 없죠?"

"집에 돌아오려면 얼마나 걸릴까요?"

희령은 금색 부분이 시커멓게 벗겨진 만년필을 들고 있었다. 그녀 아버지의 유품이었다.

"금방요. 내가 곧 잡을 거거든요."

희령은 두만을 믿는다는 듯이 들고 있던 만년필을 식탁 위에 내려놓았다. 두만은 다짐이라도 하듯 희령에게 고개를 끄덕였다. 그리고 그는 캐리어를 닫았다.

윙, 위잉. 주머니 속에 넣어둔 휴대폰이 진동했다. 선우현 팀장이었다.

"전화했었네?"

전화기 너머 웅성거리는 소리와 자동차의 소음 때문에 목소리가 잘 들리지 않았다. 두만의 목소리가 커졌다.

"한남동 사건 계단에서도 땅콩껍질이 발견됐어요."

"DNA는?"

"2팀 김준성 팀장한테 얘기해서 국과수에 긴급으로 분석을 의뢰했고요."

"느낌이 안 좋은데. 희령 씨는?"

"지금 같이 있어요."

"잘했네. 당장 짐 싸서 우리 집으로 와."

"팀장님은요?"

"밖이야. 지금 출발하면 얼추 비슷하게 도착할 거 같아. 환기도 좀 하고 치운다고 치웠는데 홀아비 혼자 살던 집이라 초대해놓고도 좀 그러네."

"무슨 말씀을요. 초대해주셔서 감사합니다. 지금 갈게요."

희령은 흰색 티셔츠에 발목이 보이는 짧은 청바지를 입고 검은색 재킷을 걸쳤다. 두만은 캐리어를 들고 그녀의 뒤를 따랐다. 캐리어는 짐이라고 할 수 없을 정도로 가벼웠다.

두만과 희령은 아파트를 나와 마을버스를 기다렸다. 아파트 버스 정류장이 마을버스의 기점이라 매번 승객을 기다리며 서 있던 버스는 오늘따라 보이지 않았다. 두만은 스마트폰의 지도 앱을 켰다. 퇴근 시간이라 승객이 많아서인지 마을버스는 지하철역에 있는 회차지에서 꼼짝도 하지 않고 있었다.

두만은 내려놓은 캐리어를 한 손에 들고, 다른 손으로는 희령의 어깨를 감쌌다.

"우리 걸어서 가요."

희령이 걸음을 옮기며 두만에게 말했다. 두만은 자신의 조급함이 희령에게 읽혔다는 걸 깨달았다.

"마음이 급해서요."

희령이 어깨를 감싼 두만의 손을 가만히 잡았다. 두 사람은 차도 한쪽을 스테인리스 난간으로 막아서 만들어 놓은 좁은 보도를 따라 언덕길을 내려갔다.

언덕길은 중력이 느껴질 정도로 가팔랐다. 들고 있던 캐리어를 놓치기라도 하면 언덕 아래까지 굴러갈 것 같았다. 가속도에 밀려 두 사람의 발걸음도 빨라졌다.

언덕길을 3분의 2쯤 내려온 지점에서 초록색 마을버스가 올라오는 게 보였다. 사람들이 가득 찬 탓인지 버스는 제대로 속도를 내지 못했다. 버스가 두 사람 옆을 천천히 지나갔다. 빼곡하게 들어찬 사람들 중에 창밖을 보고 있던 남자와 두만의 눈이 마주쳤다.

"기분 탓인가. 요즘 들어 누가 자꾸 쳐다보는 것 같네."

희령이 손바닥으로 목덜미를 문지르며 혼잣말로 중얼거렸다. 두만은 고개를 돌려 버스가 완전히 지나갈 때까지 노려보았다. 창밖을 보던 남자와 더는 시선이 마주치지 않았다. 버스는 주택가 초입에 있는 정류장을 지나쳐 그대로 언덕 위로 올라갔다.

두만은 주변을 두리번거리며 훑었다. 주택가로 들어가는 샛길에서 허리가 굽은 노인이 난간을 잡고 힘겹게 내려오고 있었다. 낮은 지붕의 그늘이나 담의 모퉁이에도 눈에 띄는 사람은 없었다.

두만의 날카로운 시선이 언덕길을 마주 올라오던 남자에게 꽂혔다. 두만의 발걸음이 느려졌다. 그는 머릿속으로 마주 오는 남자에게 Y 로고가 새겨진 야구 모자를 씌웠다. CCTV 속 남자와는 일치하지 않았다. 희령이 어깨를 감싼 두만의 손을 잡아끌어 걸음을 재촉했다. 남자가 CCTV 속 모자 쓴 남자가 아니라는 걸 알면서도 거리가 가까워질수록 두만의 팔 근육이 긴장으로 단단해졌다.

마주 오던 남자가 옆으로 몸을 돌려 두 사람이 지나가도록 길을 터주었다. 두만은 그에게 짧게 목례를 했다. 그는 남자가 피한 이유를 자신의 만두귀 때문일 거라 생각했다.

언덕길의 끝은 경사가 심해서인지 15도 정도 각도를 틀어 중심도로와 연결됐다. 두만은 택시를 잡기 위해 중심도로의 보도 끝으로 바싹 붙어 섰다. 퇴근 시간이라 그런지 사람들은 많았고, 빈 차는 없었다. 두만은 택시를 잡으면서도 주변을 빠르게 훑었다. 일상적인 퇴근 풍경이었다. 신경을 거스를 만큼 위화감이 드는 건 아무것도 없었다.

두만의 눈길이 길 건너편으로 옮겨갔다. Y 자 로고의 야구 모자. CCTV 속 남자가 쓴 모자와 같았다. 모자 쓴 남자는 길 건너편에서 이쪽을 보고 있었다. 두만은 들고 있던 캐리어를 내려놓았다.

"희령 씨 잠깐만 여기 그대로 있어요. 확인해볼 게 있어서요."

두만은 달려오는 차들을 막아서며 무단횡단으로 길을 건넜다. 타이어의 마찰음과 경적이 요란하게 울렸다.

반대 차선에서는 갑자기 길에 뛰어든 두만을 뒤늦게 발견한 차량이 그의 코앞에서 급정거했다. 퇴근 시간이라 제 속도를 내지 못한 탓에 사고는 나지 않았다. 급정거한 차량을 뒤따르던 다른 차량들도 줄줄이 급정거했다. 여기저기서 전조등이 위협적으로 번쩍거렸고, 신경질적인 경적이 울렸다.

두만이 달려오는 차를 피하느라 잠시 시선을 빼앗긴 사이, 그가 눈으로 쫓고 있던 놈이 사라졌다. 무리 지어 걸어가는 사람들 사이에도 놈은 없었고, 멈춰 서서 호기심 섞인 눈으로 두만을 보던 사람들 틈에도 놈은 없었다. 두만은 무작정 사람들 속으로 뛰어들어 비슷한 체구의 남자들을 돌려세워 얼굴을 확인했다. 숨이 턱에 차오를 때까지 이리저리 뛰어다녔지만 놈을 찾을 수 없었다. 생각해보면 그가 확인한 남자들 중에 놈이 있었다 해도 모자를 벗어버린 놈을 알아볼 수는 없었을 것이다.

급하게 몰아쉬던 숨이 잦아들 무렵 두만은 냉정함을 되찾았다. 현장으로 진입하는 동선마저 지울 정도로 철저한 놈이 CCTV에 찍힌 야구 모자를 그대로 쓰고 두만 앞에 나타날 리 없었다. 미끼?

두만은 소스라치게 놀라 길 건너편의 희령을 다급하게 찾았다. 사람들에 둘러싸여 길바닥에 웅크리고 있는 희령이 언뜻 보였다.

희령에게 안 좋은 일이 생겼다면 두만은 자신을 용서할 수 없을 것 같았다. 그는 희령에게서 눈을 떼지 않고 다시 길을 건넜다. 희령은 온몸을 떨고 있었고, 숨도 제대로 쉬지 못했다. 공황발작이 시작되었다. 그대로 두면 질식하거나 정신을 잃을 것 같았다.

두만이 희령을 안았다. 희령이 고개를 들었다. 일정한 간격으로 두만이 희령의 등을 토닥였다.

"이제 괜찮아요. 미안해요. 혼자 둬서."

두만은 희령이 스스로 안전하다고 느낄 때까지 한참을 그대로 있었다. 그가 토닥이는 박자에 맞춰 희령이 숨을 쉬기 시작했다. 토닥이는 손의 박자가 점점 느려졌다. 희령의 떨림도 줄어들었다.

"이제 괜찮아요. 그만 가요."

말과는 달리 희령의 눈은 여전히 초점이 잡혀 있지 않았다. 두만은 희령의 허리를 왼쪽 팔로 부축해 일어섰다. 그녀의 무게가 왼쪽 팔에 온전히 실렸다. 희령은 아직 괜찮지 않았다.

두만은 그 상태로 택시를 잡기 위해 오른팔을 뻗었다. 그리고 동시에 자신이 집에서부터 들고 왔던 회색 캐리어가 없어졌다는 걸 깨달았다. 주변을 둘러보았지만 눈에 띄지 않았다. 사람들에게 떠밀려 굴러간 거라면 시선이 닿는 위치에 있어야만 했다. 누군가 의도적으로 가져간 것이 분명했다. 두만은 주변을 맴돌던 위협이 점점 구체화되는 것 같아 불안했다.

그의 수신호에 맞춰 택시가 섰다. 희령은 택시 등받이에 몸을 기댈 때까지도 캐리어가 없어졌다는 걸 깨닫지 못했다. 두만이 희령의 어깨를 감쌌다.

"아무리 그래도 짐도 없이 이렇게 온 거야?"

희령은 그제야 아무것도 들고 있지 않은 두만의 오른손을 보았다.

"어쩌다 보니 그렇게 됐어요. 당장 필요한 건 사고, 옷은 되는대로 집에 들러 챙겨 오려고요."

두만은 허둥대던 빈손을 선우현에게 내밀었다. 선우현이 물 묻은 손을 바지에 대충 닦고 어색하게 마주 잡았다.

"잘 왔어. 희령 씨 어서 들어와요. 두 사람은 잠깐 앉아 있어요. 혼자 사는 집이라 딱히 대접할 것도 없는데 어쩌죠?"

"감사합니다. 폐 끼치는 거 알면서도 왔어요."

선우현이 손을 휘휘 내저었다.

"폐라뇨. 간만에 사람 사는 집 같아서 좋은데요."

선우현은 싱크대에서 포장 비닐을 벗겨 상한 음식 재료를 쓰레기봉투에 부었다. 음식 쓰레기의 양이 제법 많아 보였다.

"혼자 살다 보니 먹는 것보다 상해서 버리는 게 더 많더라고."

선우현이 두만의 시선을 느끼고 민망한 듯 변명했다.

"혼자 살면 다 그렇죠. 물 마셔도 되죠?"

"뭐든 내 거라고 생각하고 써."

두만은 냉장고 문을 열어 생수병을 꺼냈다. 미지근했다. 아직까지 포장 비닐이 듬성듬성 붙어 있는 신형 냉장고 안에는 여전히 식재료가 남아 있었다.

"그래도 아직 뭐가 많네요."

"사 먹는 게 지겨워서 열심히 장은 보는데 마음만 그렇고 잘 안 해 먹게 돼."

두만은 싱크대 상부장을 열어 파란색 유리컵을 꺼냈다. 집에서 쓰던 것과 같은 디자인이었다. 두만은 컵에 물을 따라 희령에게 건넸다. 그녀는 한 모금 마신 뒤 탁자 위에 컵을 내려놓았다. 두만은 희령에게 따라주고 남은 생수병의 물을 쏟아붓듯 단숨에 마셨다. 종일 뛴 탓에 수분이 빠져나가 바삭거리던 몸이 조금 축축해지는 기분이 들었다.

선우현은 음식물 쓰레기봉투를 묶고, 싱크대를 정리했다.

"참, 저쪽 작은방을 제가 쓸게요. 두 사람이 안방을 써요. 이불이랑 침대 시트는 새걸로 갈아놓았어요."

"안 그러셔도 되는데."

희령이 불편한 듯 우물쭈물하며 의자에서 일어섰다.

"전 사건 자료도 검토해야 하고 실험 데이터도 봐야 해서 서재가 더 편해요. 평소에도 의자에 기대 잠들 때가 많으니까 신경 쓰지 말아요."

"고맙습니다."

희령이 허리를 숙였다.

"편하게 지내셔도 됩니다. 사건 때문에 저는 당분간 못 들어오는 날이 더 많을 거예요."

희령이 두만을 보았다. 선우현은 희령이 불안한 기색을 보이자 바로 덧붙였다.

"물론, 강 반장은 되도록 빨리 퇴근하도록 광수대 팀장에게 제가 압력을 넣어보죠. 팀장이랑 동기거든요."

두만은 선우현이 희령의 불안함마저 배려해주는 것이 고마웠다. 희령이 엉거주춤 의자에 다시 앉았다. 어색한 침묵이 흘렀다.

"희령 씨, 괜찮으면 씻고 나서 필요한 거 사러 나가도 될까요? 하루 종일 뛰었더니 몸에서 쉰내가 나네요."

"전, 괜찮아요. 근데 갈아입을 옷이 없어서 어떡하죠?"

"형님, 갈아입을 옷 좀 주세요."

"옷장에서 적당한 거 아무거나 꺼내서 입어."

"해결됐죠?"

두만이 웃었다. 희령도 따라서 웃었다. 어색함이 조금 누그러들었다.

두만은 안방에 있는 붙박이장을 열었다. 경찰 정복을 비롯해 'KCSI'라고 새겨진 근무복, 아웃도어 티셔츠, 등산복, 운동

복들이 두서없이 걸려 있었다. 아웃도어 티셔츠 같은 건 사복 차림의 형사들에게 근무복이나 다를 바 없었다. 두만은 정복 옆에 걸린 검은색 아웃도어 티셔츠를 옷걸이에서 벗겨냈다. 옷걸이가 흔들리며 단정하게 걸려 있던 경찰 정복이 흐트러졌다. 정복 안에서 삐져나온 흰색 티셔츠가 두만의 눈에 들어왔다. 다른 옷들과 다르게 이질감이 느껴졌다.

일종의 직업병 환자처럼 두만은 정복 안에 걸린 티셔츠를 확인했다. 초등학생이 그린 것 같은 나무 그림. 잃어버린 캐리어에 들어 있던 희령의 티셔츠였다. 순간, 멍한 느낌이 들었다. 캐리어를 훔쳐 간 사람이 선우현이라고? 선우현은 두 사람의 위치와 동선, 시간을 알고 있는 유일한 사람이었다. 두만은 빠르게 선우현의 알리바이를 계산했다.

차가 있다 해도 캐리어를 훔친 뒤 두 사람보다 먼저 집에 오기에는 빠듯한 시간이었다. 선우현이 그럴 리 없었다. 또 그럴 이유도 없었다. 직업병이었다. 두만은 빠르게 냉정을 되찾았다. 그는 티셔츠를 자세히 살폈다. 선우현의 티셔츠는 희령의 것보다 사이즈가 두 치수는 컸고 나무 프린트 역시 색이 바래지 않은 새것 같았다. 우연이었다.

두만은 티셔츠를 정복 안에 단정하게 정리해 옷장에 걸었다. 그는 안도했다. 그는 옷장을 닫고 거실로 나왔다.

희령이 식탁 의자에 앉아 나무 액자를 보고 있었다.

"너무 좋죠? 나도 이런 곳에서 살고 싶네요."

희령이 액자의 사진을 두만에게 보여주었다. 잡지책 같은 데서 잘라낸 듯한 전원주택 사진이었다. 초록의 산을 배경으로 잔디가 깔린 마당과 넓은 창을 가진 아름다운 집이었다.

"어디예요?"

두만이 선우현에게 물었다.

"세상엔 없는 이상향."

"예?"

"오래전부터 저런 집에서 가족들이랑 살고 싶었거든. 개도 키우고. 내가 이렇게 혼자 살지 몰랐던 시절의 흔적이야."

선우현이 미소 지었다. 뭔가를 포기한 사람의 허전한 미소였다.

"형님 은퇴해서 이런 집 지으면 우리가 옆에 붙어살면 되죠. 개도 키우고. 어때요?"

"그냥 예전에 그런 꿈이 있었다는 거지. 미련 때문에 그냥 뒀는데 이젠 포기할 때도 됐지."

"포기하지 마요. 가족이 별건가요? 같이 모여 살면 그게 가족이죠."

"난 포기야. 좋은 기억도 아니고."

"앞으로 좋은 기억을 만들면 되죠."

"그러기엔 너무 많은 게 저기에 묻혀 있지."

"대체 뭘 묻었는데 포기예요? 시체라도 묻으셨나?"

선우현이 소리 내서 웃었다.

"뭘 묻었다고 하면 우린 항상 상상력이 그쪽으로 흐른단 말이야. 금괴 같은 건 안 떠오르고."

"그럼, 금괴예요?"

"나중에 나 죽으면 파봐. 금괴 나오면 너 갖고."

"좋습니다. 그럼, 집은 제가 짓는 걸로 하죠. 더불어 형님 집도 마당 끝에 지어드릴게요."

"어째 내가 택배라도 받아놔야 할 것 같다? 개밥도 주고, 마당에 잡초도 뽑고?"

"그럴 리가요. 오해십니다."

"아무튼 좋다. 초대해준다면 기꺼이 가지."

"그럼 같이 살게 된 기념으로 저녁은 제가 쏠게요. 중식이나 양식, 한식도 됩니다."

두만이 휴대폰을 흔들었다. 두 사람의 만담 같은 대화에 희령이 웃고 있었다. 오랜만에 보는 그늘이 없는 웃음이었다.

8

희령은 커피를 내리는 선우현의 섬세한 손동작을 보고 있었다. 창밖은 아직 해가 뜨지 않아 어둑했다.

가늘고 흔들림 없는 물줄기가 원을 그리며 커피 가루를 적셨다. 커피 향이 진해졌다.

"내 집이라 생각하고 뭐든 희령 씨 맘대로 해도 됩니다. 남자 혼자 살던 집이라 눈에 거슬리는 게 있겠지만 그런 건 그냥 넘겨요."

선우현이 고개만 돌려 희령을 보고 미소 지었다. 희령도 예의 바른 웃음으로 답했다.

두만이 짧은 머리의 물기를 수건으로 털어내며 식탁 의자에 앉았다.

"저도 한 잔 주세요."

선우현은 커피포트에 남아 있던 뜨거운 물로 머그컵을 데운 뒤, 추출된 커피를 컵에 따랐다.

"아이스아메리카노는 안 됩니까?"

"그러려면 원두를 더 곱게 갈았어야 해. 향도 죽고 너무 연해질 거야."

"그냥 얼음이나 주세요. 사실 전 커피 맛도 몰라요."

선우현이 희령 앞에 머그컵을 내려놓았다. 파란색 도트 무늬와 꽃무늬가 도장처럼 찍혀 기하학적으로 얽혀 있는 디자인이었다. 희령 역시 비슷한 걸 가지고 있었다. 아니, 비슷한 걸 가지고 있다고 생각했다는 게 더 정확했다. 희령은 자신의 기억을 믿지 못했다. 기시감일 뿐인지도 몰랐다.

선우현이 두만의 앞에도 조각 얼음이 가득 차 있는 머그컵을 내려놓았다. 희령은 눈을 감았다. 요즘 들어 증세가 심해지는 것 같아 불안했다. 그녀는 눈을 감고 커피 향에 집중했다.

"요즘 이런 디자인이 인기인가 봐요. 집에도 비슷한 게 있던데."

눈을 떴다. 두만조차 그렇게 느꼈다면 기시감은 아니었다. 희령은 안도했다.

"유행인지는 모르겠고. 혼자 살다 보니 그릇에도 관심이 생기더라고."

"참, 형님은 여러모로 섬세해요."

희령이 동의의 의미로 고개를 끄덕였다.

"혼자 살아봐. 요즘은 십자수도 할 판이야."

선우현은 다 마신 머그컵을 개수대에 넣고 수도꼭지를 틀어 물로 씻었다.

"혹시라도 세탁기를 돌린다거나 청소를 할 생각은 하지 말아요. 제가 하던 일은 앞으로도 제가 하겠습니다. 저는 희령 씨가 최대한 편하게 있다 갔으면 좋겠어요."

희령은 선우현의 부드러운 말투에 담긴 속뜻을 금방 알아챘다. 아무것도 손대지 말 것.

"감사합니다. 불편하실 텐데 선뜻 집을 내어주시고."

"사람 사는 집 같아서 좋아요. 이런 집이 그리웠거든요. 오래 있다 갔으면 해요. 아, 그렇다고 사건이 해결되지 않길 바란다는 건 아닙니다."

선우현은 당황한 듯 뒷말을 덧붙였다. 진심인 것 같았다.

"고맙습니다."

두만이 희령보다 먼저 깍듯하게 인사를 했다. 그가 어색한 표정으로 괜찮다는 듯이 손을 내저었다.

"참, 희령 씨, 서재엔 들어가지 말아요. 수사 자료랑 현장 사진이랑 감식에 사용하는 시약 같은 게 잔뜩 있거든요. 개중엔 위험한 것도 있고요."

희령은 위험한 화학물질을 만질 만큼 어린 아이가 아니었다. 그녀는 굳게 닫힌 그의 방문을 열어볼 마음이 전혀 없었다. 그런데 그가 주의 사항을 덧붙이자 문득 호기심이 생겼다. 희령은 '푸른 수염의 아내'가 떠올랐다. 호기심을 참지 못하고 결국 잠긴 방문을 열자, 푸른 수염이 아내를 죽였던가? 그녀는 들고 있던 머그컵을 식탁에 내려놓았다. 생각이 너무 멀리 가고 있었다. 누구라도 남에게 보여주고 싶지 않은 비밀을 한두 가지쯤은 가지고 있을 것이다. 오랫동안 혼자 살던 사람이라면 더더욱.

"감사합니다. 아무것도 안 하고 몸도 마음도 편하게 쉬었다 갈게요."

희령은 아무것도 건드리지 않겠다는 뜻을 담아 선우현에게 말했다. 그가 알아들었다는 듯이 고개를 끄덕였다.

두만이 단숨에 커피를 마시고 의자에서 일어났다.

"누가 와도 문 열어주지 말아요. 아마 형님이 출근한 뒤 집으로 찾아올 사람은 없을 거예요. 그렇죠?"

두만은 희령이 대답하기도 전에 선우현을 보며 동의를 구했다.

"아무도 없어요. 온다고 해도 무시해도 됩니다."

선우현이 대답했다.

"자, 그러니까 문을 열어주지도 말고, 특별한 일 없으면 나가지도 말아요."

"알았으니까 어서들 출근하세요."

"필요한 게 있더라도 집 근처엔 절대 가지 말아요. 놈이 기다리고 있을지 몰라요. 그리고 급한 일이 있으면 전화하고요. 또……."

두만은 아직 할 말이 남은 듯 현관에서 계속 머뭇거렸다. 두만이 아무리 길게 얘기해도 결국 집에 있으라는 말로 수렴되리라는 걸 희령은 알고 있었다.

"알았다니까 그러네요."

희령이 두만의 등을 떠밀었다. 두만은 내키지 않는 발걸음으로 선우현을 뒤따라 나갔다.

현관문이 닫혔다. 두만의 말 때문인지 희령은 두 사람이 나가고 혼자 남자 불안해지기 시작했다. 현관문에 귀를 대보았다. 밖은 내내 조용했지만, 금방이라도 누군가 닫힌 문을 두드릴 것만 같았다.

식탁으로 돌아와 희령은 머그컵에 담긴 커피가 식을 때까지 한참을 앉아 있었다. 커피 향이 옅어졌다. 주위를 둘러보았다. 불안감이 구체화되기 전에 무엇이라도 집중할 것이 필요했다. 선우현의 아파트는 희령의 집보다 훨씬 나중에 지어졌는데도 구조가 크게 다르지 않았다. 발코니와 연결된 거실, 싱크대가 있는 작은 주방, 큰방과 작은방, 화장실, 다용도실. 집 안엔 식탁과 같이 꼭 필요한 가구 외에는 소파는 물론 TV조차 없었다.

횅하기까지 한 집 안을 둘러보는 희령의 시야에 벽에 걸린 시계가 들어왔다. 나무의 결이 살아있는 자판 위에서 초침이 물 흐르듯 움직이고 있었다. 흔한 디자인이기는 했지만 그녀의 집에도 비슷한 시계가 있었다. 그러고 보면 벽지 색깔이나 커튼, 조명 같은 것도 희령이 고른 것처럼 비슷한 취향의 것들이었다.

희령은 식어버린 커피를 한 모금 마셨다. 미지근한 액체가 목구멍을 타고 넘어갔다. 옅어졌던 향이 입 속에서 진해졌다. 멍하니 창밖을 보는데 군데군데 구멍이 뚫리고 갈라진 넓적한 이파리가 눈에 들어왔다. 발코니에 몬스테라가 있었다. 그녀 역시 같은 걸 키우고 있었다.

발코니에 여러 종의 식물들이 있었다. 구멍이 뚫리고 갈라진 이파리의 몬스테라, 손가락을 편 손과 비슷한 관음죽, 뾰족한 가시처럼 줄기에 붙어 있는 로즈마리, 타원형의 반짝이는 이파리를 가진 치자, 단풍잎처럼 생긴 아이비, 잎이 가늘고 가장자리만 붉은 마지나타.

희령은 자신이 키우는 식물의 이름 정도나 겨우 아는 초보였다. 그런 그녀가 발코니에 있는 식물들의 이파리를 알아볼 수 있었던 건 그녀 역시 같은 종을 키우고 있기 때문이었다. 유행인가? 마트에 진열된 것들 중 즉흥적으로 골라 온 식물이니 그럴 수 있다고 생각했다.

희령은 남은 커피를 마시고 물을 틀어 컵을 씻었다. 자신의 것과 비슷한 컵을 씻으며 생각이 복잡해졌다. 만약 유행 같은 게 아니라면? 손끝이 떨렸다. 하지만 아무리 생각을 해봐도 '유행' 말고는 납득할 만한 다른 답을 찾을 수 없었다.

머그컵이 손에서 미끄러졌다. 엉키는 생각과 불안한 마음 때문에 손끝이 둔해진 탓이었다. 희령은 바닥에 떨어져 깨진 머그컵을 보고 나서야 정신을 차렸다. 허리를 숙이고 깨진 컵 조각을 치우다가 그녀는 얼마 전에도 비슷한 머그컵을 깨트렸다는 걸 기억했다. 희령은 고개를 저었다. 믿을 수 없었다. 단순한 기시감일 것이다.

실제로 일어나지 않은 일을 희령은 자주 상상했고, 그럴 때마다 상상과 현실이 뒤섞였다. 그러다 보면 그녀는 어떤 게 상상이고 어떤 게 진짜 기억인지 헷갈렸다. 기시감은 희령에게 기억의 왜곡 같은 것이었다.

희령은 습관적으로 싱크대의 왼쪽 상부장을 열었다. 깨진 머그컵과 같은 문양의 머그컵을 찾기 위해서였다. 같은 건 없더라도 비슷한 디자인의 머그컵은 구할 수 있으리라. 장 안에는 여러 종류의 컵과 커피 잔들이 가지런히 정리돼 있었다. 그도 유리컵과 커피 잔을 희령의 부엌과 같은 위치에 두고 쓰고 있었다.

희령은 자신이 깨트린 것과 같은 문양의 머그컵을 꺼내 사진을 찍었다. 집 앞 상가에 있는 그릇 가게에서 비슷한 걸 본 기억이 났다.

그녀는 장 안에 있는 파란색 유리컵과 금색 테두리가 있는 커피 잔이 눈에 익었다. 같은 걸 가지고 있나? 어쩌면 그녀가 언젠가 사려고 마음만 먹었던 커피 잔이거나 지금은 깨져 없어진 유리컵인지도 모른다. 그마저도 아니라면 또 기시감을 느낀 탓일 거다. 어느 쪽이든 선우현의 취향이 자신과 비슷하다고 희령은 생각했다.

가운데 상부장을 열었다. 그녀의 집과 마찬가지로 밥그릇과 국그릇, 접시들이 정리되어 있었다. 하늘색 바탕에 흰색 무늬가 양각으로 새겨진 것들이었다. 색깔만 다를 뿐 희령의 것과 같은 그릇이었다.

싱크대의 하부장과 서랍을 되는대로 열어보았다. 첫 번째 서랍에는 숟가락과 젓가락 그리고 조리 도구가, 두 번째 서랍에는 랩과 포일, 지퍼 백이 들어 있었다. 랩과 지퍼 백 사이에는 행주에 싸여 있는 칼이 있었다. 행주 바깥으로 검은색 흑단나무에 은색 띠가 둘러진 손잡이가 보였다. 희령은 반사적으로 서랍을 닫았다. 칼날을 보지도 않았는데 벌써 몸이 굳어졌다.

희령은 자주 칼에 옆구리를 찔리는 꿈을 꾸었고, 꿈이 너무 생생해서 잠에서 깬 후에도 옆구리에 통증을 느꼈다. 희령에게 칼은 조리 도구이기 전에 공포의 대상이었다. 그 때문에 그녀는 칼을 행주에 싸서 서랍에 보관했고, 요리를 할 때도 가위를 사용했다. 꼭 칼이 필요한 경우엔 두만의 손을 빌리곤 했다.

대부분의 사람들은 이미 정해진 용도에 맞춰 싱크대의 수납장을 사용한다. 서랍마다 같은 물건이 들어 있다고 해도 크게 이상할 건 없다. 하지만 행주에 싸인 칼은 다르다. 보통의 집에선 자주 쓰는 칼을 이런 식으로 보관하지 않는다.

희령은 싱크대의 하부장을 열어 다른 칼이 있는지 찾아보았다. 여분의 칼이라면 행주에 싸서 서랍에 보관하는 것이 그리 이상하지 않았다. 하지만 칼꽂이에는 단 한 자루의 칼도 꽂혀 있지 않았다.

희령은 선우현의 집에서 되풀이해 느끼는 기시감이 상상이 아니라 진짜일지 모른다는 의심이 들었다. 순간 섬뜩해졌다. 선우현의 집은 희령의 집을 복사해서 붙여넣기 한 것처럼 닮아 있었다.

그녀는 휴대폰을 손에 쥐고 심호흡을 했다. 통화 버튼을 누르기 전 두만에게 할 말들을 머릿속에 정리했다. 머릿속을 떠돌던 막연한 의심이 구체적인 말로 정리되자 상황이 더 객관적으로 보였다. 취향이 비슷하다는 건 문제가 되지 않았고, 행주에 싸인 칼도 두만이 선우현에게 미리 부탁했을 거라는 데에 생각이 미쳤다. 두만은 외모는 투박했지만 섬세하고 자상했다. 희령은 서성이다 결국 들고 있던 휴대전화를 식탁 위에 내려놓았다. 식탁 너머 굳게 닫혀 있는 선우현의 방문이 보였다. 그녀는 그의 방 안이 조금 더 궁금해졌다.

☖

책상 위에 몇백 페이지의 수사 자료가 쌓여갔다. 하지만 희생된 두 명의 피해자에게서 두드러지는 공통점을 찾을 수 없었다. 2차 사건의 피해자는 전 남자 친구에 의한 스토킹 피해자였다는 게 눈에 띄는 특징이었지만, 1차 사건 피해자는 남자 친구를 사귈 시간조차 없이 집과 회사를 오간 직장인이었다.

용산서에서 2차 사건의 유력한 용의자로 쥐고 있던 대상은 피해자를 스토킹하던 전 남자 친구였다. 용산서에서 전 남자 친구를 참고인으로 불러 탈탈 털었다. 하지만 결정적인 건 없었다. 그의 알리바이는 확인됐고, 그는 피해자가 거주하는 집이나 직장조차 모르고 있었다. 거짓말탐지기를 동원했지만 전 남자 친구의 진술을 뒤집을 수는 없었다. 용산서에서는 사건이 1차 사건과 연쇄로 묶이자 수사를 초기화하고 손을 뗐다. 수사는 광수대로 넘어왔다.

1차와 2차 사건의 용의선상에 오른 사람들 중에 중복되는 인물은 없었다. 또, 주변 탐문수사에서도 온오프 모임이나 종교 등 공통되는 지점이 없었고, 겹치는 참고인조차 없었다. 피해자들은 사는 곳이나 직장은 물론, 학연이나 지연으로도 교차되지 않았다. 수사 기록만을 놓고 보면 두 사람은 마주치는 건 고사하고 서로의 존재조차 몰랐을 가능성이 컸다.

두만은 침침해진 눈을 감았다. 건조한 탓에 눈꺼풀 안에서 안구가 뻑뻑하게 움직였다. 그는 눈을 감은 채 의자 등받이에 등을 기댔다.

피해자 사이의 공통점이라고는 재개발지구의 빌라에서 혼자 살고 있던 여성이라는 점 정도였다. 하지만 연장선을 희령에게까지 그으면 이마저도 깨졌다. 희령이 피해자들과 동일 선상에 있다는 객관적인 증거는 없었다. 그래도 땅콩껍질이 1, 2차 사건과 무관하다는 게 밝혀지기 전까지 두만은 희령을 빼놓고 생각할 수 없었다.

불안함과 초조함 때문에 담배 생각이 간절해졌다. 눈을 떴다. 지금 시간이라면 과수요원 모두 각자의 현장에서 아직 돌아오지 않았을 것이다. 그는 담뱃갑을 들고 다기능증거분석실로 향했다. 평소라면 청사 밖으로 나가서 담배를 피웠겠지만 지금은 그럴 시간적 여유도, 심적인 여유도 없었다.

다기능분석실은 비어 있었다. 두만은 유독물을 취급할 때 쓰는 챔버를 열고 공기배출기를 켰다. 공기배출기의 팬이 영혼까지 빨아들일 기세로 요란하게 돌아갔다. 두만은 담배에 불을 붙인 뒤 챔버 안으로 연기를 뿜어냈다. 담배 연기가 풀어지기도 전에 순식간에 공기배출기로 빨려 들어갔다. 담배를 피워도 불안함은 줄어들지 않았고, 머릿속은 엉켜 실마리조차 잡히지 않았다.

수사 자료를 보면 담당 수사팀은 어떤 방향성도 없이 피해자의 주변을 광범위하게 훑고 있었다. 수사에 필요한 기초적인 자료이기는 했지만 이런 식의 삽질만으로는 놈의 다음 살인을 따라잡지 못할 것이다.

두만은 담뱃불이 손가락 끝까지 타들어간 것을 알아채지 못했다. 뜨거움을 느끼고 나서야 그는 급하게 담뱃불을 비벼 껐다. 희령이 안전해지는 길은 놈을 잡는 방법밖에는 없었다.

새 담배를 꺼내 불을 붙였다. 두만은 세 사람을 하나로 묶을 만한 공통점이 도무지 떠오르지 않다. 희령과 2차 사건의 피해자가 고아라는 공통점이 있었지만 1차 사건의 피해자는 지방에 있는 부모님과 떨어져 살고 있었을 뿐이었다. 조급하게 숨을 들이마실 때마다 담뱃불이 빠르게 가까워졌다. 심지어 세 사람은 머리카락이 길다든가 하는 외모의 일관성도 없었다.

두만은 머릿속으로 자신이 알고 있는 사건의 공통점과 차이점을 떠올렸다. 두 사건을 하나로 묶은 공통점은 범행 수법이었고, 세 사람을 공통점으로 묶은 것은 땅콩껍질이었다. 차이점은 그가 찾아낸 공통점보다 훨씬 많았다. 방향 전환이 필요했다. 담뱃불이 필터를 태우는 것도 모른 채 그가 연기를 빨아들였다. 기침이 나왔다.

두만은 1차와 2차 사건의 범행 현장에 남은 흔적을 비교해 놈이 남겼을지 모르는 뭔가를 찾아내는 것이 지금의 최선이라 생각했다.

그는 사무실로 돌아와 노트북과 사무실 컴퓨터의 모니터를 나란히 세팅했다. 그리고 1차 사건과 2차 사건의 현장 사진을 두 컴퓨터에 순서대로 띄웠다. 사진은 과학수사 매뉴얼대로 현장 외관부터 진입, 세부 항목 순으로 찍혀 있었다. 감식 보고서에 첨부된 사진이 아니라 최초 과수요원이 현장에 임장했을 때 찍은 원본 데이터였다.

두 사건의 현장이 모두 재개발지구의 흔한 빌라라 외관은 물론 내부까지도 서로 비슷했다. 사건 현장의 사진을 섞어놓으면 구분할 수 없을 정도였다. 영등포 사건은 2층, 한남동 사건은 3층이라는 것 정도만 달랐다. 두 사건 모두 현관 출입문의 손괴 흔적이 없었다. 또, 피해자들이 출근했던 복장 그대로 사망했다는 점도 같았다. 피해자의 옷차림으로 추측해보면 놈은 따라들기 수법으로 침입했거나, 주거지에 침입한 뒤 퇴근하는 피해자를 기다렸을 것이다.

이 가정에 희령까지 놓고 보면 범인은 사전에 피해자의 집을 알고 있었고, 계획적으로 범행을 저질렀다는 결론을 내릴 수 있었다. 만약 희령이 쓰레기봉투를 내놓은 시점에 두만이 집에 없었다면? 상상조차 하고 싶지 않은 일이 벌어졌을 것이다. 그는 생각을 지우듯 키보드를 눌러 다음 사진으로 넘겼다.

양쪽 모두 현관에 떨어진 혈흔은 없었다. 놈은 피해자와 제일 처음 마주치는 순간에 치명적인 공격을 하지 않았다. 살인이 목적이었다면 피해자를 물리적으로 제압하는 위험을 감수할 이유가 없었다. 놈의 목적이 물색에 있다는 것이 분명해졌다.

두만은 틀린 그림 찾기를 하듯 현관에서부터 거실까지의 현장 사진을 비교했다. 양쪽 모두 바닥에 찍힌 족적은 없었다. 다만 거실 바닥에 신발이 끌리면서 남은 듯한 흔적이 보였다. 피해자는 칼과 같은 흉기로 제압당한 것이 아니라 자신의 몸을 가눌 수 없는 상태로 제압당했을 것이다. 놈은 완벽하게 제압한 피해자를 케이블 타이로 다시 결박했다. 물색에 오랜 시간이 걸릴 거라는 걸 예상했다는 뜻이다. 놈이 찾던 건 뭘까?

2차 사건과 마찬가지로 1차 사건의 거실에도 산산이 부서진 물건들이 쌓여 있었다. 두만은 물건들의 잔해를 살펴보다 놈의 물색이 잡범들이 하는 보통의 물색과는 다르다는 걸 깨달았다. 놈은 단순히 과도한 물색을 한 것이 아니라 거의 대부분의 물건들을 잘게 부수어놓았다. 옷가지는 찢어놓았고, 화장품병 같은 것은 깨서 내용물까지 확인했다. 놈은 매트리스를 찢고 화분까지 뒤집어 확인했다. 물색 순서의 차이는 있었지만 1차와 2차 모두 같은 패턴이었다.

놈이 찾고 있는 것은 크기가 작고 내구성이 있는 물건일 것이다. 마약은 아니었다. 이런 식으로 찾는 게 약이라면 이미 녹고 부서져서 찾아내더라도 상품 가치가 없을 것이다. 다이아몬드? 크기가 작고, 화장품병 속에 숨길 수 있는 단단한 물건으로 그는 다이아몬드 말고는 떠오르는 게 없었다. 두만은 혹시 피해자들의 공통점이 다이아몬드류의 귀중품을 가졌다는 점이 아닐까 생각했다. 그러나 곧 고개를 저었다. 희령까지 대상에 포함시키면 이것 또한 어긋났다. 희령이 가지고 있는 다이아몬드는 고작 결혼반지에 박혀 있는 좁쌀만 한 게 전부였다.

작고 귀중한 것, 사람을 연쇄적으로 살해할 만큼 절대적인 것, 가지고 있는 사람들은 어쩌면 진짜 가치를 제대로 모르는 것. 놈은 그런 걸 찾고 있었다. 2차 사건 피해자가 마지막 순간에 가족사진을 안고 있는 것으로 보아 아직까지 놈은 원하는 걸 갖지 못했을 것이다. 어쩌면 놈이 찾고 있는 걸 두 명의 피해자는 물론 희령 역시 가지고 있지 않을 수 있다.

두만은 사진을 넘겼다. 검붉은 피가 웅덩이처럼 고여 있었다. 모니터 속 사진에서 피 냄새가 느껴졌다. 1차 사건의 피해자는 자신의 피가 만들어낸 웅덩이 중심에서 휴대폰을 쥐고 모로 누워 있었다. 피에 물든 전화기의 액정엔 피해자가 잠금 해제를 하며 만든 핏자국이 남아 있었다. 거칠게 여러 번 반복된 흔적들이 절박함의 증거였다. 2차 사건 피해자의 시신은 밀랍 인형처럼 창백했다. 피해자는 물건의 잔해 위에 쓰러져 있었고 피해자에게서 쏟아져 나온 피가 잔해를 적시고 고여 있었다.

두만은 양쪽 모니터의 사진을 빠르게 넘겼다. 과학수사팀이 시체를 옮기고 부서진 물건들의 잔해를 발굴하는 모습이 이어졌다. 과수팀은 바닥에 흰색 시트를 깔고 맨 위의 조각부터 차례로 번호를 매겨 정리했다. 두 사건의 증거물 1번은 휴대폰과 가족사진이었다. 1차 사건의 2번은 찢어진 옷가지, 2차 사건의 2번은 깨진 화장품병의 조각이었다. 두만은 사진을 넘겨 3번부터 99번까지 이어지는 증거물 번호표와 잔해들을 보다가 번호표가 다시 1번부터 시작하는 것을 발견했다. 세 자릿수 증거물 번호표가 준비되지 않아 다시 1번부터 시작한 것이다. 그만큼 두 사건의 현장에는 깨지고 부서진 증거물들이 많았다.

1차와 2차 사건의 현장 잔해물은 특별하게 중복되는 건 없었다. 중복되는 것들이라고 해도 일상적인 물건의 잔해들이라 큰 의미는 없어 보였다. 두만은 사진을 빠르게 넘겨 방과 거실에서 과수팀이 발굴해놓은 잔해들을 훑어보았다. 비슷한 나이의 여자들이라 크게 차이 나는 물건들은 없었다. 1차 사건의 피해자는 정장풍의 옷을 제외하면 대부분 선명한 원색의 옷이 많은 반면, 2차 사건의 피해자는 스토킹 피해 때문인지 정장이든 캐주얼이든 눈에 띄지 않는 무채색에 가까운 옷이 많다는 것 정도가 차이였다.

거실 바닥에 펼쳐진 증거물 사진을 모두 넘기고 나자, 과수팀이 지문을 현출하는 모습과 DNA 증거를 채취하는 모습이 이어졌다. 두만은 키보드에서 손을 떼고 자신의 두툼한 귀를 지그시 눌렀다. 분명, 중요한 뭔가를 놓쳤다.

두만은 자신이 본 것을 자신의 머리가 구체적인 뭔가로 형상화하지 못하는 것에 조바심이 났다. 1차 사건의 증거물 번호표 1번으로 사진을 되돌렸다. 그리고 한 장씩 순서대로 넘겼다. 끝까지 되돌려 본 후, 다시 처음으로 돌아가 한 번 더 되풀이했다. 2차 사건도 같은 방법으로 1번부터 돌려보았다. 마침내 두만은 자신이 느꼈던 위화감의 정체를 알 수 있었다.

두 건의 사건 현장 모두 바닥에 뒹굴고 있는 음식물의 양이 지나치게 적었다. 집에서 거의 아무것도 먹지 않았다고 해도 과장이 아닐 정도였다. 1차 사건 현장에는 녹아버린 고기 한

덩이와 포장 김치, 만두 한 봉지, 유통기한이 남은 우유가 있었고, 2차 사건의 현장에는 유통기한이 많이 남은 샐러드드레싱, 치즈, 거의 대부분이 남은 양상추, 포장도 뜯지 않은 두부가 있었다. 조리 후 남은 음식물이나 유통기한이 지난 음식물은 없었다.

두만은 사진을 앞으로 돌려 두 사람의 냉장고를 확인했다. 냉장고에 남아 있는 음식물은 없었다. 놈이 냉장고에 들어 있던 음식물까지 일일이 확인하고 바닥에 던져놓았기 때문에 당연했다. 두만은 과수팀이 찍은 냉장고 사진도 찾아 확대해보았다. 냉장고 내부는 지나치게 깨끗했다. 마치 새로 산 냉장고를 보는 것처럼 생활 흔적이라고는 찾을 수 없었다. 포털에서 두 사람의 냉장고 모델을 검색했다. 피해자들의 냉장고는 쇼핑몰에서는 검색되지 않는 단종된 구형 모델이었다.

혹시, 두 사람은 어떤 이유에서건 최근에 냉장고를 비우고 청소를 한 게 아닐까? 희령이 냉장고 AS를 받기 전에 내부를 정리하고 닦아내던 모습이 떠올랐다. 습관처럼 두만은 두툼하게 부풀어 오른 귀를 만졌다. 개별적으로 떨어져 있던 세 사람이 냉장고라는 하나의 선으로 이어졌다.

두만은 휴대폰의 사진 앱을 열었다. 아파트 옥상에서 찍은 쓰레기봉투 사진이 액정에 떴다. 그제야 그는 자신이 뭘 찾으려고 했는지 깨달았다. 선수 시절처럼 생각보다 손이 앞서 움직이고 있었다. 그는 어제 찍은 사진들을 빠르게 넘겨 쓰레기 봉투에서 나온 AS 기사의 명함을 찾았다.

살짝 입꼬리가 올라간 얼굴, 차정후. 증명사진 밑에 1566으로 시작하는 서비스 센터의 번호와 개인 휴대폰 번호가 인쇄돼 있었다. 두만은 머릿속으로 차정후의 얼굴에 Y 자가 새겨진 야구 모자를 씌워보았다. 아무리 들여다봐도 언제 찍었는지 모를 증명사진인 데다 선명하지 않은 인쇄 품질 때문에 차정후가 동일 인물인지 확신할 수 없었다.

두만은 사건 자료를 뒤져 피해자들의 통화 기록을 찾았다. 피해자 통화 기록 확보는 기초적인 수사라 이미 관할 형사팀에서도 어느 정도 분석을 끝낸 상태였다. 하지만 담당 형사팀은 냉장고 서비스 센터의 번호에 주목할 리 없었고, 또 두 사건을 연쇄로 묶기 전이라 서비스 센터는 수사 대상에 오르지 않았다.

두만은 피해자들의 발신 내역에서 1566으로 시작하는 서비스 센터의 전화번호를 오래 걸리지 않아 찾아냈다. 두 사람은 보름 정도의 시간 차를 두고 서비스 센터에 전화를 걸었다. 처음으로 놈에 대해 구체적인 뭔가를 움켜쥐었는데도 초조함과 조급함 때문에 두만은 입 속이 바싹 말랐다. 이제 하나만 더 확인하면 된다. 피해자들의 수신 내역. 두 사람의 수신 내역에서 차정후의 휴대폰 번호가 나오면 추정은 사실로 완성된다.

두만의 굵은 손가락이 눈보다 빨리 수신 내역을 읽어 내려 갔다. 2차 사건 피해자의 수신 내역을 세 장째 넘기던 그의 손가락이 멈췄다. 차정후의 휴대폰 번호였다. 두만은 붉은색 펜으로 번호에 밑줄을 서너 번 그었다. 펜을 쥔 손에 힘이 들어가 종이에 깊은 자국이 남았다.

1차 사건 피해자의 수신 내역은 되도록 천천히 넘겼다. 서두르다가 놓치기라도 하면 다시 원점이 된다. 손과 눈으로 번호 하나하나를 확인하고 나서야 다음 줄로 넘어갔다. 일곱 장을 넘기도록 차정후의 전화번호는 나오지 않았다. 1차 사건의 피해자는 통화량이 많아서 확인해야 할 통화 내역도 많았다. 두만은 생각 없이 몸이 먼저 움직여 비효율적인 짓을 했다는 걸 깨달았다. 그는 조금 전 확인한 발신 내역에서 피해자가 서비스 센터에 전화를 건 날짜를 찾았다. 10월 18일. 만약 차정후가 피해자의 AS를 담당했다면 피해자가 AS 접수를 한 이후 피해자에게 전화를 했을 것이다. 그는 서비스 센터 접수 이후의 수신 내역을 확인했다.

수신 내역을 읽어 내려가던 그의 눈과 손가락이 하나의 번호에서 멈췄다. 차정후의 번호였다.

두만은 피해자들의 수신과 발신 내역서를 서랍에 넣고 열쇠로 잠갔다. 그는 반드시 자신의 손으로 놈의 모가지를 움켜쥐리라 마음먹었다. 옛날 형사들처럼 놈을 반쯤 죽여서라도 자백을 받아내고 희령을 스토킹한 이유를 털어놓게 만들 것이다. 두만은 자신의 두툼한 귀를 꾹꾹 누르고 만지작거렸다.

¤

희령은 냉장고 문을 열었다. 물이라도 마셔야 송곳처럼 날카로워진 신경이 진정될 것 같았다. 그녀는 생수병을 꺼내 물을 한 모금 마셨다. 차가운 물 때문인지 몸이 부르르 떨렸다. 자신의 증상이 점점 심해지는 것 같았다. 복잡한 생각들이 송곳처럼 작은 점에 모여 자신을 찌르는 것 같았다.

띵, 띵, 띵. 냉장고에서 경고음이 울렸다. 또, 얼마간의 시간이 지워졌다. 냉장고 문을 닫으려는데 파프리카 비닐봉지에 붙어 있는 스티커가 눈에 들어왔다. '성원마트'. 집 앞에 있어 희령이 자주 가는 마트의 상호였다. 생각들이 다시 작은 점에 모여들었다. 희령은 생각을 지우듯 서둘러 냉장고 문을 닫았다. 흔한 상호이고, 같은 상호를 쓰는 마트는 많을 것이다. 작은 점에 모인 생각들이 뾰족한 송곳이 되어 그녀를 계속 찔렀고, 그녀는 냉장고 앞을 떠나지 못했다. 희령은 냉장실 문을 다시 열었다. 뾰족해진 점들이 그녀를 찔러 쓰러트리기 전에 의심을 확인하는 편이 나았다.

냉장고 안에는 파프리카, 두부, 우유, 햄, 어묵, 버섯이 있었다. 무슨 요리를 할지 예상이 안 되는, 뭔가 두서없는 식재료들이었다. 희령은 버섯을 꺼냈다. 버섯의 포장 팩에도 성원마트의 스티커가 붙어 있었는데, 파프리카를 포장한 날짜와 달랐다. 희령은 버섯을 원래 있었던 자리에 그대로 넣고, 냉동실 문을 열었다. 냉동실 안에는 얼린 고기가 몇 팩 보였다. 고기의 포장 팩에 붙어 있는 스티커도 모두 성원마트의 것이었고 날짜는 각각 달랐다. 마트의 스티커에 찍힌 포장 날짜가 모두 다른 걸 보면 성원마트는 선우현이 자주 가는 마트임이 틀림없었다.

희령은 스마트폰의 지도 앱에서 성원마트를 검색했다. 지도에서 이십여 개의 점이 찍혔다. 하지만 선우현의 아파트에서 걸어서 갈 만한 위치에 찍힌 점은 한 개도 없었다. 제일 가까운 위치가 10킬로미터 떨어진 희령의 집 앞에 있는 마트였다. 불안한 느낌이 스멀스멀 올라왔다. 지도에 찍힌 점들이 흩어지지 않고 서로 들러붙어 점점 뾰족하게 날을 세우고 희령을 찔렀다. 그녀는 눈을 감았다. 대형마트도 아닌 작은 동네 마트에 차를 타고 가서까지 쇼핑할 이유가 있을까? 희령의 호흡이 불규칙해졌다.

희령은 주방으로 가서 싱크대 문을 열었다. 요리를 하려면 기본 재료 외에 여러 가지 보조 재료와 양념이 필요하다. 그런데 선우현의 냉장고 안에는 딱 기본이 되는 식재료뿐이었다.

싱크대 장이나 서랍에라도 요리에 필요한 무언가가 있어야 했다. 싱크대 문을 열고, 안을 살폈다. 문과 서랍을 열고 닫는 그녀의 손이 점점 빨라졌다. 싱크대 어디에도 요리에 필요한 양념 같은 건 없었다. 어느 집에나 있어야 할 간장이나 고추장, 식용유, 소금조차 없었다. 그는 식재료를 살 뿐 음식을 해 먹는 것 같지는 않았다.

왜? 희령의 모든 생각들이 한 점에 모여 길고 날카로운 송곳이 됐다. 그녀는 숨을 규칙적으로 쉬려고 노력했다. 날카로운 송곳이 희령을 쿡쿡 찔렀다. 몬스테라와 마지나타는 정말 우연이었을까? 단지 희령과 취향이 비슷해서 비슷한 디자인의 유리컵과 그릇이 선우현의 집에도 있는 걸까? 혹시, 선우현이 오랫동안 희령을 지켜보며 그녀의 취향을 복사해왔던 것은 아닐까? 혹시, 그녀를 따라다니던 시선이 선우현의 것은 아니었을까?

머릿속에서 더 날카로워진 송곳이 그녀를 깊숙이 찔렀다. 마트에서 물건을 고를 때도 그는 그녀의 뒤에 있었고, 반려식물을 사서 집으로 돌아올 때도 그는 그녀의 뒤에 있었다. 그녀가 접시를 고르면 그는 같은 걸 골랐고, 그녀가 망설이다 뒤돌아서면 그는 그걸 샀다. 생각만으로 소름이 끼쳤다. 손끝에서 시작된 떨림이 몸 전체로 번져갔다. 희령은 아무리 숨을 빨리 쉬어도 질식할 것처럼 숨이 모자랐다.

희령은 선우현의 잠긴 방문을 보았다. 냉장고와는 비교할 수도 없는 뭔가가 방 안에 있을 것만 같았다. 그녀는 방문을 열고 안을 확인해야 한다고 생각했다. 하지만 방문을 열면 '푸른 수염의 아내'처럼 살해당할지도 모른다는 불안한 상상이 이어졌다. 바닥 깊은 곳에서 공포가 올라왔다. 몸이 움직여지지 않았다.

불현듯 어딘가로부터 와닿는 시선이 느껴졌다. 창문의 커튼이 열려 있었다. 희령은 굳어진 몸을 움직여 거실 창문으로 다가갔다. 하지만 창밖을 내다볼 엄두는 나지 않았다. 누군가의 시선 앞에 자신을 온전히 드러내기에는 두려움이 너무 컸다.

희령은 간신히 거실의 암막 커튼을 쳤다. 그녀가 닫힌 방문을 열어보는지 푸른 수염이 감시하고 있는지도 모른다. 가는 체로 거른 고운 가루처럼 빛이 직물 커튼을 뚫고 새어 들어왔다. 빛이 가려진 커튼에 의지하여 그녀는 조금씩 숨을 쉬었다. 쇳소리가 날 정도로 가쁘게 내쉬어지던 호흡이 느려졌다. 마음이 조금 편해졌다.

다행히 공황발작은 전조에서 끝난 것 같았다. 희령은 이마에 밴 땀을 닦아냈다. 호흡이 편해지자 용기가 생겼다. 그녀는 조심스레 커튼 틈 사이로 밖을 내다보았다. 건너편 아파트의 옥상에서 뭔가 움직였다. 옥상 난간 너머에서 누군가 허리를 잔뜩 숙이고 이쪽을 보다 몸을 숨기는 것 같았다.

희령은 창문에서 뒤로 몇 걸음 물러났다. 창밖을 다시 내다보지는 못했다. 다만 손을 뻗어 벌어진 커튼 사이를 여몄다.

정말 사람이었을까? 혹시, 누군가 내놓은 화분의 식물이 바람에 흔들린 건 아닐까? 희령은 자신이 본 것을 그대로 믿지 못하곤 했다. 그녀는 자주 공포에 질렸고, 그래서 자주 헛것을 보거나 착각했다. 공포가 심어놓은 이미지는 그녀가 보고들은 것을 사실과 다르게 왜곡시켰다.

그녀는 고운 가루처럼 뿌려지는 빛에 의지해 닫힌 방문의 손잡이를 잡았다. 만약 착각한 게 아니라면? 정말 푸른 수염이 그녀를 보고 있었다면? 푸른 수염의 입장에서 보면, 희령이 커튼을 닫았다는 것은 닫힌 방문을 열겠다는 선언이었다. 만약 그가 보고 있었다면 바로 달려올 것이다.

푸른 수염이 오기 전에 방문을 열고 확인해야 했다. 손잡이를 잡은 희령의 손이 떨렸다. 떨리는 손을 부여잡고 손잡이를 돌렸다. 문은 잠겨 있었다. 그녀는 잠긴 문의 손잡이를 잡고 거칠게 돌렸다. 문은 열리지 않았다. 푸른 수염이 금방이라도 현관문 비밀번호를 누르고 들어올 것만 같았다. 그녀는 손잡이를 잡고 방문이 부서져라 흔들었다.

발작하듯 호흡이 가빠져 쇳소리가 났다. 희령이 아무리 손잡이를 잡고 흔들어도 문은 꼼짝하지 않았다. 문손잡이가 철컥철컥, 흔들리며 나는 소리에 그녀의 시야가 점점 어두워졌다. 그녀는 문 앞에 주저앉았다. 땀이 머리카락을 타고 턱 끝으로 흘렀다.

희령은 정신을 잃을 것 같았다. 약이 필요했다. 거실 바닥을 기어가듯 겨우 움직였다. 푸른 수염이 오기 전에 약을 먹고 아무렇지 않은 듯 식탁 의자에 앉아 있어야 했다. 그녀는 간신히 허리를 펴고 몸을 세웠다. 식탁 의자에 걸어놓은 에코백에 손을 넣어 휘적거렸다. 손가락 끝에 립스틱, 지갑, 충전기, 수첩 같은 게 만져졌지만 약은 없었다. 그제야 희령은 약봉투를 캐리어에 넣었던 것을 기억해냈다.

집이 좁아지며 숨이 막히도록 그녀를 압박했다. 그럴수록 희령은 숨을 더 빨리 들이마셨고, 숨이 모자랐다. 점점 다가오는 벽과 천장과 바닥 사이에 끼어 질식할 것만 같았다. 눈꺼풀 안쪽으로 무지개가 소용돌이쳤다. 희령은 자신의 몸이 바닥으로 넘어가는 것을 느꼈다.

¤

오 팀장이 들어오는 걸 끝으로 광역1팀은 모두 회의실에 모였다. 두만은 다른 팀이 눈치채지 못하도록 오 팀장을 비롯해 한 형사와 최 형사를 각각 따로 불러들였다. 한꺼번에 팀원들이 우르르 움직이면 다른 팀 형사들 눈에 띄기 마련이다.

오 팀장이 들어오자 한 형사가 기다렸다는 듯 벌떡 일어났다.

"아, 팀장님, 기다리다 숨넘어가겠어요."

"3팀장이랑 같이 있는데 어떻게 바로 오냐? 강 반장이 앞뒤 잘라먹고 회의실로 부른 거면 뭔가 먹을 게 있다는 얘긴데, 객식구가 은근슬쩍 숟가락 얹게 둘 수는 없잖아."

"잘하셨어요. 3팀장이면 숟가락 얹는 게 아니라 먼저 퍼먹으려고 덤빌 거예요."

한 형사와 최 형사가 고개를 끄덕였다.

"막내야, 밖에 한 번 살펴봐."

두만의 말에 최 형사가 문을 열고 밖을 살펴보고는 문을 잠갔다. 최 형사는 들어오려는 누군가를 몸으로라도 막겠다는 듯 문에 기대섰다. 블라인드를 내리고 불도 켜지 않은 회의실 안은 대낮인데도 어두웠다.

"뭐가 나온 거야?"

누가 엿듣기라도 하는 듯 오 팀장이 속삭이듯 물었다.

"차정후라고 냉장고 AS 기사인데, 피해자들의 수신과 발신 내역에 공통적으로 있어요. 그리고 다른 연결고리도 있고요."

"오, 뭔가 그림이 그려지는데요. AS 기사면 여자 혼자 살고 있다는 것도 사전에 알았을 거고, 침입 흔적이 남지 않은 것도 납득이 돼요. 또, 피해자를 정하고 범행을 한 정황과도 일치하고요."

최 형사가 들뜬 목소리로 바로 반응했다.

"단순 우연 아닐까요?"

최 형사의 들뜬 목소리를 한 형사가 낮은 목소리로 눌렀다. 평소 한 형사는 단순한 것 같으면서도 예리한 면이 있었다.

"피해자가 한 명 더 있어. 아직 드러나진 않았지만. 세 명이 같은 선에 있는 건 우연이 아니지."

"반장님만 아는 한 건이 더 있다고요?"

두만은 고개를 끄덕였다.

"살인이요?"

한 형사의 질문의 끝을 최 형사가 다시 받았다. 오 팀장은 팔짱을 낀 채 듣고 있었다.

"다행히 살인은 아니고. AS를 받은 고객들 중에 차정후에게 스토킹당한 다른 피해자를 찾았어."

"뭔 수사를, 반장님 혼자 이렇게 달려요. 서운하게."

한 형사가 소심하게 두만에게 항의했다.

"어쩌다 보니 알게 된 거야. 재수가 좋다면 좋았던 거지."

한 형사를 달래려고 말을 내뱉고 나서 두만은 재수가 좋은 건지, 나쁜 건지 애매하다는 생각이 들었다. 내 손으로 놈의 모가지를 움켜쥔다면 좋은 쪽이 될 것이다.

"일단 우리끼리 따보자. 털어보면 답 나오겠지. 소재 파악은?"

오 팀장이 두만에게 물었다.

"오늘 무단결근했답니다. 센터에서 몇 번이나 전화했는데 아예 전원이 꺼져 있다고 해요. 지금까지 무단결근은 한 번도 없었고요."

"이 새끼, 잠수 탄 거잖아요!"

"넌 어쩨 더 좋아한다?"

한 형사가 최 형사의 말에 빈정거리긴 했지만 그 역시 웃고 있었다.

"반장님, 이거 빼박이잖아요. 안 그래요, 팀장님?"

"아직 알 수 없지."

두만이 조심스럽게 대꾸했다.

"죄 없는 놈이 도망가는 거 봤어요? 언제나 먼저 도망가는 놈이 진범이죠."

최 형사가 확신에 찬 표정으로 오 팀장과 한 형사에게 동의를 구했다.

"바로 치자. 도망간 놈 잡는 건 우리가 전문이니까."

무단결근이라는 말에 오 팀장까지 엉덩이를 떼고 엉거주춤 일어섰다.

"저는 먼저 나가서 기동대 차량 빼놓겠습니다."

최 형사가 목을 빼고 밖을 살펴보고는 먼저 나갔다.

"차정후 주소지는요? 제가 알아볼까요?"

한 형사가 두만을 보고 물었다.

"이미 확보했어. 마침 센터 인사과에서도 차정후랑 연락 자체가 안 되니까 신고하려고 했다나 봐."

"그럼, 전 차정후 통화 내역이나 금융거래 내역이라도 좀 뽑아볼까요? 무단결근까지 한 놈이 아직까지 집에 있을 것 같진 않잖아요."

베테랑답게 한 형사는 다음 수를 생각했다.

"그래. 최종적으로 휴대폰 전원이 꺼진 위치도 확인해주고. 자료 확보하는 대로 합류하고."

"다른 팀 눈치 못 채게 해."

오 팀장이 회의실을 나가는 한 형사에게 덧붙였다.

"알겠습니다. 눈치 못 채게."

한참을 뜸 들이다, 두만과 오 팀장도 회의실을 나갔다. 오 팀장은 주변 사람들 들으라는 듯이 두만에게 점심 메뉴를 물었고 두만은 자주 가는 해장국집 이름을 댔다. 아무도 그들을 주목하지 않았지만, 주목했다 하더라도 회의 때문에 늦어진 점심을 먹기 위해 나가는 것처럼 보였을 것이다.

두만과 오 팀장 앞에 형기대 차가 멈춰 섰다. 흡연 구역에서 담배를 피우던 형사들 몇이 그들을 보고 있었다.

"한 형사님은요?"

"기다리다 먼저 먹었다고 우리끼리 먹으라네."

"의리 없이 혼자 먹었단 말이에요?"

"걔가 배고픈 거 못 참잖아."

최 형사가 눈치 빠르게 오 팀장의 말을 알아듣고 큰 소리로 장단을 맞췄다. 두만은 오 팀장과 최 형사의 능청스러운 대화에 피식, 웃었다. 담배를 피우던 형사들의 시선이 무심하게 돌아갔다. 그중 몇은 휴대폰으로 시간을 확인했다.

오 팀장과 두만이 타자 형기대 차가 급할 거 없다는 듯이 느긋하게 움직였다. 기동대 차량은 정문을 빠져나가 종로 쪽으로 방향을 잡았다. 최 형사가 룸미러로 뒤를 흘깃 보았다.

"내비 찍을까요?"

두만이 휴대폰의 지도 앱을 켜서 최 형사에게 넘겨주었다. 길 안내가 시작됐다.

"암사동이네요."

시위 때문인지 차가 더디게 움직였지만 최 형사는 광화문 광장을 지날 때까지도 사이렌을 켜지 않았다. 차가 종로 쪽으로 접어들자 그제야 사이렌을 켜고 버스 전용차선을 달렸다.

"집에 없겠지?"

사이렌 소리 때문에 오 팀장의 목소리가 커졌지만 제대로 들리진 않았다.

"없겠죠."

두만도 소리치듯 대답했다.

"참, 그놈, 차 있을 거 아냐? 한 형사한테 차적 조회도 하라고 해."

"AVNI(차량번호자동판독기)는 본청에 정식으로 자료 요청을 해야 하잖아요. 일단 손에 쥔 것부터 까보죠."

사이렌 소리 때문에 정상적인 대화를 하는 건 불가능했다. 오 팀장이 알아들었다는 듯이 고개를 끄덕였다.

기동대 차량은 한남대교를 건넌 뒤 올림픽대로에 들어섰다. 평일 낮이라 길이 막히지는 않았다. 최 형사가 사이렌을 껐다.

"팀장님, 우리가 사건 쥐고 있을 시간이 얼마나 될까요?"

"길게 봐서 오늘 포함 이틀 정도? 금융거래 내역이나 통신 수사에서도 뭐가 안 나오면 바로 수배 때려야지."

"아쉽네요."

"더 쥐고 있다가 뭔 일 나면 독박이야."

최 형사가 차량 속도를 줄였다. 암사동이라고 쓰인 이정표가 보였다. 형기대 차는 올림픽대로를 빠져나와 고덕동을 지나 암사동으로 들어섰다.

암사동 주택가 골목은 좁았다. 비슷한 시기에 지어진 듯한 빌라와 다세대주택이 골목 양쪽으로 이어졌다. 골목 안쪽으로 깊이 들어갈수록 오래된 집들이 늘어났다.

"팀장님, 골목이 좁아서 차로 더는 못 들어가겠는데요."

"저 앞 빌라 주차장에 세우자. 눈에 안 띄는 게 낫지."

"도주로가 너무 많은데, 괜찮을까요?"

"일단, 최 형사는 현장 밑에서 대기해. 쫓기면, 놈이 2층에서 뛰어내릴 수도 있으니까."

"전 건물 뒤편에 대기하고 있겠습니다."

세 사람은 막다른 골목 안쪽으로 들어갔다. 차정후의 거주지는 다세대주택의 2층이었다. 원래 2층짜리 단독주택을 다세대주택으로 개조했는지 2층으로 올라가는 계단이 옆집 담을 대신해 가파르게 이어졌다.

두만이 앞장을 서고 오 팀장이 뒤따라 올라갔다. 2층에는 두 세대가 살고 있었는데, 차정후 집은 두 번째 문으로 들어가야 했다. 불투명한 창 너머 안쪽이 어둑했다. TV나 컴퓨터, 전등 빛이 보이지 않았다. 현관문은 불투명 유리가 끼워진 알루미늄 새시 문이었고, 잠금장치도 열쇠로 돌려서 여는 것 하나가 전부였다. 두만이 현관문의 손잡이를 살짝 당겼다. 잠겨 있었다. 오 팀장이 전기계량기를 보고 고개를 저었다. 계량기의 돌아가는 속도가 빠르지 않다는 뜻이었다.

놈은 집 안에 없는 것 같았다. 외부로 나 있는 창문은 두 개. 화장실 창문은 작았고, 다른 하나는 방범 창살로 막혀 있었다. 두만은 아래에 대기하고 있던 최 형사에게 화장실 창문을 지켜보라고 손짓으로 지시했다. 그리고 팔꿈치로 현관 유리를 쳤다. 유리가 깨지면서 요란한 소리가 났지만 집 안은 잠잠했다. 두만은 문 안쪽으로 손을 넣어 잠금장치를 열었다. 집 안에는 아무도 없었다. 넓지 않은 집이라 숨을 곳도 없었다. 두만은 화장실 문손잡이를 돌린 뒤 문을 발로 찼다. 화장실에는 세탁기만 놓여 있을 뿐 아무도 없었다. 두만은 세탁기 안까지 확인했다.

"없지?"

현관 밖에서 백업을 하던 오 팀장이 들어서며 물었다.

두만은 원룸형 방 안을 둘러보았다. 방 안에 가구라고는 싱크대와 서랍장 하나가 전부였다. TV나 냉장고, 컴퓨터도 없었다. 집 안은 잘 정리돼 있었고, 설거짓거리도 없었다. 한쪽 벽면에 세워진 빨래 건조대에 속옷과 흰색 양말이 가지런히 널려 있었다. 두만은 손으로 양말을 만져보았다. 바싹 말라 있었다. 이불은 개어 있었고, 바닥에서는 온기가 느껴지지 않았다.

"뭐가 이렇게 단출해? 젊은 놈이 TV나 컴퓨터도 없이 산다고?"

"빨래 말곤 뭔가 생활 흔적이 없죠?"

"벌써 멀리 튄 거 아냐?"

두만은 서랍장의 서랍을 차례로 열어보았다. 첫 번째 서랍에는 티셔츠를 비롯한 셔츠 종류가 색깔별로 가지런히 개켜 있었다. 다음 서랍을 열었다. 속옷이 가득 들어 있었다. 흐트러진 흔적이 없었다. 세 번째 서랍에는 세탁된 흰색 양말이 가득했다. 한눈에 봐도 속옷과 양말이 다른 옷에 비해 많다는 것을 알 수 있었다.

"옷을 챙겨서 튄 것 같지는 않아요."

"속옷이랑 양말 좀 봐봐. 뭔가 결벽증 같은 게 있는 놈 같아."

휴대폰 진동 소리가 들렸다. 두만이 오 팀장을 돌아보았다. 오 팀장이 주머니에서 휴대폰을 꺼내 확인하고는 두만을 보며 고개를 저었다.

두만은 진동 소리가 나는 쪽으로 다가갔다. 한쪽 벽에 개킨 이불에서 소리가 나는 것 같았다. 그는 이불을 뒤집어 털었다. 아무것도 나오지 않았다. 진동음이 끊겼다.

두만은 벽에 귀를 가져다 댔다. 희미하게 인기척이 느껴졌다. 그는 노크하듯 벽을 두드렸다. 석고보드로 마감을 했는지 안쪽이 빈 듯한 소리가 났다.

두만은 벽의 여기저기를 두드려보고 살폈다. 이중으로 된 비밀의 문 같은 건 없었다. 아마도 가벽으로 마감한 탓에 옆집의 소리가 넘어온 것 같았다.

두만은 밖으로 나가 옆집 문을 두드렸다. 문 안쪽에서 인기척이 들리지 않았다.

"경찰입니다. 안에 계신 것 압니다. 옆집 때문에 그러니까 문 좀 열어주세요."

몇 번을 두드린 끝에 문이 살짝 열렸다. 떡이 지고 헝클어진 머리의 사십 대 남자가 잔뜩 경계하는 표정으로 서 있었다. 두만이 경찰 신분증을 보여주자 남자는 문을 잡고 있던 손을 놓았다.

"와장창 소리가 나길래 난 사채업자나 도둑놈인 줄 알았네."

"벽이 허술하던데 옆집 사람 왔다 갔다 하는 소리 들리죠?"

"뭐, 들리죠. 술에 취하기 전엔."

"옆집에 사는 차정후 씨 어제 들어왔나요?"

"옆집에 사는 남자가 차정후인지는 모르겠고, 어젠 두 병 먹을 때까진 안 들어왔어요. 확실히."

"두 병 먹을 때까지면 보통 몇 시쯤 된 겁니까?"

"대중없죠. 안주가 좀 괜찮으면 좀 천천히 먹는 거고. 부실하면……."

"지금 우리가 한가해 보여? 그래서 몇 시라는 거야?"

오 팀장이 끼어들었다. 남자는 당황해서 오 팀장의 눈을 피하며 자신 없게 중얼거렸다.

"한 열두 시나 됐나?"

"평소에도 옆집 남자 잘 안 들어오고 그래요?"

"잘 모르죠."

"그럼 두 병을 기준으로 먹기 전에 들어오는 때가 많아요?"

"드물죠. 들어오는 소리를 못 듣고 잔 게 훨씬 많으니까."

"옆집에서 남자 외에 다른 사람 목소리 들어본 적 있어요?

이를테면 여자 목소리라든가? 전화하는 목소리라든가?"

"한 번도 없어요. 소리라고는 세탁기 돌리는 소리밖에 못 들었어요. 뭔 놈의 세탁기를 허구한 날 돌리더라고."

"아, 그래요? 아무튼 협조해주셔서 고맙습니다."

"근데 뭔 일이래요?"

"실종 신고가 접수돼서 나왔어요."

두만은 남자에게 자신의 명함을 내밀었다. 남자가 두만의 명함을 받아서 한참을 들여다보았다.

"광역수사대면, 누굴 죽였나?"

오 팀장이 남자를 겁주듯 노려보았다. 남자가 오 팀장의 시선을 피했다.

"혹시, 댁에 계시다가 옆집에서 문 여는 소리나 세탁기 돌리는 소리 같은 게 들리면 바로 전화 주세요. 뭐라도 생각나는 거 있으면 전화하시고요."

"것도 취하기 전이라야……."

남자는 웅얼거리듯 자신의 말을 끝맺지 않은 채 문을 닫았다. 곧바로 현관문을 잠그는 소리가 들렸다.

"시간 좀 걸리겠는데."

오 팀장이 입맛을 다시며 담배에 불을 붙였다. 뒤늦게 2층으로 올라온 최 형사는 아쉬운 듯 고개를 저으며 손에 쥐고 있던 수갑을 주머니에 넣었다.

두만은 한 형사에게 전화를 걸었다. 신호가 몇 번 울리기도 전에 그가 전화를 받았다.

"어떻게 됐어?"

"금융 내역이랑 통화 내역 확보했습니다."

한 형사가 주위의 눈치를 보는 듯 목소리를 한껏 죽여 대답했다.

"잘했어. 뭐 좀 나온 거 있어?"

"어제 17시를 기점으로 통화 내역도 금융 내역도 깨끗해요. 이 새끼 잠수 탄 거 맞아요. 출국금지라도 요청할까요?"

"아직. 한 형사는 얼른 이리 넘어와. 하나하나 발로 뛰어서 까봐야 하니까. 참, 차량번호 땄지?"

"다행히 개인 차량 몰고 다녔더라고요."

"잘했네. 자료 메일로 쏴주고, 얼른 넘어와."

세 사람은 일렬로 계단을 내려갔다. 지나가던 주민이 세 사람을 경멸하는 눈빛으로 노려보았다. 주민의 눈에 세 사람은 못사는 사람들에게 빨대를 꽂아 골수까지 빨아먹는 사채업자 정도로 보였을 것이다. 두만은 멋쩍은 듯 두툼한 귀를 만졌다. 메일이 도착했다는 알람이 울렸다.

9

　형기대 차량의 전면 유리창으로 한 형사의 투썬이 보였다.
그가 능숙한 솜씨로 형기대 차 옆에 주차했다.

　"어떻게 할까요?"

　한 형사는 형기대 차량의 문을 열고 타기도 전에 두만에게
질문부터 했다. 오 팀장도 한 형사와 마찬가지로 두만을 보
았다.

　"한 형사는 팀장님 모시고 차정후 카드 내역과 금융 내역
을 털어봐. 대충 동선이 나올 거야. 은신처가 나오면 다행이
고 아니면 동선 안에 주차된 차량번호 꼼꼼하게 확인하고. 얻
어걸릴 수도 있으니까."

　"이미 멀리 튄 거 아닐까요?"

　"집 안을 보면 급하게 튄 거 같진 않아. 생활 흔적이 없는
걸로 봐선 집에서는 빨래하고 잠만 잤던 거 같아. 어딘가에

놈이 시간을 보내는 곳이 있을 거야. 비밀 은신처인지 도박장인지, 동거녀 집인지는 모르지만."

"반장님이 통화 내역이랑 기지국 쪽을 확인하실 거죠?"

"그래야지. 양쪽에서 좁혀가다 보면 우리가 만나는 지점에 놈이 있겠지."

"시간 끌 거 없이 바로 움직여."

오 팀장이 조수석에서 내려 한 형사의 차로 옮겨 탔다. 두만도 형기대 차의 조수석으로 자리를 옮겼다.

투싼의 조수석 유리창이 내려갔다.

"시간 얼마 없어. 나눠 먹기 싫으면 단내 나도록 뛰어."

"알겠습니다."

최 형사가 반듯하게 대답했다. 투싼이 주차장을 빠져나가자 형기대 차량도 움직였다.

"반장님, 어느 쪽으로 갈까요?"

"천호동 쪽으로 가자. 차정후의 휴대폰이 꺼진 위치가 천호동에 있는 기지국이야. 기지국을 중심으로 차정후가 일반전화에 전화를 건 내역을 역추적하면 뭔가 나오겠지."

"일반전화 역추적은 어떻게 하신 거예요? 영장도 없이."

"인터넷이 있지. 배달 앱도 있고."

"차라리 배달 앱 쪽에서 차정후 개인정보를 넘겨받으면 어떨까요? 밥이라도 한 번쯤 시켜 먹었을 것 같은데요."

"거긴 영장 있어야 해. 삽질이라서 그렇지, 이편이 더 빠를 수 있어. 팀장님이 정한 시한 안에 차정후 위치를 파악 못 하면 그때 다른 팀에도 오픈하고 영장 받아야지."

"아, 거기까지 생각 못 했습니다."

두만은 차정후 발신 내역 중 먼저 지역번호가 붙은 일반 전화번호를 찾고 그중에서 검색엔진을 돌려 검색되는 전화번호를 찾았다. 차정후가 휴대폰이 아닌 일반전화에 전화를 건 내역은 몇 개 되지 않았다. 세탁소, 중국집, 마트와 치킨집 정도가 전부였다.

두만이 세탁소의 주소를 내비게이션에 입력했다. 경로 안내가 시작됐다.

"반장님 어디부터 확인하시는 거예요?"

"세탁소."

"이유는요?"

추적수사에서 수사의 우선순위를 정하는 것은 중요하다. 그래야 남들보다 한 걸음이라도 빨리 용의자를 잡을 수 있으니까. 최 형사는 두만이 수사의 우선순위를 정하면 항상 그냥 넘기지 않고 지금처럼 그 이유를 물었다.

"차정후 집을 보면 다른 옷들에 비해 양말이랑 속옷이 압도적으로 많았어. 옆집 남자의 말에 따르면 세탁기도 자주 돌렸다고 했고. 지나치게 깔끔한 놈이야."

"아, 작업복이나 다른 옷들도 남들보다 자주 세탁소에 맡겼겠군요."

암사동에서 천호동으로 넘어가는 경계에 있는 세탁소의 주인은 차정후를 기억했다. 차정후는 자주 작업복 세탁과 다림질을 맡겼지만 세탁물의 양이 많지 않아 배달한 적은 없다고 했다. 세탁소 컴퓨터에 남아 있는 차정후의 주소도 암사동 현주소로 되어 있었다.

"저…… 근데 가끔 맡기는 작업복에 피 같은 얼룩이 묻어 있었어요. 소매나 바지에요."

"피요?"

최 형사가 다시 물었다.

"정확히는 모르죠. 근데 암만 봐도 물감 같지는 않더라고요. 그래서 한 번은 피 아니냐고 물어봤어요."

"그랬더니, 뭐라던가요?"

"열이 많아서 코피를 자주 흘린다고 하더라고요. 그래서 그런가 보다 했죠. 저…… 무슨 일 있나요?"

"최근에 온 게 언제입니까?"

"한 일주일은 된 거 같아요."

두 사람은 세탁소 주인의 걱정스러운 눈빛을 뒤로하고 세탁소를 나왔다.

"반장님, 피도 그렇고, 맞는 것 같죠?"

"잡아봐야 알지."

최 형사가 운전석에 올라타 시동을 걸었다.

"다음은 어디로 갈까요?"

"마트."

"마트에 차정후 주소가 있겠어요? 혼자 사는 젊은 남자가 택배면 몰라도 배달 같은 걸 시켰을 것 같지 않은데요."

"그래서 보통 수사에서 우선순위가 밀리지."

"그런데 왜?"

"수사를 해보면 알아. 추적을 피하려고 현금을 사용하는 놈도 이상하게 동네 마트에서는 허술해져. 습관적으로 포인트를 적립하는 경우도 있어. 동네에 이사 온 첫날부터 범죄를 계획하지는 않으니까."

"반장님, 근데 혼자 사는 남자면 음식 배달 쪽이 확률이 더 높지 않을까요?"

"그게, 작은 음식점은 영세해서 정확한 정보가 안 남는 경우가 많아. 규모가 좀 있는 데여야 전화번호라도 저장해서 관리하지. 그러니까 규모가 있는 데를 제외하면 배달원 기억에 의존해야 해. 근데 말이 쉽지, 배달원이 그 많은 사람들을 잠깐 보고 어떻게 기억하겠냐."

"그렇겠군요. 감사합니다."

"새삼스럽게 뭘?"

"늘 잘 가르쳐주셔서요."

"이런 건 잔기술이야. 틀리면 민망하니까 이쯤 하자."

마트의 위치는 암사동 집보다는 전화가 꺼진 천호동 기지국에 가까웠다. 놈의 은신처가 나올 가능성이 있어 보였다. 하지만 마트의 회원 명단에 차정후의 이름이나 전화번호는 없었다.

두만은 멋쩍은 표정으로 마트를 나왔다.

"아무래도 내가 너한테 다시 배워야겠다."

"한 방에 맞추면 형사가 아니라 점쟁이죠."

최 형사가 지나치게 진지한 표정으로 두만의 말을 받았다.

두만은 이어 치킨집에 전화를 걸었다. 하지만 전화를 받지 않았다.

"중국집부터 가보자. 치킨집은 아직 오픈 전인 거 같으니까."

형기대 차가 중국집 앞에 도착하자 주인이 보고 먼저 뛰어나왔다. 최 형사가 운전석 창문을 내렸다.

"우리 애가 사고 냈어요? 많이 다쳤어요? 죽은 건 아니죠?"

주인이 하얗게 질린 얼굴로 질문을 쏟아냈다.

"아닙니다. 걱정하지 마세요. 물어볼 게 있어서요."

주인은 긴장한 표정으로 다시 물었다.

"우리 애가 뭔가 사고를 친 건가요? 착한 앤데, 집이 어려워서 그렇지, 똑똑한 앤데."

"그런 거 아니니까 걱정 마세요."

주인은 그제야 최 형사를 똑바로 보았다. 선하게 생긴 얼굴이었다.

"그럼, 무슨 일로?"

"사장님 혹시, 고객관리 프로그램 같은 거 쓰세요?"

"우리야, 고객관리라고 해봤자 스티커가 전부죠. 서른 개 모으면 탕수육 서비스 나가요."

최 형사가 두만을 보았다.

"사장님, 배달하는 친구 언제 올까요? 몇 가지 물어볼 게 있는데."

주인은 다시 의심스러운 눈초리로 조수석에 있는 두만을 보았다.

"아, 문제가 있어서 만나려는 거 아니에요. 우리가 찾고 있는 사람을 그 친구가 알까 해서요."

"동네 배달 갔으니까 금방 올 거예요."

두만이 담배 한 대를 다 피우기도 전에 배달 오토바이가 형기대 차 앞에 급하게 섰다. 배달원은 헬멧도 벗지 않고 가게 안으로 뛰어 들어갔다.

최 형사가 차에서 내리기도 전에 헬멧을 벗어 든 키 큰 아이가 주인과 함께 나왔다. 십 대로 보였다. 주인 말대로 눈빛이 깨끗하고 똑똑해 보이는 아이였다. 두만이 조수석에서 내렸다.

"이 사람 본 적 있어요?"

아이는 두만이 내민 휴대폰을 받아 들고 사진을 유심히 보았다. 차정후의 명함을 휴대폰으로 찍은 거라 사진을 확대해도 알아보기 쉽지 않은 듯했다. 아이의 눈이 가늘어졌다.

"이 아저씨, 냉장고 AS 기사예요?"

"그래요. 기억나요?"

"비슷하긴 한데 얼굴은 확실치 않아요."

"그래도 뭔가 생각나는 게 있는 거죠?"

"배달 갔는데, 냉장고가 겁나 많았어요. 한 일곱 대쯤. 고쳐서 중고로 파나 싶었죠. 근데 다음에 가니까 냉장고가 더 많아졌더라고요."

"어디로 배달 갔는지도 기억해요?"

최 형사가 눈을 반짝이며 급하게 물었다.

"그럼요. 몇 번 갔거든요. 그리고 그쪽은 아예 주문이 들어오는 데가 아니라서 기억하죠. 재개발 때문에 사람이 거의 안 살거든요."

"주소는?"

최 형사는 마음이 급해졌는지 말이 짧아졌다.

"잠깐만요."

아이는 휴대폰으로 지도를 검색했다.

"천호동 582번지 상가건물 1층이요. 창문에 성인오락실이라고 크게 쓰여 있어서 금방 찾으실 수 있을 거예요."

"성인오락실?"

"망해서, 간판만 성인오락실이죠."

"고맙다. 사장님이 너 사고났을까 봐 걱정 많이 하더라. 오토바이 조심해서 타고."

최 형사가 운전석에 타며 배달원 아이의 어깨를 토닥였다. 아이가 중국집 주인을 보고 어색하게 미소 지었다.

"아, 그리고 너 공부 좀 해서 형사 해라. 재능 있다."

아이가 최 형사를 보고 환하게 웃었다.

두만이 스마트폰 지도 앱을 열어 주소를 입력하기도 전에 최 형사가 차를 출발시켰다. 초조하고 급한 건 두만이나 최 형사나 마찬가지였다.

두만이 주소를 미처 다 입력하기도 전에 휴대폰이 울렸다. 한 형사였다. 두만은 우회전을 하라고 최 형사에게 손짓했다.

"반장님, 차정후 은신처 찾았습니다."

"혹시, 천호동 582번지?"

"어, 어떻게 아셨어요?"

"지금, 가는 길이니까 거기서 봐."

전화를 끊었다. 두만이 나머지 주소를 입력하자 길 안내가 시작됐다.

"한 형사님 쪽도 찾으셨대요?"

"그렇다네."

"한발만 늦었어도 한 형사님 무용담을 귀에 피가 나도록 들을 뻔했네요."

"네 말 듣고 배달 업소부터 털 걸 그랬다. 앞으로는 네가 반장해라."

"에이, 농담을 하셔도."

형기대 차가 골목길을 빠르게 빠져나갔다.

"은신처 특정은 어느 쪽이 먼저 했는지 몰라도, 먼저 도착하는 쪽이 우리인 건 확실합니다."

¤

희령은 차가워진 손발을 주물렀다. 내 몸인데 내 것 같지 않은 비현실적인 감각이 들었다.

정신을 잃을 정도라니. 상태가 심각했다. 정신을 잃을 것 같았던 적은 몇 번 있었지만 진짜 정신을 잃은 건 이번이 처음이었다. 약이 있어야만 했다.

선우현은 그들 부부에게 늘 호의적이었다. 두만에게는 멘토이자 형과 같은 존재였다. 그런 그가 그럴 리 없었다. 우연일 뿐이다. 약을 먹지 못해 머릿속에서 부풀려진 망상이다.

희령은 좋은 사람의 호의를 의심하는 것이 자신의 병 때문이라고 생각했다. 머릿속에는 여전히 납득할 수 없는 질문들이 남았지만 '약을 안 먹어서 그래. 뭐, 그럴 수도 있지. 이유가 있을 거야.'라는 대답으로 질문을 지웠다. 그녀는 의지로 의심을 눌렀다.

이어 천천히 몸을 일으켰다. 다리에 힘이 들어가지 않아 바닥을 짚고서야 간신히 일어설 수 있었다. 약을 다시 처방받으려면 병원에 가야만 했다. 식탁 의자까지 몇 걸음 걷지 않았는데도 등줄기로 땀이 흘렀다.

그녀는 숫자를 세며 규칙적으로 숨을 쉬었다. 의자에 앉을 때도 푸른 수염의 방을 보지 않으려 의식적으로 등지고 앉았다. 잠긴 방문을 보면 심장이 더 빨리 뛰었다. 그녀의 의지로도 심장이 뛰는 건 어떻게 할 도리가 없었다.

정기적으로 진료를 받던 정신의학과에 전화해 예약을 잡았다. 이것만으로도 조금쯤 안심이 되었다. 그녀는 두만에게 전화를 하려다 휴대폰을 식탁 위에 내려놓았다. 정신을 잃을 정도로 심각한 상태를 두만에게 알리고 싶지 않았다. 약을 먹고 나면 불안과 의심이 걷히고 좋은 사람인 선우현이 보일 것이다.

희령은 입고 있던 옷 위에 검은색 재킷을 걸쳤다. 올 때와 똑같은 모습이었다. 그녀는 휴대폰 액정을 켜고 시간을 확인했다. 이동 시간을 고려해도 진료를 예약한 시간까지는 많이 남아 있었다. 하지만 아무리 눌러도 용수철처럼 튀어 오르는 의심과 불안 때문에 희령은 도망치듯 현관문을 열고 집을 나섰다.

아파트 정문을 나와 언덕길을 걸어서 내려가는 동안 희령은 자주 뒤를 돌아보았다. 위험할 리 없는 평온한 길에 햇빛이 빈틈없이 쏟아지고 있었다. 그녀는 안전한 온실 속을 걸어가는 기분이 들었다.

희령은 머릿속으로 병원까지 가는 길을 떠올렸다. 병원은 대로변의 상가에 있었고, 늘 많은 사람들이 오가는 곳이었다. 위험한 일이 벌어질 만한 요소는 없었다.

신호가 녹색으로 바뀌고 그녀는 길을 건넜다. 출근 시간이 지난 때라 두어 대의 택시가 도로가에 일렬로 서서 손님을 기다리고 있었다. 희령은 서 있는 택시를 지나쳐 멀리서 다가오는 택시를 잡았다. 택시에 타서 목적지를 말하고 나자 입 안에서 쇳기가 느껴졌다. 내내 긴장한 탓에 바싹 마른 입술이 갈라져 터진 것이다.

택시가 교차로를 지나고 수색을 벗어날 즈음에야 희령은 등받이에 몸을 기댔다. 내내 날이 서 있던 신경 때문인지 피곤이 몰려왔다. 그녀는 눈을 감았다. 택시 기사가 틀어놓은 라디오의 소리가 멀리서 웅얼거리듯 들렸다. 방향지시등이 켜지는 소리가 규칙적으로 들리면서 몸이 한쪽으로 쏠렸다.

택시의 속도가 줄어드는 게 느껴졌다. 그녀는 눈을 떴다. 잠깐 눈을 감았을 뿐인데 병원이 있는 상가건물이 보였다.

희령이 다니는 정신건강의학과는 상가건물의 3층에 있었다. 그 건물에는 정신건강의학과 외에도 치과와 산부인과, 소아과, 내과, 정형외과 같은 병의원들이 모여 있어 상가 주변에 항상 유동 인구가 많았다.

희령은 택시에서 내려 상가건물에 들어섰다. 대형 약국과 편의점을 지나 엘리베이터로 가는 동안에도 몇몇 사람들이 빠르게 그녀의 옆을 스쳐 지나갔다. 그녀보다 천천히 움직이는 사람은 없었다. 엘리베이터를 기다리는 동안 목덜미에 누군가의 시선이 느껴졌다. 뒤를 돌아보았다. 전동 휠체어에 탄 노인과 시선이 마주쳤다.

엘리베이터를 지나쳐 비상구 계단을 따라 올라갔다. 그녀의 발소리가 또렷하게 울렸다. 누군가 따라오면 마찬가지로 발소리가 들리리라 생각하니 뒤를 돌아보지 않아도 안심이 되었다. 계단을 올라갈수록 다리에 힘이 붙었다. 땀이 배어났지만 기분은 나아졌다.

희령은 정신건강의학과의 문을 밀고 들어섰다. 접수계의 김 간호사가 알은체를 했다.

"예약 시간보다 한참 일찍 오셨네요."

"……."

"원장님 진료 중이신데, 괜찮으신 거죠?"

김 간호사가 희령의 안색을 살폈다. 희령이 기다릴 수 있다는 뜻으로 미소 지었다.

"괜찮아요."

"그럼, 순서 되면 바로 말씀드릴게요. 대기실에 앉아 계세요."

희령은 대기실의 푹신한 소파에 앉았다. 대각선 소파에 앉아 있던 여자가 인기척에 눈을 떴다. 눈 밑에 다크서클이 짙었다. 여자는 다시 눈을 감았다. 여자는 괜찮아 보이지 않았다. 희령은 소파에 등을 붙이지도 못하고 앉아서 한때 유행했던 올리브색 페인트가 칠해진 벽을 멍하니 보았다.

찰칵, 셔터 음이 들렸다. 카메라가 여러 개 달린 신형 휴대폰이었다. 김 간호사가 셀카를 찍는지 휴대폰을 보며 입꼬리를 최대한 늘려 과장된 미소를 짓고 있었다. 찰칵, 이번에는 손가락으로 V 자를 만들었다. 그녀는 볼에 바람을 빵빵하게 넣어 귀여운 표정으로 한 장을 더 찍고 나서야 휴대폰을 내렸다.

시선이 마주치면 김 간호사가 민망해할까 봐 희령은 셔터 음에 반응했던 시선을 벽으로 돌렸다. 벽에 칠해진 올리브색이 병원에 다니기 시작했을 때보다 많이 바랬다는 걸 깨달았다. 김 간호사가 여자의 이름을 불렀다. 다크서클이 짙은 여자는 천천히 일어나 진료실 안으로 들어갔다.

여자는 오랫동안 나오지 않았다. 예약한 진료 시간이 지나가고 있었지만 희령은 여자가 진료실 안에서 조금이라도 더 길게 평온을 누리기를 바랐다. 문이 열리고, 여자가 휘청거리며 걸어 나왔다. 여자의 눈이 빨갛게 충혈되어 있었다.

김 간호사가 희령에게 고개를 끄덕였다. 진료실 안에서 두만의 스킨 냄새와 같은 향기가 났다. 향기 때문인지 두만이 가까이 있다는 느낌 때문인지 불안한 기분이 누그러들었다.

"기다리게 해서 미안합니다. 편하게 앉으세요."

희령은 원목 의자에 앉아 의사와 마주 보았다.

"진료 기록을 보니까 이번에는 예약 날짜보다 일찍 오셨는데, 임의로 복용량을 늘리신 건 아니죠?"

"약이 들어 있는 가방을 잃어버렸어요."

"아, 그렇군요."

의사는 금색 안경테 너머로 희령을 보았다. 그녀의 상태를 확인하고 그녀의 대답을 평가하는 눈빛이었다.

"그동안 어땠어요?"

늘 시작은 같은 질문이었다.

"괜찮았습니다."

대답을 달리해도, 달라지는 건 알약의 색깔과 개수뿐이었다.

"불안 증세가 심해지거나 새로운 증상이 동반되지는 않았나요?"

희령은 정신을 잃었다는 얘기나 주변의 모든 사람들이 의심스럽다는 얘기는 하지 않았다. 외상 후 스트레스 장애와 공황발작까지 있는데 거기에 망상장애를 더하고 싶지는 않았다. 지금의 증세만으로도 처방받을 약은 충분히 많았고 효과도 충분히 강했다.

"아니요."

짧게 대답했다. 그녀는 의사의 상담이 아니라 약이 필요했다.

희령은 그 후로도 몇 번의 의례적인 질문에 형식적으로 대답했다. 의사는 매번 같은 걸 물었고, 희령은 매번 비슷한 대답을 했다. 두 사람 모두 짜인 각본에 충실한 배우 같았다.

"선생님, 이번엔 한 달 치 약을 처방해주실 수 있을까요?"

"제가 처방해드릴 수 있는 건 2주 치입니다. 한 달에 두 번은 얼굴을 봅시다. 자주 봐야 할 얘기도 생기죠. 제날짜에 맞춰 병원에 오기 힘드시면 며칠 전에라도 전화로 예약을 잡으세요. 간호사가 도와드릴 겁니다."

의사는 희령의 사정쯤은 안 들어도 안다는 듯이 부드럽지만 단호하게 말했다. 희령은 의자에서 일어났다. 의자가 뒤로 밀리면서 바닥에 끌리는 소리가 났다.

희령은 진료실에서 나와 처방약이 나올 때까지 기다렸다. 약국에 가지 않아도 병원에서 처방약을 받을 수 있어 그나마 다행이었다. 김 간호사가 아침, 점심, 저녁으로 나누어진 약에 대해서 복약지도를 했다.

"아침 약은 중요하니까 빼먹으시면 안 돼요. 잊어먹고 두 번 드셔도 안 되고요."

그녀는 노란색 알약이 한 개씩 일렬로 포장된 비닐 위에 유성 펜으로 '1'부터 숫자를 적어 내려갔다.

"드실 때 숫자가 빠진 게 있는지 확인하시면 잊어먹고 두 번 드시거나 빼먹지 않으실 거예요."

"고마워요."

"그리고 이건, 기본 약만으로 증세가 호전되지 않을 때 추가해서 드세요. 그렇다고 계속 드시지는 말고요."

"알았어요."

"불안, 초조, 식욕 감퇴, 식욕 증가 그리고 성욕 감퇴 등 여러 가지 부작용이 있을 수 있다는 거 알고 계실 거고요."

"알고 있어요."

희령이 서둘러 대답했다. 매번 형식적으로 되풀이되는 절차를 건너뛰자는 일종의 신호 같은 거였다. 하지만 김 간호사는 계속 부작용에 대해 설명했다.

"가급적 약을 드신 후에 운전이나 위험한 작업은 피해야 하시는 것도 아실 테고요. 아주 드물게 자살 충동 같은 걸 느끼시는 분도 있는데 그럴 경우엔 복용을 멈추시고 내원……."

"알고 있습니다."

희령은 김 간호사의 말을 잘랐다. 김 간호사는 잠시 말을 끊고 벽에 걸린 시계를 보았다.

"사고가 있었거든요. 복약지도를 잘하라고 하셔서."

"들은 걸로 할게요. 걱정하지 말아요."

"복약 방법은 꼼꼼히 적어놓았으니까 그대로 하셔야 해요."

김 간호사가 약봉투에 써놓은 글자들을 가리켰다. 필요 이상으로 자세하게 쓰여 있었다. 자신의 의무를 다했다는 김 간호사의 증명서 같았다.

"그렇게 할게요."

희령이 고개를 끄덕였다. 김 간호사가 마지못해 약봉투를 내밀었다. 평소처럼 미소를 짓지는 않았다. 그녀가 내민 약봉투에는 복약법과 주의 사항이 적힌 글자들이 빼곡해 빈자리가 없을 정도였다. 별표와 밑줄, 글자들이 엉켜 있는 약봉투가 자신의 고장 난 머릿속 같았다. 희령은 부끄러운 머릿속을 감추듯 약봉투를 움켜쥐었다.

"다음 진료 때 뵐게요. 상담이 필요하면 바로 연락 주시고요."

"고마워요."

희령은 당장 약이 필요했지만 간호사 앞에서 허겁지겁 알약을 삼키고 싶지는 않았다. 그녀는 1층 편의점에서 물을 산 뒤 감기약을 먹듯 일상적인 모습으로 약을 먹으리라 마음먹었다. 희령은 약봉투를 가방에 챙겨 넣고 병원을 나왔다. 손에는 김 간호사가 별표와 밑줄을 치던 유성 펜이 들려 있었다. 그녀의 다음 환자는 깨끗한 약봉투를 갖게 될 것이다. 희령이 슬며시 미소 지었다.

희령은 같은 층에 있는 소아과와 산부인과를 지나 엘리베이터 앞에 섰다. 버튼을 누르자 바로 문이 열렸다. 희령은 1층 버튼을 누른 뒤 바로 닫힘 버튼을 눌렀다. 문이 닫히기 직전 누군가 급하게 문틈으로 손을 집어넣었다. 문이 다시 열렸다. 야구 모자를 쓴 남자가 가볍게 목례를 하고 엘리베이터에 탔다. 손끝이 차가워지고 떨리기 시작했다.

기시감이 튀어 올랐다. 분명 처음 보는 남자인데 어디선가 본 듯한 얼굴이었다. 희령은 덜덜 떨리는 손으로 엘리베이터의 열림 버튼을 빠르게 눌렀다.

10

형기대 차가 582번지 상가 앞에 도착했을 때 한 형사의 투싼은 보이지 않았다. 최 형사가 장담한 대로였다. 최 형사는 차량의 경광등을 끄고 성인오락실 앞을 천천히 지나갔다. 짙은 선팅 때문에 오락실 내부가 보이지는 않았다.

최 형사는 셔터를 내려놓은 상가를 몇 개 지나쳐 다세대주택과 다세대주택 사이, 좁은 골목길에 차를 세웠다. 철거만 시작되지 않았을 뿐 이주가 끝난 터라 동네는 폐허였다. 한쪽 지붕이 내려앉은 집은 금방이라도 주저앉을 것 같았고, 떨어져 나간 대문을 대신해 폐목으로 입구를 막아놓은 집 마당에는 쓰레기가 가득했다.

허물어진 벽과 깨진 유리창이 있는 집들과 대비되는 멀쩡한 건물도 있었다. 지은 지 얼마 안 돼 보이는 다세대주택과 상가건물도 동네에 듬성듬성 섞여 있었다. 하지만 이들 주택과 건물에도 모두 붉은색 페인트로 'X' 자나 '공가'라는 글자가 위협적으로 쓰여 있었다.

두 사람은 오 팀장과 한 형사가 올 때까지 차에서 기다렸다. 휴대폰이 울렸다.

"어디야?"

"막 현장 앞을 지나쳤어요. 반장님은요?"

"100미터 정도 직진하면 보일 거야."

최 형사가 시동을 걸어 차를 후진시켰다. 눈치 빠른 그가 한 형사의 차가 들어올 자리를 미리 만들었다. 최 형사가 골목 밖으로 나가 한 형사의 차를 기다렸다. 그가 손짓을 하자 한 형사의 차가 골목 안으로 들어왔다. 한 형사와 오 팀장이 동시에 내렸다.

"어떤 것 같아?"

"선팅이 짙어서 뭐가 보여야죠."

"그렇지?"

"어떻게 할까요?"

"최 형사랑 한 형사는 만일에 대비해서 창문이랑 뒷문 쪽에 대기하고, 나랑 강 반장이 진입하는 걸로."

최 형사와 한 형사가 위치를 잡자, 두만이 성인오락실의 출입문을 슬쩍 밀었다. 유리문은 잠겨 있었다. 오 팀장이 유리창의 선팅이 벗겨진 틈으로 안을 들여다보았다. 그가 두만을 보고 고개를 흔들었다.

두만은 소리가 나지 않도록 문을 잡고 조금 더 세게 밀었다. 유리문이 살짝 밀리다가 안쪽의 뭔가에 부딪혀 더 이상 밀리지 않았다. 성인오락실이었던 곳이라 기습 단속을 피하려고 이중문을 만들어놓은 것 같았다. 두만은 오 팀장과 함께 현장에서 멀찍이 물러났다. 한 형사와 최 형사는 같은 위치에서 현장을 지켜보고 있었다.

"안에 없는 거 같은데 어떻게 할까?"

"빠루로 제낄까요?"

"그러다 놈이 잠깐 나간 거면?"

"혹시 모르니까 열쇠 수리공을 부르죠."

"그렇게 하자. 비었으면 잠복이라도 해야지."

두만은 전화로 근처 열쇠 수리공을 불렀다. 오 팀장은 손짓으로 한 형사와 최 형사에게 성인오락실을 지켜보라고 지시했다. 두 사람은 근처 공가로 자리를 옮겨 몸을 숨긴 채 성인오락실을 지켜보았다.

15분쯤 후에 오토바이를 탄 남자가 성인오락실 앞에 섰다. 출장 온 열쇠 수리공이었다.

"여기 문 좀 열어줘요."

열쇠 수리공이 의심스러운 눈으로 두만을 보았다. 두만이 경찰 신분증을 보여주었다.

"아직도 몰래 영업을 하나 봐요?"

"얼마나 걸릴까요?"

"이런 건 10초면 되죠."

열쇠 수리공은 헬멧도 벗지 않고, 품속에서 헝겊에 말려 있는 도구를 꺼냈다. 그리고 얇은 금속 막대 두 개로 순식간에 문을 열었다. 5초도 채 걸리지 않았다. 유리문 안쪽에는 예상대로 철문이 있었다. 열쇠 수리공은 철문 손잡이에 있는 열쇠 구멍으로 얇은 금속 막대 한 개를 넣고 다른 한 개를 비스듬히 넣어 돌렸다. 몇 번 휘적거리자 문이 열렸다. 두만이 금속 문을 살짝 열었다. 피 냄새가 훅 끼쳐왔다. 두만이 다시 문을 닫았다. 그동안 오 팀장이 출장비를 쥐여주고 열쇠 수리공을 돌려보냈다.

두만이 철문을 열고 안으로 들어갔다. 오락실 안은 캄캄했다. 선팅이 벗겨진 틈새로 가늘게 들어오는 빛이 전부였다. 벽 쪽에 줄지어 선 냉장고들과 중앙에 있는 탁자 정도를 겨우 알아볼 수 있었다. 어디에도 인기척은 없었다. 두만은 휴대폰의 플래시를 켰다. 휴대폰의 플래시가 오락실 안을 빠르게 훑었다. 움직이는 건 아무것도 없었다.

휴대폰의 플래시가 바닥에 멈췄다. 검붉은 피가 고여 있었다. 제법 많은 양이었다. 그의 플래시 불빛이 고인혈흔 주위를 맴돌다 바닥에 구불구불 그어진 붉은 선을 발견하고 선을 따라 움직였다. 낙하혈흔? 붉은 선은 중간중간 끊어지고 흐트러지기는 했지만 방향성을 가진 하나의 선으로 이어져 구석의 냉장고로 향했다. 그의 플래시 불빛이 냉장고에서 멈췄다. 냉장고 손잡이에 손자국 모양의 혈흔이 뚜렷하게 보였다. 휴대폰 플래시 불빛 몇 개가 오락실 안을 어지럽게 움직이고 있었다. 한 형사, 최 형사의 불빛이었다.

"와, 이거 완전 미친 새낀데요."

한 형사의 목소리였다.

"또, 살인사건이에요?"

최 형사가 떨리는 목소리로 혼잣말 같은 질문을 했다.

"아직 내부 확인 안 됐어."

두만이 경고하듯 대답을 했다.

"강 반장 말대로 아직 확인된 거 없으니까 한 형사랑 최 형사는 골목 양쪽에서 대기해. 차정후가 뜰지도 모르니까."

적절한 현장지휘였다. 한 형사와 최 형사가 빠르게 골목 끝으로 멀어져갔다.

두만은 바닥에 길게 이어진 낙하혈흔을 따라 오락실 안으로 깊이 들어갔다. 낙하혈흔에 생성된 돌기 모양을 보면 피해자는 고인혈흔에서 냉장고 방향으로 움직였다는 걸 알 수 있었다. 냉장고 문에 전이된 혈흔 말고도 밑으로 흘러내린 피가 보였다. 두만은 심호흡을 크게 했다.

두만은 증거가 훼손되지 않게 옷소매로 손을 감싼 뒤 혈흔이 묻지 않은 냉장고의 문틈을 잡고 열었다. 피가 왈칵 쏟아졌다. 두만이 신고 있던 운동화의 앞이 피에 젖어버렸다.

냉장고 안에는 흰색 조명을 배경 삼아 몸을 기괴하게 구부리고 엉거주춤한 자세로 서 있는 남자 시체가 있었다. 남자는 고개를 숙인 채 양손을 무릎까지 늘어뜨리고 있었다. 두만은 시체의 얼굴에 휴대폰 플래시를 비췄다. 핏기라고는 하나도 없는 밀랍 같은 흰 얼굴이었다. 남자는 입을 살짝 벌린 채 눈을 감고 있었다. 두만이 수없이 들여다본 명함 속 얼굴이었다. 차정후였다. 놈의 얼굴은 무표정했지만 보기에 따라서는 편안해 보이기까지 했다.

두만의 플래시 불빛이 천천히 밑으로 내려갔다. 차정후는 상하의가 붙어 있는 일회용 작업복을 입고 양말만 신고 있었다. 양말과 작업복의 바지는 피에 흠뻑 젖어 있었다. 두만은 허리를 숙여 무릎까지 늘어뜨린 손을 자세히 들여다보았다. 왼쪽 손에만 작업용 목장갑을 끼고 있었는데, 피에 젖어 붉은색 고무장갑처럼 보였다. 목장갑에서 아직까지 피가 떨어졌다.

두만은 차정후의 왼쪽 손목 안쪽에서 긴 자상을 발견했다. 연쇄살인마의 수법처럼 요골동맥이 일직선으로 잘려 나간 상처였다.

"팀장님, 과수팀 부르세요. 차정후 시체 발견됐습니다."

"자살이야?"

"아직 모르겠습니다."

"애들 철수하라고 해야겠네. 에이, 수갑 채우고 끌고 가야 내일 아침 뉴스 탑으로 우리가 뜰 텐데."

오 팀장이 툴툴거리며 출동 요청을 하는 동안, 두만은 피에 젖은 운동화를 벗었다. 그의 동선을 따라 혈흔족적이 남으면 복구할 수 없을 정도로 현장이 훼손될 것이다. 그는 양말만 신은 채 차정후가 발견된 냉장고의 바로 옆 냉장고를 열었다. 이번에는 냉장고 옆에 비켜서서 휴대폰 끝으로 문을 열었다. 다행히 피가 쏟아지지는 않았다. 냉장고 안에는 비닐 지퍼 백이 있었고 안에 검은색 스타킹이 들어 있었다. 그게 시체가 아니라는 것에서 두만은 안도감마저 느꼈다.

오락실 안이 갑자기 환하게 밝아졌다. 누군가 오락실 내부 스위치를 찾아 불을 켰다. 오락실 안은 밝아졌지만 두만은 잠시 아무것도 볼 수 없었다. 갑자기 밝아진 빛에 적응할 때까지 눈을 가늘게 떴다. 빛에 눈이 적응하자 오락실 안이 한눈에 들어왔다. 벽을 따라 열두 대의 냉장고가 일렬로 서 있었다. 마치 수집한 것처럼 제각기 다른 모델이었다.

선팅된 창문 앞에 낡은 식탁이 있었고 그 위에 공구들이 흐트러진 흔적 없이 가지런히 정리돼 있었다. 공구 옆에는 여기저기 구멍 뚫린 휴대폰이 놓여 있었다. 한눈에 봐도 복원이 불가능할 정도였다. 휴대폰 밑 식탁에도 구멍 뚫린 흔적이 있는 것으로 보아 고의적으로 훼손한 게 분명했다.

"반장님, 쟤가 지 손목을 지가 긋고 냉장고에 들어갔을까요?"

한 형사의 목소리였다. 바닥의 고인혈흔에서부터 냉장고까지 흐트러진 채 이어진 낙하혈흔, 낙하혈흔을 따라 군데군데 전이되고 뭉개진 혈흔이 보였다. 목장갑을 낀 탓에 비산혈흔의 흔적은 보이지 않았다.

두만은 바닥에 고여 있는 피와 냉장고 앞에 고여 있는 피의 양을 가늠했다. 바닥에 있는 피의 양을 보면 정신을 잃지 않은 상태에서 스스로 움직였을 가능성을 배제할 수 없었다.

"불가능한 건 아냐. 독특하기는 하지만."

"용의자가 죽었으니 사건은 이렇게 종결될까요?"

최 형사의 목소리였다.

"글쎄, 어째 사건이 더 복잡하게 꼬일 것 같다."

두만은 현장이 석연치 않았다. 객관적으로 보면 차정후가 자신이 저지른 범행 수법대로 자살했다고 보는 게 타당했다. 하지만 두만은 이 죽음에 목적이 없다는 게 걸렸다. 자살이라면 자신이 지금까지 저지른 살인으로 범행의 목적을 달성했거나 용의자로 특정돼 도망갈 곳이 없거나 하는 이유가 있어야 했다. 차정후가 두 건의 살인으로 범행의 목적을 이루었다는 생각은 들지 않았다. 두 건의 현장에 남은 과도한 물색 흔에 대한 의문점도 설명이 되지 않았다. 게다가 아직 희령도 남아 있지 않은가.

도망갈 곳이 없어서 자살했다는 것도 납득할 수 없기는 마찬가지였다. 두만이 그를 특정한 건 시체를 발견하기 겨우 몇 시간 전이다. 그것도 광역1팀을 제외하고는 아무도 모르고 있었다.

그렇다면 살인? 두 사람을 살해한 범인이 차정후를 살해했다? 두 건의 연쇄살인 피해자와 차정후와의 공통점은 냉장고 말고는 없었다. 게다가 물색 흔적 또한 없었다. 범행의 목적도 일치하지 않았다. 두만은 차정후의 죽음이 누군가 연쇄살인마의 수법을 카피해 벌인 별개의 살인사건 같다는 생각을 지울 수 없었다.

"현장 훼손하지 말고 철수해."

두만은 피가 묻은 운동화를 들고 현장을 빠져나왔다.

◻

모자 쓴 남자가 엘리베이터를 탔다. 희령은 문이 다시 닫히기 전, 재빠르게 엘리베이터에서 내렸다. 그녀는 좁은 공간에 남자와 둘만 있게 되는 그 몇 초를 견딜 수 없었다. 그녀의 등 뒤로 엘리베이터의 문이 닫혔다.

희령은 비상계단을 걸어서 1층까지 내려갔다. 비상구의 열린 문을 통해 모자 쓴 남자의 모습이 보였다. 남자는 엘리베이터와 비상계단 사이에 서서 전화를 받고 있었다. 희령은 몸을 돌려 다시 계단을 올라갔다. 발걸음 소리가 나지 않도록 한 발씩 신중하게 내디뎠다. 남자는 엘리베이터와 비상계단을 번갈아 흘긋거리다 전화기를 귀에 댄 채 비상계단 쪽으로 빠르게 걸어왔다. 통화를 하고 있는데도 남자의 목소리는 들리지 않았다.

마음이 급해진 희령은 발소리에 신경 쓸 여유 없이 급히 계단을 올라갔다. 모자 쓴 남자의 빠른 발소리가 곧 그녀를 쫓아왔다. 그녀는 뒤를 돌아보지도 못하고 뛰다시피 발걸음을 빨리했다. 그녀의 발걸음이 빨라질수록 모자 쓴 남자의 발걸음 소리 역시 빨라졌다. 희령은 3층까지 뛰었다. 허벅지가 뻣뻣해지고 숨이 턱까지 차올랐다. 모자 쓴 남자의 발소리가 그녀의 뒷덜미를 낚아챌 정도로 가까워졌다.

그녀는 3층 비상구 문을 열고 밖으로 뛰어나갔다. 대여섯 계단 아래 남자가 보였다. 그는 귀에 대고 있던 휴대폰을 손에 움켜쥔 채 뛰어올라오고 있었다. 희령은 3층 복도를 백 미터 달리기 선수처럼 달렸다. 그녀는 자신이 진료를 받은 정신건강의학과에 들어가려다 순간적으로 생각을 바꿨다. 정신건강의학과의 접수계에 있던 간호사가 셀카를 찍던 모습과 모자 쓴 남자가 엘리베이터에 탄 것이 머릿속에 겹쳤다. 간호사가 카메라로 찍은 건 그녀 자신이 아니라 희령이었을지도 모른다.

희령은 복도 안쪽에 있는 치과까지 달려가서야 멈춰 섰다. 그녀가 치과에 들어서자 대기실에 있던 사람들의 눈이 그녀에게 쏠렸다. 발갛게 상기된 얼굴과 가쁜 숨, 덜덜 떨리는 무릎은 사람들의 시선을 끌기에 충분했다. 등 뒤로 유리문이 닫혔다. 다행히 유리문은 불투명했다.

"치과 온 거 맞으시죠?"

접수계에 앉아 있던 간호사가 물었다. 희령의 모습은 오해하기에 충분했다. 그녀는 빠르게 접수대 위 광고물들을 훑었다.

'임플란트 비쌀 이유 없다', '건강보험으로 스케일링하세요', '치아 미백으로 환하게 웃으세요' 따위의 문구들이 적혀 있었다.

"스케일링하려고요."

"예약하셨나요?"

"아니요."

"그럼, 오래 기다리셔야 하는데요."

"좋아요."

희령은 자신도 모르게 '네'라고 하지 않고 '좋아요'라고 답했다.

"저희 병원 처음이신가요?"

"네."

희령은 간호사가 내민 종이에 인적 사항을 적고 대기실에 앉았다. 문이 정면으로 보이는 위치였다. 모자 쓴 남자는 따라 들어오지 않았다. 하지만 그녀는 사람들의 그림자가 유리 문 밖으로 비칠 때마다 소파의 한쪽 모서리 솔기를 손톱으로 쥐어뜯었다. 그림자가 몇 번이나 유리문을 지나쳐도 치과의 문은 열리지 않았고, 모자 쓴 남자는 들어오지 않았다. 손톱으로 쥐어뜯던 소파의 솔기가 헤질 무렵, 가쁘게 쉬던 숨도 가라앉았다. 희령은 그제야 움켜쥐고 있던 휴대폰을 무릎 위에 내려놓을 수 있었다. 힘을 주어 쥐고 있던 탓에 휴대폰의 모서리 자국이 손바닥에 하얗게 남아 있었다.

땀에 젖어 터치가 제대로 되지 않는 휴대폰 액정을 바지에 문질러 닦았다. 그녀는 휴대폰을 열어 통화 목록에 있는 두만의 전화번호를 찾았다. 두만의 목소리가 듣고 싶었지만 망설여졌다. 그녀가 혼자 병원에 온 걸 알게 되면 두만은 하던 일을 제쳐놓고 달려올 것이다. 그럴 정도로 자신이 위험한 상황은 아니라고 희령은 스스로를 이해시켰다.

가방 안에서 김 간호사가 '1'이라고 적어놓은 알약 봉지를 꺼냈다. 그녀는 비닐 포장을 찢고 알약을 입에 넣었다. 쓴맛 때문에 입 안에 침이 고였다. 희령은 로비에 있는 정수기로 천천히 걸어가 종이컵에 물을 받았다. 그녀를 눈여겨보는 사람은 아무도 없었다. 그녀는 물과 함께 알약을 삼켰다. 알약이 식도를 타고 넘어갔다. 약효가 온몸에 퍼지기 시작하면 안전한 기분이 들 것이다. 그녀를 지켜보는 시선과 푸른 수염의 방도 사라질 것이다. 그녀를 쫓아오던 남자의 발걸음도 사라질지 모른다.

희령은 대기실 소파에 앉아 여전히 출입문에서 눈을 떼지 못하고 있었다. 약효가 퍼지면서 몸은 나른해졌지만 그녀는 여전히 불안하고 두려웠다. 간호사가 이름을 부르자 중년의 남자가 일어섰다. 짧은 머리에 회색 점퍼 차림으로 어디에서나 볼 수 있는 외모의 남자였다. 둥둥둥둥, 북소리처럼 심장 뛰는 소리가 고막을 때렸다. 그녀는 거칠게 손가락으로 귀를 틀어막았다. 소음이 지워지자 심장 뛰는 소리만 더 또렷하게 귓속을 울렸다. 사람들의 시선이 그녀에게 모였다. 희령은 유리문을 열고 밖으로 뛰쳐나가고 싶은 충동을 간신히 눌렀다. 귀를 막고 있던 손을 내려 무릎 위에 둔 휴대폰을 쥐었다. 무기라도 되는 양, 손가락이 하얗게 될 때까지 휴대폰을 힘껏 쥐었다.

11

대형 버스를 개조해 만든 KCSI 버스가 좁은 골목길을 차지하며 오락실 앞에 멈춰 섰다. 기본적인 분석 장비를 갖추고 있어 현장에서 분석 결과를 실시간으로 확인할 수 있는 이동실험실이었다. 버스의 문이 열렸다. 방오복을 입고 마스크까지 써 눈만 보이는 과수요원 대여섯 명이 손에 알루미늄 케이스를 들고 내렸다. 무리들 중에서 남들보다 키가 한 뼘쯤 크고 몸이 꼬챙이처럼 마른 사람이 두리번거리며 오 팀장을 찾았다. 과학수사대 현장3팀의 안수용 팀장이었다.

오 팀장은 사건 현장과 관련해 안 팀장에게 짧게 브리핑하고, 현장지휘를 그에게 넘겼다. 광역수사팀이 현장에서 해야 할 공식적 업무는 끝났다. 이제 광역수사팀은 청으로 복귀해 사건에 대한 보고서를 작성하고 윗선의 수사지휘에 따라 추가 수사를 진행하면 된다. 오 팀장이 형사기동대 차량으로 향하자 눈치 빠르게 최 형사가 먼저 가 운전석에 올라탔다.
한 형사는 자신의 차로 향하다 두만을 기다리듯 뒤를 돌아
보았다.

"먼저 가. 난 여기서 결과 나오는 것 좀 보게."

한 형사가 고개를 끄덕였다. 보고서를 쓰는 데 두만이 있어
야 할 필요는 없다. 오히려 감식 결과를 실시간으로 받아보는
것이 앞으로 수사의 주도권을 쥐는 데 효과적이라는 걸 그도
알고 있었다. 한 형사의 차에 비상등이 몇 번 깜박거리다 꺼
졌다. 두만은 돌아보는 오 팀장을 향해 가볍게 거수경례를 했
다. 오 팀장이 오른손을 들어 보이는 것으로 그가 현장에 남
는 것을 승인했다.

광역1팀이 떠나고 두만은 폴리스라인을 벗어났다. 그는 오
락실 입구가 잘 보이는 상가 건너편에 주저앉았다. 붉은 페인
트로 엑스 표가 쳐진 녹슨 철문 아래였다. 불어오는 바람에서
녹슨 쇠 냄새인지 피 냄새인지 모를 비릿한 냄새가 났다. 두
만은 희령에게 전화를 걸어보려다 그만두었다. 그의 전화는
그녀를 더 불안하게 만들 것이다. 두만은 전화 대신 주머니
속의 담뱃갑만 만지작거렸다.

과수요원들이 오락실과 KCSI 버스 사이를 분주하게 오가
는 모습이 보였다. 두만은 그들의 움직임만으로도 현장에서
결정적인 증거가 나오지 않았다는 걸 알 수 있었다. 사건 현

장이 기괴하기는 했지만 깔끔해서 감식 자체가 오래 걸리지는 않을 것이다.

머릿속으로 사건 현장을 천천히 복기했다. 진입로부터 고인혈흔, 낙하혈흔 형태와 방향, 시신의 형태, 냉장고, 비닐 지퍼 백. 아무리 생각해봐도 차정후의 죽음을 자살로 보기에는 현장이 너무 작위적이라는 생각이 들었다. 그렇다면 누가, 왜 그랬을까?

살인을 저지른 뒤 바로 현장을 벗어나지 않고 시간을 들여 현장을 꾸몄다는 건 의도가 있다는 뜻이었다. 연쇄살인으로 위장하기 위해? 놈은 요골동맥을 잘라 피해자를 살해하는 수법을 어떻게 알고 있었을까? 첫 번째 피해자가 요골동맥이 잘려 살해됐다는 게 수사기밀은 아니었지만 그렇다고 누구나 아는 사실도 아니었다. 언론에 보도되지도 않았다. 게다가 같은 수법에 당한 두 번째 피해자가 있다는 것과 이 두 사건이 연쇄살인이라는 것을 아는 사람은 경찰 내부의 일부를 제외하면 없다고 봐도 무방했다. 놈이 알 수 있는 건 요골동맥을 절단해 살해한 첫 번째 살인사건뿐이다. 평범한 사람이라면, 살인을 저지르고 연쇄살인으로 위장하기 위해 알려지지 않은 특정 살해 수법을 모방해 현장을 조작할 수 있을까? 두만은 고개를 저었다. 불가능에 가까웠다.

연쇄살인을 저지른 동일범의 소행? 두만은 바로 고개를 저었다. 차정후가 앞선 두 사건과 같은 방법으로 살해당했다는 것을 제외하면 살인의 결이 달랐다. 앞선 두 사건이 물색에 방점이 찍혀 있었다면 이 사건의 경우에는 살인에 방점이 찍혀 있었다. 조각 몇 개가 빠진 퍼즐처럼 어떤 그림도 실체가 드러나지 않았다.

과수요원 몇이 오락실에서 나와 폴리스라인을 벗어났다. 1차 감식을 끝내고 잠시 쉬는 모양이었다. 그들은 저마다 마스크를 내리고, 신선한 공기를 마셨다. 몇몇은 허리를 펴고 스트레칭을 했다. 키가 큰 안 팀장이 오락실에서 나와 두만을 향해 걸어왔다. 그는 후드를 벗고, 마스크를 내렸다. 두만이 엉거주춤 일어섰다. 주머니 속에서 만지작거리던 담뱃갑을 꺼내 안 팀장에게 어색하게 내밀었다. 안 팀장은 라텍스 장갑을 벗고 담배를 빼서 입에 물었다. 두만이 담배에 불을 붙였다.

"뭐, 좀 나왔어요?"

"이 새끼, 진짜 사이코에 변태야."

안 팀장이 숨을 깊이 들이마셨다. 그의 숨을 따라 담뱃불이 빠르게 입술 쪽으로 빨려 들어갔다.

"1번과 2번 냉장고에서 개랑 고양이 사체가 나왔어. 모두 열두 마리. 3번 냉장고부터는 여자들의 속옷이랑 스타킹, 실내화 같은 게 나왔고. 마지막 열두 번째엔 강 반장이 본 것처럼 차정후가 들어 있었어."

"냉장고에 들어 있는 여자들 물건 중에서 앞선 두 사건의 피해자 것도 발견됐어요?"

"DNA 채취했으니까 일치하는지는 곧 나오겠지."

"차정후의 사인은요?"

"앞선 두 건과 같아. 부검해봐야겠지만 외관상으로는 요골 동맥 절단에 의한 실혈사야. 동일범의 소행인지 아닌지는 몰라도 연관성이 있는 건 분명해."

혹 동일범의 소행이 아닐지라도 앞선 두 사건과 차정후의 죽음이 연관돼 있다는 것은 누구도 부정할 수 없었다.

"지문이나 DNA는요?"

"DNA야 분석기 돌려봐야 알겠지만 현장 정황상 기대하기 어려워. 차정후 흔적 말고는 아무것도 없어. 지문도 차정후 것만 나왔고. 족적이나 장갑흔도 차정후 것밖에는 없어. 현장 증거만 놓고 보면 제삼자는 없다고 봐도 무리가 아니야."

"대충 자살 쪽으로 기우는 건가요?"

두만의 담배 연기가 한숨처럼 흩어졌다.

"증거만 놓고 보면 그렇지. 근데, 좀 찜찜해. 차정후 손목이랑 발목에서도 케이블 타이로 결박한 흔적이 나왔거든."

흘러내린 피와 장갑에 가려져 두만이 미처 보지 못한 흔적이었다. 타살 가능성에 대한 객관적인 증거였다.

"결박흔이라면 타살 흔적으로 봐야 하잖아요?"

"근데, 알다시피 앞선 두 사건 피해자의 손목과 발목에서도 같은 결박흔이 나왔잖아. 그렇다면 동일범의 소행으로 봐야 하는데 현장 특징을 보면 또 그건 아닌 것 같아. 그렇다고 제삼자가 연쇄살인의 범행 수법을 모방했다고 보기에도 무리가 있고. 그래서 자살 가능성을 배제할 수 없어."

두만은 그냥 고개를 끄덕였다. 그가 보기에도 어느 것 하나 분명한 게 없었다. 다만, 두만은 제삼자가 범행 수법을 모방했다는 가정이 그나마 가장 그럴듯하다고 생각했다.

"결박흔이 곧 결박당했다는 사실을 증명하는 건 아니잖아. 흔적이야 마음만 먹으면 혼자 충분히 조작할 수 있지."

안 팀장이 담배를 입에 문 채 벌어진 입술 사이로 연기를 뱉어냈다. 그는 자살 쪽에 무게를 두고 있는 것 같았다.

"자살할 이유가 없잖아요."

"자살이 아니고 자기 자신을 살해한 거라고 보면 납득이 안 되는 것도 아니지. 지금까지 수법도 그렇고. 사실 연쇄살인을 저지른 사이코 중에 그런 놈들이 없는 건 아니……."

물고 있는 담배 때문인지 안 팀장의 끝말이 웅얼거리듯 불분명하게 들렸다. 자살이 아니고 스스로를 살해했다고? 두만은 담배 연기가 폐에 가득 찰 때까지 깊게 빨아들였다. 백번 양보해서 안 팀장의 말이 맞다 해도 차정후가 자신을 살해한 동기에 대한 의문은 여전히 남았다. 살인에 대한 욕구를 해소하는 것이 범행의 목적이라면 스스로를 살해하기 전에 다른 누군가를 살해하는 쪽이 합리적인 행동이었다. 스스로를 살해하는 건, 검거된 후 대상이 본인밖에 남지 않은 때에 해도 늦지 않았다. 게다가, 앞선 두 건의 살인은 욕망을 채우기 위한 감정적 살인이 아니었다. 분명한 목적이 있는 이성적인 살인이었다. 두만의 입에서 잔기침과 함께 담배 연기가 터져 나왔다. 안 팀장의 가설은 틀렸다. 두만은 입 밖으로 꺼내진 않았지만 그렇게 결론 내렸다.

"아무래도 사망 시간은 추정하기 어렵겠죠?"

두만은 냉장고에서 차갑게 냉각된 차정후의 시신을 떠올렸다.

"알다시피 냉장고에 들어 있던 시신이라 체온의 변화나 사후경직도로 사망 시간을 추정할 수 없게 됐어."

살인사건에서 피해자의 사망은 범인이 저지른 행위의 결과다. 따라서 행위와 결과는 뗄 수 없고, 시간상 중첩되어 있기 마련이다. 두만은 입맛이 썼다. 범행 시간을 추정할 수 없다는 건 용의자를 추리거나 알리바이를 깰 수 있는 중요한 단서가 시작부터 사라졌다는 뜻이다.

"뭐, 부검해서 위 내용물이라도 들여다보면 대강의 사망 추정 시간이 나올지 모르지."

안 팀장은 두만의 안색을 살피며 덧붙였다.

"위 내용물이 나온다 해도 개인차가 있잖아요. 또 피해자가 극도의 스트레스 상황이라면 시간이 경과해도 음식물이 소화되지 않는 예외적인 경우도 있고요. 증거로 쓰기엔 범위가 너무 넓어요."

"아무래도 이번엔 감식 쪽에서 뭔가 나오긴 힘들 거 같아. 피해자 사망 추정 시간도 생활 반응(신용카드 사용 내역이나 휴대전화 통화 내역 등 생활 흔적)으로 확인하는 게 빠를 거 같고."

"시체가 움직인 흔적은 없는 거죠?"

"시반(시체얼룩: 사망 후 중력에 의해 혈액 속 적혈구가 침하해 피부에 나타나는 붉은 반점)이 엉덩이, 손, 발에 있어. 시반의 위치와 시체의 자세가 일치해. 바닥에 고인혈흔만 봐도 그렇고."

"바닥에 고인혈흔은 차정후의 것이 맞겠죠?"

"맞겠지? 낙하혈흔의 방향성도 그렇고, 인혈 반응(사람의 혈액인지 확인하는 반응 실험. 현장에서 바로 확인 가능하다)도 확인했으니까. 혹시나 해서 DNA 검사 돌려놓긴 했는데 이변은 없을 거야."

안 팀장이 마지막 한 모금의 담배 연기를 뱉어내고 담뱃불을 껐다. 두만이 다시 담뱃갑을 내밀자 그가 다시 한 개비를 빼서 입에 물었다. 두만 역시 새 담배를 꺼내 물고 안 팀장의 담배에 불을 붙였다.

ㅤ

ㅤ

¤

ㅤ

오 팀장은 물이 뚝뚝 떨어지는 얼굴을 페이퍼타월로 대충 닦아냈다. 폭주하던 생각들이 멈추고 정신이 들었다. 화장실 거울 속 그는 평소처럼 무표정했다. 하지만 거울 속 자신의 입꼬리가 미세하게 올라가 있다는 것을 그는 알 수 있었다. 오 팀장은 광수대장과의 일을 처음부터 다시 되짚어보았다.

정대원 광수대장은 연쇄살인에 대한 사건 보고를 받자마자 뱀처럼 가는 눈을 더 가늘게 뜨고 혓바닥으로 마른 입술을 축였다. 오 팀장은 뭔가 잘못한 아이처럼 심장이 졸아들었다.

"지난번 회의 때 말씀드린 대로 영등포서 사건과 한남동 재개발지구 사건은 동일범에 의한 연쇄살인으로 보입니다."

"영등포서 관할에서 사건이 발생하고 1팀이 광수대로 가지고 오자고 했었나?"

"맞습니다."

당시 광수대장은 강 반장의 보고를 받고도 추측만으로 수사를 지휘할 수 없다며 결정을 미뤘다. 사실 광수대장은 사건 사이즈를 키워서 얻는 실익보다 실패할 경우의 위험 부담이 더 크다고 판단해서 시간을 끌며 뭉갰을 것이다. 광수대장은 보고서의 사건 개요를 읽는 척했지만 쉽게 페이지를 넘기지는 못했다. 그는 자신의 실수를 만회하기 위해 머리를 굴리는 듯했다.

"이거 그때 광수대로 가지고 오라고 지휘하지 않았나? 어느 팀이 수사 중이었지?"

광수대장은 오 팀장의 공을 인정하면서도 자신의 실수는 없던 것으로 만들었다. 오 팀장은 이 정도로 충분히 만족했다. 좁아들었던 심장이 제대로 뛰기 시작하면서 여유마저 생겼다.

"따로 저희 팀에 수사지휘는 하지 않으셨습니다. 아마 광역 2팀에 하신 거 같습니다."

광역2팀의 팀장은 자신의 촉에 의지해 수사하는 스타일이라 메모 같은 건 하지 않았다. 그는 기록이 없어 광수대장의 말에 대놓고 반박하지 못할 것이다. 오 팀장은 자신의 임기응변식 대답에 만족했다.

"그렇지? 근데, 1팀에서 보고를 했는데, 왜 2팀에 배당을 했을까?"

그의 삼각형 눈이 반짝이며 그를 향했다. 속을 알 수 없었다. 그가 다시 혓바닥으로 입술을 축였다.

"그때 저희 팀한테 너무 사건을 몰아준다고 다른 팀에서 불만이 좀 있었습니다."

오 팀장은 생각을 쥐어짜며 간신히 대답했다.

"그래, 이제 기억나는군."

광수대장은 보고서를 빠르게 넘겼다. 그러다 그는 차정후의 시체를 발견한 보고서의 결론 부분에서 멈췄다. 그리고 그부분을 되풀이해 읽었다. 오 팀장이 설명하듯 덧붙였다.

"차정후는 냉장고 AS 건으로 피해자들과 면식관계였습니다. 범죄 현장인 피해자들의 주거지에도 방문한 경험이 있고요. 또, 피해자들과 같은 요골동맥을 긋는 수법으로 사망한 채 폐쇄된 상가에서 발견되었습니다."

"그러니까 차정후가 연쇄살인의 범인이고, 자신이 저지른 살인과 동일한 수법으로 자살했다는 거지?"

"지금까지 정황으로는 그렇습니다."

"그럼 1팀이 범인을 특정해서 쫓은 거고, 놈이 검거될 게 두려워서 자살했다는 거네?"

"예, 대장님 덕분입니다."

광수대장이 보고서를 덮었다. 그리고 그의 작은 눈이 쏘아보듯 오 팀장을 보았다.

"뭐가 내 덕분이라는 거야?"

"예?"

"그러니까 난 2팀에 사건을 맡겼는데 오 팀장이 날 제끼고 사건을 독단적으로 수사해서 범인을 특정했고, 독자적으로 사건을 해결했다는 거잖아."

오 팀장은 자신도 모르게 몸을 부르르 떨었다. 그의 말대로라면 오 팀장은 명령 체계를 어기고 다른 팀의 사건을 가로챈 것이었다.

"알았어. 나가봐."

그가 할 말이 끝났다는 몸짓으로 책상을 향해 회전의자를 빙그르 돌렸다. 그의 침묵은 많은 말을 담고 있었다. 오 팀장은 어떻게 말을 꺼내야 할지 몰라 불안한 침묵 속에서 허둥댔다.

"저, 그게, 그러니까⋯⋯. 생각해보니 대장님이 2팀이 아니라 저희 팀에 사건을 살펴보라고 하셨던 것 같습니다. 제가 착각했습니다."

광수대장이 회전의자를 돌려 오 팀장을 보았다. 가늘게 찢어진 눈은 웃고 있었지만 오 팀장은 한기를 느꼈다.

"그렇지?"

"죄송합니다."

"잘해. 나는 오 팀장이 잘한 거 기억해주잖아."

"저희 팀이 대장님 지휘 없이 차정후를 특정할 수 있었겠습니까? 회의 때 피해자들 간의 연관성에 대해 조사해보라고 하신 대장님 덕분입니다."

광수대장은 고개를 끄덕이더니 다시 보고서를 집어 들어 건성으로 두어 장 넘겼다.

"과수팀은 뭐래?"

"아직 감식 중입니다만, 별다른 이견은 없을 것 같습니다."

"그러니까 얘가 확실하다는 거지?"

광수대장의 눈빛이 다시 차가워졌다. 그는 보고서를 빠르게 넘겼다.

"제가 과수팀에 확인해보겠습니다."

"아니야, 그냥 둬. 과장님이 확인하시는 게 모양이 좋지."

광수대장은 혹시 모를 마지막 위험까지 물정 모르는 수사과장에게 떠넘겼다. 수사과장이 감식 중인 과수팀장에게 전화해 피해자의 자살 여부를 묻는 것은 단순히 '사실 확인'으로 끝나지 않는다. 감식 결과에 일종의 가이드라인을 제시하는 것이 되기 때문이었다. 만에 하나 나중에 차정후의 죽음이 자살이 아닌 걸로 밝혀지면 언론은 수사지휘를 한 수사과장을 물어뜯을 것이다. 수사과장은 광수대장의 약삭빠른 의도를 파악할 만한 인물이 아니었다. 그는 외무고시 출신으로 외사과에 오래 있던 엘리트일 뿐이었다.

"과장님한테 대면 보고할 건데 오 팀장도 동행해. 고과 시즌엔 높으신 분들 얼굴 한 번씩 보는 게 중요해."

"영광입니다."

오 팀장이 허리를 깊숙이 숙였다.

"좀 늦기는 했지만 오 팀장 정도면 승진할 때도 됐다. 이번에 잘해보자고."

"감사합니다."

오 팀장의 허리가 바닥을 향해 더 깊숙이 내려갔다. 광수대장은 옷을 갖춰 입고, 기세 좋게 방을 나갔다. 오 팀장은 그런 광수대장의 뒤를 좁은 보폭으로 따라갔다. 광수대장의 방과 가까이 있던 2팀과 3팀 팀원들의 시선이 두 사람을 따라왔다.

연쇄살인이라는 말에 수사과장의 얼굴빛이 순식간에 검푸르게 변했다. 망나니 칼에 모가지가 떨어진 죄수의 얼굴 같았다. 그는 눈을 부릅뜬 채 보고서를 몇 장 넘겼다. 사건 개요를 읽는 것처럼 보였다. 하지만 짧은 개요를 읽는데도 쉽게 페이지가 넘어가지 않았다. 들고 있는 보고서 종이가 눈에 띌 정도로 흔들렸다.

"너무 걱정 안 하셔도 됩니다. 광역1팀 오 팀장이 유력한 용의자를 이미 특정했습니다."

오 팀장은 광수대장의 말이 끝나자마자 재빨리 덧붙였다.

"광수대장이 피해자들 간의 공통점을 찾아보라고 지시한 게 결정적이었습니다."

"그래?"

무심한 듯 되물었지만 비로소 수사과장의 얼굴에 혈색이 돌았다. 수사과장이 사무실 중앙에 놓인 탁자를 가리켰다.

"앉아서 얘기하지."

수사과장을 가운데 두고 광수대장과 오 팀장이 좌우로 마주 보고 앉았다.

"피해자들의 고장 난 냉장고를 수리한 서비스 기사가 유력한 용의자였습니다. 용의자는 피해자들을 살해한 수법과 같은 방식으로 자신의 작업실에서 사망한 채 발견됐고요. 물론, 용의자의 시체를 발견한 것도 오 팀장이 지휘하는 광역1팀이었습니다."

"잘했네. 오 팀장이 광수대 에이스라는 얘기는 내가 익히 듣고 있었지."

"과찬이십니다. 이번 수사는 광수대장이 가르마를 잘 타준 덕분입니다. 저야 발로 뛰는 단순한 형사일 뿐입니다."

"이 친구 뼛속까지 진짜 형삽니다. 범인 잡을 줄만 알지, 생색낼 줄도 모르고 라인도 없습니다. 그래서 동기보다 승진이 좀 늦습니다."

"그래?"

"과장님이 끌어주시면 이 친구 제대로 한몫할 겁니다."

수사과장이 친근하게 오 팀장의 어깨를 툭 쳤다.

"이번 건 오 팀장이 잘 마무리해봐. 광수대장이 이렇게까지 칭찬하는 건 처음 봐. 기대가 아주 커."

"열심히 하겠습니다."

"과장님, 이번 사건은 스토리가 좋으니까 포장만 잘하면 패나 임팩트가 있을 겁니다. 언론에서 떠들어대면 큰일 하시는데 조금이라도 도움이 되지 않겠습니까?"

"큰일이 어디 하고 싶다고 하는 건가. 그래도 혹시 불려가면 그때는 자네들도 날 크게 도와야 할 걸세."

"당연한 말씀을. 영혼까지 갈아 넣겠습니다."

광수대장의 말꼬리에 오 팀장도 얼른 올라탔다.

"저도 최선을 다하겠습니다."

"자, 오늘부터 우리 세 사람 한 줄로 쭉쭉 가자고."

수사과장과 광수대장이 호탕하게 웃었고, 오 팀장은 든든한 동아줄이라도 잡은 기분으로 따라 웃었다.

"과장님, 지금 현장에서 과수팀이 감식 중인데 이쯤에서 수사지휘를 한번 하시는 게 모양이 좋지 않겠습니까? 사건에 가르마를 타서 빨리 종결시켜야 국민들도 안심하고 임팩트도 살고요."

"보고서를 검토해봐야 가르마를 타도 타지."

수사과장은 보고서를 읽는 대신 광수대장의 얼굴을 보았다.

"오 팀장이 사건의 쟁점에 대해 간단하게 브리핑해드릴 겁니다. 시작하지."

오 팀장은 광수대장이 자신을 수사과장에게 데리고 온 이유를 뒤늦게 깨달았다. 그는 수사과장이 할 수사지휘에 대한 위험 부담을 오 팀장에게 미뤘다. 물정 모르는 수사과장의 시선이 광수대장에서 오 팀장으로 옮겨왔다.

"일단 피해자들의 공통분모가 AS 기사 차정후라는 건 이견이 있을 수 없습니다. 차정후 작업실에 있는 냉장고에서 여자들 속옷이 나온 걸로 봐서 범행 동기도 충분히 설명되고요. 피해자들이 살해된 수법이나 차정후가 사망한 방식 모두 요골동맥 절단에 의한 실혈사라는 점도 이견이 있을 수 없습니다."

"그럼 그놈이 범인이구만. 쟁점이 뭐야?"

"사실 쟁점이라고 할 것도 없는데, 차정후의 자살 여부입니다. 정황상 자살이 분명하지만 아니라면……."

"사건이 종결되지 않는다는 뜻이고, 그럼 누구도 예측할 수 없는 방향과 속도로 사건이 흘러가겠구먼."

수사과장은 광수대장의 잔기술은 놓쳤지만 엘리트답게 사건의 쟁점은 바로 파악했다.

"정확하십니다. 그러니까 이쯤에서 과장님이 가르마를 타줘야 할 것 같습니다."

광수대장의 추임새에도 수사과장은 망설였다. 어쩌면 광수대장이 수사과장에게 수사지휘를 미룬 이유를 눈치챘거나 몸에 밴 관료적인 본능에 따라 몸을 사리는 것인지도 모른다.

"오 팀장 생각은 알았고, 광수대장 생각은 어때? 나야 수사에 대해 뭘 알아야지."

수사과장도 결코 만만한 인물은 아니었다. 그는 광수대장을 끌고 들어갔다.

"자살로 종결돼야 우리가 산다는 건 압니다."

광수대장은 망설이지 않고 바로 답했다. 그는 뱀처럼 빨랐다. 오 팀장은 비로소 세 사람이 한 줄로 서서 같은 방향을 향해 걸어가고 있다는 생각이 들었다.

수사과장이 휴대폰을 들어 현장에 있는 안 팀장에게 전화를 걸었다.

☿

윙, 안 팀장의 주머니에서 휴대폰 진동음이 들렸다. 안 팀장은 휴대폰의 액정을 보고는 긴장하는 얼굴빛으로 전화를 받았다.

"예, 과장님. 그게 확실치는 않습니다. 현장 증거로 보면 양쪽 다 가능성이 있습니다. 제삼자 흔적은 안 나왔고요. 자살 가능성이 높은 건 맞습니다. 예, 예, 그게…… 아, ……예, 알겠습니다. 일단 지금까지 나온 거 정리해서 간략하게 보고드리겠습니다. 무슨 말씀인지 이해했습니다. 예, 아닙니다……. 그렇게 하겠습니다."

안 팀장이 전화를 끊고 담배 연기를 길게 뱉어냈다.

"사건에 마사지 들어왔어요?"

"빨리 결론 내란다. 기자들이 눈치채고 달려들면 내 손으로 높으신 분 날리는 거라고. 과장보다 더 윗선이라는데, 높으신 분 날아가면 나는 무사하겠냐."

두만은 몇 마디 듣지 않고도 상황이 그려졌다. 연쇄살인에, 연쇄살인을 모방한 살인에, 용의자조차 특정하지 못한 상황이라면 비난의 화살이 경찰 윗선을 향하는 건 당연했다. 안 팀장 역시 살아남으려면 마사지, 아니 수사지휘에 따를 수밖에 없을 것이다.

"결론은 자살입니까?"

"그게 가장 깔끔하니까. 사실 시간 지나 봐야 더 나올 게 없는 건 맞고."

안 팀장이 손가락 끝으로 담뱃불을 튕겼다. 수긍한 것 같은 말투와는 달리 짜증 섞인 반응이었다. 그가 현장 쪽으로 몇 걸음 옮겼다.

"팀장님, 혹시 현장이나 주변에서 땅콩껍질 나온 거 있어요?"

그가 걸음을 멈추고 몸을 돌렸다. 그리고 빠른 걸음으로 돌아와 두만에게 바싹 다가섰다. 그의 숨결까지 느낄 수 있는 거리였다. 안 팀장의 반응만으로 이미 답은 들은 거나 마찬가지였다.

"땅콩껍질이라……. 강 반장이 이런 걸 그냥 물어보지는 않았을 테고, 뭐야?"

두만은 살짝 망설였다. 윗선에서 자살로 수사지휘를 했고, 그는 받아들였다. 그런 그에게 자살이 아닐지도 모른다는 의혹이 담긴 증거를 쥐어줘도 되는 걸까? 안 팀장이 그의 짧은 침묵의 의미를 읽고 덧붙였다.

"이대로 종결되면 그냥 묻혀. 기회조차 없어."

그의 말이 맞았다. 자살로 종결돼버린 사건 현장의 땅콩껍질 따위는 감정 의뢰조차 되지 않을 것이다.

"조건이 있어요. 땅콩껍질의 표면에서 DNA를 채취해주세요. 시간이 없으니까 샘플은 제가 국과수에 직접 들고 가겠습니다."

"……좋아. 그렇다 치고, 뭔데?"

두만은 필터 끝까지 타들어간 담배꽁초를 바닥에 비벼서 껐다.

"앞선 두 건의 현장에서도 땅콩껍질이 발견됐어요. 아직 해당 사건의 수사팀도 연관성을 파악하지 못한 상태고요."

"이번까지 치면 세 건의 사건 현장에서 모두 땅콩껍질이 발견됐다는 거지?"

두만은 고개를 끄덕였다.

"확실히 우연은 아니라는 거네. 감정 결과는?"

"아직이요. 우선순위에 밀려 감정 의뢰조차 안 됐더라고요."

"그렇겠지. 앞 사건과 연관성을 모르면 나 같아도 뒤로 미뒀을 거야."

"지금은 두 건 모두 긴급으로 국과수에 의뢰된 상태고요."

"오케이. DNA 채취해서 넘겨줄 테니까 결과 나오는 대로 나한테도 알려줘."

"당연하죠. 그런데 땅콩껍질이 어디서 발견됐어요?"

"세 번째 냉장고, 분홍색 팬티가 들어 있던 지퍼 백 안에 있었어. 다른 냉장고나 지퍼 백에서는 안 나왔고."

패턴이 달랐다. 그의 집을 포함해 앞선 두 사건에서 땅콩껍질은 모두 집 외부에서 발견되었다. 마치 오랜 시간 피해자를 기다리며 땅콩을 까먹고 있었다는 듯이.

"개수는요?"

"두어 조각. 왜?"

차정후는 여자들의 속옷을 지퍼 백에 밀봉해서 보관할 정도의 철저한 변태였다. 그런 그가 자신이 먹고 난 땅콩껍질을 지퍼 백에 실수로 넣을 확률이 얼마나 될까? 만약 실수였다 해도 놈이 그걸 한참 동안 발견하지 못하고 그대로 둘 확률은? 두만은 누군가 고의로 냉장고에 땅콩껍질을 넣어둔 게 아닐까 하는 의심이 들었다.

"앞 사건에선 사건 현장 외부에서 땅콩껍질을 다량 발견했어요. 기존에 발견된 패턴과 좀 달라요."

"대가리 복잡해서 뭐가 뭔지 모르겠다. 일단, DNA 감정 결과 나오면 어떻게든 거기 끼워 맞춰보자."

"알겠습니다. 감정 결과 나오면 어떤 식으로든 설명이 되겠죠."

안 팀장은 현장 쪽으로 걸음을 옮겼다. 휴식을 마친 과수요원들도 하나둘 현장으로 복귀하고 있었다. 그런데 갑자기 과수요원들의 움직임이 빨라졌다. 걸어가던 안 팀장이 전화를 받더니 건물 뒤편으로 뛰어갔다. 두만은 직감적으로 차정후의 차량이 발견됐다는 걸 알았다. 그는 휴대폰을 만지작거리다 안 팀장이 사라진 상가건물의 뒤편 골목을 향해 걸었다.

☒

수사과장은 직접적이지 않은 방식으로 과학수사대 안 팀장에게 차정후 감식 결과를 자살로 마무리하란 지시를 했다. 사건이 복잡해지고 기자들이 달라붙으면 자신보다 더 윗선이 날아가게 될 거라며 위협 아닌 위협을 덧붙인 뒤 그는 전화를 끊었다. 오 팀장은 수사과장이 지금 위치까지 올라갈 수 있었던 이유를 알 것 같았다.

"감식보고서에 자살로 결론 나면 언론에 제대로 터뜨리자고. 그전까지 절대 외부에 노출되지 않게 입단속 잘하고. 이건은 우리가 스케줄을 쥐고서 흔들어야 해. 그래야 우리한테

약이 되지."

"걱정하지 마십시오. 단속 잘하겠습니다. 감식보고서 올라오는 대로 바로 보고드리겠습니다."

"그때 다시 얘기하지. 내가 기대가 커."

오 팀장과 광수대장은 수사과장의 방에서 나왔다. 이번이 승진할 수 있는 마지막 기회라는 생각이 들자 오 팀장은 조바심이 났다.

"대장님, 강 반장 아직 현장에 있는데, 분위기라도 확인해 보라 할까요?"

광수대장은 못 들었는지 빠른 걸음으로 비상계단을 내려갔다. 굳은 표정이어서 재차 물어보지 못하고 그 역시 광수대장을 급하게 따라갔다.

광수대장은 방에 들어가서도 말없이 책상만 손톱 끝으로 두드렸다. 톡, 톡, 톡, 시계 초침처럼 일정한 간격으로 소리가 들렸다. 오 팀장은 점점 초조해졌다.

"오 팀장, 만약 연쇄살인범이 경찰이 자기를 쫓는다는 걸 알았다고 가정하면 바로 추가 범행을 저지를까?"

책상을 두드리던 그의 손가락이 멈췄다.

"그렇게 간 큰 놈이 있을까요?"

"그렇지?"

"들킨 줄 알면 사회의 관심이 줄어들 때까지 잠수를 타죠.

냉각기가 짧게는 몇 개월에서 길게는 수년까지 갈 수도 있고요. 아무리 간이 커도 잡히는 건 두려운 법이니까요."

"나도 그렇게 생각해."

그의 손가락이 다시 책상 위를 두드렸다. 톡, 톡, 톡.

"오 팀장, 출입기자 중에 믿을 만한 친구 있을까?"

"기자야 대장님이 더 잘 아시잖아요."

광수대장의 손가락이 멈췄다. 동시에 그의 작은 눈이 먹이를 노리는 뱀처럼 오 팀장을 쏘아보았다. 오 팀장의 등줄기로 식은땀이 흘렀다.

"같은 배에 탔는데 각자 노 젓지 말자. 어차피 책임은 수사과장이 지게 돼 있으니까."

"무슨 말씀이신지……."

"오 팀장이 기자한테 차정후 연쇄살인사건을 흘려. 개떼처럼 달라붙게."

"예? 과장님이 입 단속하라고……."

"오 팀장도 그랬잖아. 경찰이 쫓는 걸 알면 놈이 잠잠해질 때까지 냉각기를 가질 거라고. 만약 차정후가 자살이 아니고 제삼의 범인이 있다고 하더라도 당분간 추가 범행은 없을 거야. 그렇지?"

"아마도 그렇겠죠?"

"그럼, 오 팀장 승진하고 내가 승진하는 데 아무 지장이 없잖아. 놈이 좋아서 냉각기가 길어지면 우린 사건을 종결하고 승진하는 거지. 나중에 진범이 나타나서 추가 범행을 저지른 다고 해도 이미 우린 승진한 후니까 상관없잖아. 조직 생리가 일단 발령 내면 노 빠꾸거든."

오 팀장은 광수대장과 같은 줄에 선 게 다행이란 생각이 들 었다. 그가 말로 덧붙이지는 않았지만 냉각기 없이 놈이 바로 범행을 저지른다 해도 그 책임은 수사지휘를 한 수사과장이 지게 될 것이다. 그리고 빈자리가 생기면 누군가 메꾸기 마련 이다.

"감식보고서 올라오면 그때 공개해도 괜찮지 않을까요? 위 험 부담도 덜고."

답답한 듯 광수대장이 책상을 두드리는 속도가 빨라졌다.

"과수팀 보고서야 안 봐도 뻔하지. 걔들은 목격자가 있는 현장도 항상 다른 여지를 주거든. 책임지기 싫으니까. 몸 사 리는 게 몸에 밴 수사과장이 그런 감식보고서를 읽고 전면에 나서겠어? 시간만 어영부영 끌겠지. 그러면 사건의 임팩트는 사라져. 수사결과에 대해 책임질 사람은 없어지지만, 우리의 승진도 함께 날아가는 거지."

오 팀장은 고개를 끄덕일 수밖에 없었다.

"알겠습니다. 믿을 만한 기자 수배되는 대로 보고드리겠습 니다."

"이번 건은 타이밍이 중요해."

오 팀장은 광수대장의 방을 나왔다. 2팀의 김효상 팀장이 궁금한 표정으로 그를 향해 걸어왔지만 오 팀장은 못 본 척 방향을 꺾어 화장실로 피했다.

오 팀장은 페이퍼타월을 구겨 휴지통에 던져 넣었다. 거울 속 그의 입꼬리가 어느새 올라가 있었다. 뒤에서 인기척이 들렸다. 김효상 팀장? 오 팀장은 어금니에 힘을 줘 미소를 지우고 화장실에서 나왔다. 잘못 들은 건지 복도에는 아무도 없었다.

12

두만의 차가 동서울톨게이트를 지나 중부고속도로에 들어섰다. 국과수가 있는 원주까지는 한 시간 정도 더 가야 했다. 두만은 가속페달을 깊숙이 밟았다. 스로틀밸브가 활짝 열렸지만 낡은 차는 진동만 요란해질 뿐 제대로 속도를 내지 못했다. 이러다 차가 퍼지기라도 하면 상황이 더 나빠지리라. 그는 조급한 마음을 억누르며 가속페달을 밟고 있던 발에 힘을 뺐다.

안수용 과수팀장은 땅콩껍질에서 채취한 세 개의 DNA 샘플을 두만에게 넘겨주었다. 한 개는 차정후의 상피세포에서 채취한 샘플이고, 나머지 두 개는 냉장고 안에서 발견된 땅콩껍질과 차정후의 밴에서 수거한 땅콩껍질에서 채취한 샘플이었다. 안 팀장은 차정후의 밴에서 땅콩껍질이 나오자 1, 2차 사건 현장에서 수거된 땅콩껍질과 차정후의 연결고리가 만들어졌다고 확신했다. 그는 차정후의 죽음이 '자살'이라 판단하는 것 같았다. 안 팀장은 땅콩껍질에서 채취한 다섯 개의 DNA 샘플이 모두 차정후의 것으로 확인되면 이 사건은 이견 없이 종결될 거라 했다. 두만 역시 머릿속으로는 그와 같은 생각을 했고, 당연한 결론이라고 받아들였다.

하지만 불쾌한 촉은 젖은 속옷처럼 계속 그에게 들러붙어 떨쳐지지 않았다. 지금 촉으로는 여섯 개 샘플에서 모두 차정후의 DNA가 검출된다 해도 그의 자살을 믿을 수 없었다. 애초에 차정후가 두 건의 연쇄살인을 저지른 범인이란 전제조차 믿을 수가 없었다. 1, 2차 연쇄살인을 저지른 범인이 야구 모자고, 차정후를 죽인 건 제삼의 인물이라는 가설이 그에겐 더 설득력이 있었다. 사건은 끝나지 않았고 야구 모자가 희령을 노리고 있다는 위험도 사라지지 않았다.

사건이 이대로 종결되게 둘 수는 없었다. 불안감과 초조함이 커질수록 두만은 가속페달을 힘껏 밟았고 차가 금방 분해될 것처럼 삐걱거리면 다시 힘을 뺐다. 생각이 제자리를 맴돌듯 가속페달을 밟은 발에 힘을 줬다 빼는 것이 되풀이됐다.

휴대폰이 울렸다. 차가 원주행 고속도로로 들어설 때쯤이었다. 핸즈프리로 통화가 연결됐다.

"어디야? 어떻게 돼가?"

"DNA 샘플 들고 국과수에 가고 있습니다."

두만은 소리치듯 말을 했다. 오래된 차라 소음에 목소리가 묻혔다. 그가 소리를 질러야 오 팀장이 겨우 알아들었다.

"그러니까 강 반장이 왜 그걸 들고 거길 가고 있는데?"

잘 들리지 않자 오 팀장의 목소리도 덩달아 커졌다.

"연쇄살인사건 현장에서 공통적으로 땅콩껍질이 발견됐어요."

"알아. 감식보고서 올라온 거 봤어."

"운 좋게 샘플에서 모두 DNA가 검출되고 동일한 DNA로 밝혀지면 세 건 모두 동일범의 소행이 되는 거죠."

"차정후는?"

"차정후 DNA와도 일치하면 차정후가 범인이 되는 거고요."

"그렇겠지. 근데 왜 그걸 강 반장이 국과수까지 가서 확인하냐고. 지금 안에도 난린데."

두만은 땅콩껍질이 자신의 아파트 계단에서 나왔다는 것도, 차정후의 자살로 사건이 종결되는 걸 막기 위해 필사적으로 DNA 샘플에 매달리고 있다는 것도 말할 수 없었다. 오 팀장은 설득되지 않을 것이다.

"사건과 땅콩껍질의 연관성을 찾아낸 게 접니다."

잠깐의 침묵 후에 오 팀장의 목소리가 더 커졌다.

"그래, 잘했다. 네가 찾은 거면 마무리도 네가 해야지. 그래야 결과도 우리가 가지고 오지. 과장님이 우리 팀 지켜보고 계신다. 마무리 잘하자. 우리한테 좋은 일 있을 거 같다."

오 팀장은 계속해서 '우리'라는 걸 강조했다. 그는 들떠 있었다.

"근데 팀장님, 감식보고서 결과는 어느 쪽이에요?"

두만은 이야기가 길어질 것 같아 핸즈프리 기능을 끄고 한 손으로 전화를 받았다.

"다를 게 있겠냐. 누가 봐도 자살인데. 그래놓고 DNA 결과 나오면 자살 여부가 더 확실해질 거라며 저쪽에 살짝 발을 걸쳐놓았더라. 책임지기 싫다는 거지."

"앞선 두 사건은 물색한 흔적이 있잖아요. 이번에는 없고요. 이유가 뭐래요?"

"수사에 혼선을 주기 위한 위장으로 보는 거지. 마지막 자살의 경우엔 그럴 필요가 없었던 거고. 덕분에 영등포서랑 용산서랑 다 물색 쪽에 비중을 두고 먼저 털었잖아. 우리도 잠깐 잘못 짚었고. 그래도 우리 팀 아니었으면 아직까지 미궁에 빠져 있었을 거야."

"팀장님, 그렇게 단순하게 볼 게 아닌 거 같아요. 범인은 아직 원하는 걸 찾지 못한 것 같아요."

"그럼 여자들을 살해한 범인이 차정후가 아니고, 차정후를 살해한 범인이 따로 있단 얘기야?"

"차정후는 냉장고에 여자 속옷이며 스타킹 같은 걸 수집하던 변태잖아요. 그런 놈이 손목을 그은 것 말고는 피해자들 몸에 손대지 않은 게 걸려요. 변태가 그럴 수 있을까요? 애초에 1, 2차 살인이 차정후 소행이 아닐 수도 있어요."

"어쩌면 속옷은 성적인 대상이 아니고 범행의 기념품일지도 몰라. 개와 고양이를 죽여 냉장고에 보관한 걸 봐도 그렇고. 게다가 냉장고에서 나온 속옷 중에 살해된 피해자 DNA가 검출된 게 나왔다고 하잖아. 이렇게 확실한 연결고리가 있는데 뭐가 더 필요해."

오 팀장은 사건과 관련된 모든 의문점을 차정후의 자살이라는 결과에 끼워 맞추고 있었다.

"결박흔은요? 납치 정황으로 봐야 하잖아요. 자살할 놈이 자기 손목과 발목을 묶었다는 게 말이 돼요?"

"그래서 차정후가 진짜 범인이라는 거야. 두 명의 피해자한테도 결박흔이 나왔잖아. 이걸 수사하던 우리 빼고 누가 알겠어? 차정후가 범인이 아니라면 구태여 그런 흔적을 남겼겠어? 그리고 알다시피 결박흔이 있다고 해서 실제로 결박당했다는 건 아니잖아."

"차정후는 자살을 이렇게까지 공들여서 살인으로 위장할 만한 동기가 없습니다."

"차정후는 위장한 게 아니야. 스스로를 살해한 거지. 놈의 마지막 살인이라고 보면 납득이 가잖아. 같은 수법으로 자기를 죽인 거야."

두만은 무슨 이유를 댄다 해도 이미 정해진 결론을 바꿀 수
없을 것 같아 두려웠다.

"현장에서 발견된 휴대폰은 뭐라고 해요?"

"구멍을 얼마나 많이 뚫었는지 아예 복원할 생각도 못 하
더라고."

"그것도 이상하지 않아요? 곧 죽을 놈이 자기 휴대폰을 복
원도 못 할 정도로 훼손할 이유가 없잖아요. 살인도 들통 난
마당에요."

"변태스러운 도촬이나 잡스러운 여죄를 덮으려고 그랬던
것 같아. 자살하려다가 컴퓨터에 있는 야동 때문에 못 죽는다
는 우스갯소리도 있잖아. 강 반장, 나 이제 과장님 주재하는
회의 들어가봐야 한다. 별거 없으니까 우리 팀도 사건 종결로
의견 낸다?"

"팀장님, 국과수에서 땅콩껍질 DNA 감정 결과가 나올 때
까진 미뤄주세요. 과수팀도 살짝 발을 걸쳤다면서요. 괜히 종
결로 의견 냈다가 자살이 아니면 다른 팀한테 사건 뺏겨요."

"왜, 촉이 안 좋아?"

"아무리 생각해도 두 건의 살인과 차정후의 자살이 결이
달라요. 차정후 건은 두 건의 살인을 모방한 카피캣의 짓 같
아요. 땅콩껍질이 발견된 장소도 이상해요. 앞의 두 건에선

주거지 계단이었는데, 차정후 건에선 여자들 속옷이 들어 있는 지퍼 백이었단 말이죠. 차정후 같은 변태가 소중한 전리품을 넣어둔 지퍼 백에 땅콩껍질을 흘렸을 것 같지 않거든요."

침묵이 흘렀다. 두만은 가속페달을 밟은 발에 무의식적으로 힘을 주고 있었다. 차가 떨리면서 머릿속이 같이 울렸다.

"강 반장……. 좀 가만히 있어라. 윗선에서 차정후가 범인이라잖아. 차정후 잡은 게 누구야? 우리야. 그럼, 이 건으로 우리 팀 누군가는 특진하게 돼. 연쇄살인이니까 너나 나 둘 중. 진범이 따로 있어서 네 말대로 3차 연쇄살인이 발생한다고 쳐. 놈이 언제 다시 살인할 줄 알아? 지도 주목받고 있다고 생각하면 냉각기에 들어가는 게 보통이잖아. 그러니까 내 말은 살인이 특진 발표보다 늦게 나면 된다는 거야."

"냉각기 없이 바로 3차 사건이 터질 수 있어요. 저는 놈이 뭔가를 집요하게 찾고 있고, 아직 그걸 찾지 못했다는 느낌을 지울 수가 없어요."

"강 반장, 밥 잘해놓고 밥그릇 스스로 걷어차지는 말자, 우리."

간절한 목소리였다. 아마도 오 팀장이 마지막까지 참았던 말일 것이다. 그에게는 이번 사건이 승진할 수 있는 마지막 기회일지 모른다. 두만 역시 그의 밥그릇까지 걷어찰 마음은 없었다.

"알겠습니다. 가만히 있을 테니 사건 종결만 막아주세요.

수사본부는 바라지도 않으니까, 사건 뒷마무리가 필요하다고 우리 팀만이라도 남겨달라고 하세요."

"알았다. 지금 회의 들어가봐야 하니까 끝나면 다시 통화하자."

전화를 끊고 나서 두만은 더 초조해졌다. 만약, 땅콩껍질에서 차정후의 DNA가 중복 검출되면 사건 종결을 미룰 수 없을 것이다.

전화를 끊자마자 휴대폰이 다시 진동했다. 희령이었다.

☼

선우현은 미지근하게 식은 커피 한 모금을 식도로 넘겼다. 커피는 따뜻함이 사그라질 무렵 향과 맛이 깊어진다고 한다. 그는 지금이 그런 순간인 듯했다. 입 안에 퍼지는 향이 맛으로 느껴졌다. 그는 커피를 한 모금 더 마시고 잔을 내려놓았다.

현장3팀의 감식보고서에는 차정후의 죽음이 연쇄살인마의 자살로 결론 나 있었다. 아마도 수사본부는 세워지기도 전에 해체될 것이다. 감식보고서에는 지휘부 구미에 맞게 편집된 것들이 객관적 사실인 양 나열되어 있었다. 차정후에게 AS를 받은 고객들이 연쇄적으로 살해당했고, 현장에는 침입 흔적이나 몸싸움을 벌인 흔적이 없다는 것, 피해자의 손에서 흔하게 볼 수 있는 방어흔조차 없다는 것, 작업실 냉장고에서 고양이와 개의 사체, 여자 고객들의 속옷이 발견됐다는 것 등이 연속해서 적혀 있었다. 이러면 차정후가 범인이라고 결론 내지 않더라도 충분히 그가 범인이라는 이미지를 심어줄 수 있었다.

살인사건 현장 외부에 떨어져 있던 땅콩껍질은 범인이 피해자의 집을 알고 있었고, 그녀들의 귀가를 기다리고 있었음을 유추하는 단서로 사용됐다. 감식보고서만 보면 차정후가 연쇄살인마이고 자살했다는 걸 부정할 수 없었다. 선우현은 커피를 한 모금 마셨다. 아직 온기도 향도 남아 있었다.

반면 차정후의 죽음이 타살일 가능성에 대한 증거는 띄엄띄엄 기술되어 부각되지 않았다. 범인이 피해자들 집을 사전에 알고 있었다는 근거가 된 땅콩껍질이 속옷 사이에서도 발견되었지만 보고서에는 그 사실만 기록되어 있을 뿐, 중요 단서로 언급되진 않았다. 앞서 발견된 땅콩껍질과 발견된 패턴이 달라졌는데도 잠정적 결론에 위배되자 감식보고서에서 논외로 배제한 것이다. 차정후는 여자들의 속옷을 수집하여 트로피처럼 소중하게 관리하고 보관했다. 그런 놈이 자기가 버린 땅콩껍질이 전리품 속에 들어가도록 두었을까? 답은 분명했지만 보고서는 외면했다.

손목과 발목에 남은 결박흔이나 복원이 불가능하게 훼손된 전화기에 대해서도 객관적 기술만 있을 뿐 특별한 언급이 없었다. 이들 기술조차 보고서의 이곳저곳에 흩어놓아 의미를 읽을 수 없게 만들었다. 한마디로 보고서는 거짓으로 기술되지는 않았지만 편향적이었다. 정해진 결론에 도움되지 않는 증거들은 파편화되어 의미를 형성하지 못했다. 증거의 선택적 조작이었다. 선우현은 감식보고서를 내려놓았다. 의지가 없으니 더 이상 수사의 진전은 없을 것이다.

띠링, 문자메시지 알림이 울렸다. 오전에 지문을 의뢰한 박선주 경사였다. 두만이 가져온 쓰레기봉투에서 채취한 지문은 모두 두만과 희령의 것이라는 메시지였다. 이번은 없었다.

선우현은 차정후라는 변수 하나가 지워졌지만 두 명의 피해자와 희령을 묶을 수 있는 공통점 역시 사라졌다는 게 아쉬웠다. 그는 연쇄살인마가 피해자들을 어떤 기준으로 선택했는지 짐작할 수 없었다. 놈은 희령에게 점점 가까워지고 있는데 반해 그는 놈에 대해 아무것도 알지 못했다.

전화벨이 울렸다. 두만이었다.

"형님, 지금 어디세요?"

두만은 공적인 자리나 업무적인 대화에서 늘 그를 팀장님이라고 불렀다. 그의 목소리에 다급함이 묻어 있었다.

"다기능분석실인데, 왜?"

두만은 희령이 약을 처방받으러 혼자서 병원에 갔다고 했다. 그럴 수도 있는 일상적인 일이었다. 하지만 지금은 상황이 달랐다. 두만은 희령이 이유 없이 전화했다는 것 자체에 불안해하고 있었다.

"왜, 무슨 일 있대?"

"괜찮다고는 하는데, 제가 불안해서요. 누군가 따라붙은 건 아닐까요?"

"뭔 일 생기면 어떡하려고? 당장 가봐."

"전 원주 국과수라 지금 출발해도 시간이 걸려요. 형님이 좀 가주세요."

"혹시 모르니까 일단, 관할 경찰서에 출동부터 요청해."

"관할 경찰서는 늦어요. 아시잖아요. 사건 터지기 전엔 느린 거."

두만의 긴 한숨 소리가 들렸다.

"게다가 희령 씨가 원치 않아요."

"알았다. 바로 출발할게."

"병원이 있는 상가 위치 찍어드릴게요. 부탁드려요."

전화를 끊었다. 선우현은 주머니에서 키홀더를 꺼내 책상 서랍의 열쇠 구멍에 넣고 돌렸다. 긴장감 때문에 손끝이 떨려 열쇠가 잘 돌아가지 않았다. 선우현은 이번이 자신에게 주어진 마지막 기회가 될지도 모른다고 생각했다. 긴 기다림에 마침표를 찍을 순간이었다.

찰칵, 자물쇠가 풀리는 소리가 들렸다. 서랍을 열었다. 슬리퍼가 들어 있는 투명한 지퍼 백이 보였다. 비닐 안에 새 것같이 선명한 색깔의 붉은색 실내 슬리퍼 두 짝이 들어 있었다.

선우현은 서랍 뒤쪽으로 팔을 깊숙이 넣어 더듬었다. 손가락 끝에 단단하고 매끈한 것이 만져졌다. 힘을 살짝 주어 고정쇠로 고정된 것을 빼냈다. 흑단나무에 은으로 띠가 둘러진 접이식 주머니칼이었다. 그는 칼의 안전장치를 풀고 손잡이 끝에 있는 스위치를 눌렀다. 철컥, 접혀 있던 칼날이 펼쳐졌다. 거무튀튀한 무광에 가까운 칼날이 스탠드 불빛에 번들거렸다. 칼날은 물론, 날과 몸체가 겹치는 틈새에도 얼룩이나 찌꺼기 하나 없었다. 그는 스위치를 누른 채 조심스럽게 칼날을 접었다. 딸각, 칼날이 고정되는 소리가 들렸다. 그리고 주머니칼의 안전장치를 풀어놓은 채 칼을 주머니에 넣었다. 언제든 빠르게 칼날을 펼치기 위한 사전 준비였다. 주머니 속 칼의 무게가 묵직하게 몸으로 전해졌다.

선우현은 책상 위에 있던 현장감식보고서를 붉은색 슬리퍼 위에 올려놓고 서랍을 닫았다. 열쇠를 돌려 서랍을 잠근 뒤 열리지 않는 걸 확인하고 나서야 자리에서 일어섰다. 불을 끄고, 그는 빠른 걸음으로 증거분석실을 나갔다. 등 뒤로 디지털 도어록이 잠기는 소리가 들렸다. 선우현은 주머니 속에 있는 칼을 손으로 감아쥐었다. 마음이 급해졌다.

☿

'냉각기 없이 바로 3차 사건이 터질 수 있어요.'

전화를 끊었지만 오 팀장은 머릿속을 맴도는 두만의 말을 떨치지 못했다. 수사 실력도 빼어난 데다 촉이 좋아 그가 전적으로 의지하는 두만의 말이라 더 그랬다.

오 팀장은 수도일보 진중일 기자의 명함을 만지작거렸다. 적당히 때 묻고 적당히 정의로워 이번 일에 어울리는 적임자였다. 하지만 두만의 말이 가시처럼 박혀 선뜻 통화 버튼을 누르지 못했다. 광수대장이 전화로 독촉했지만 그는 적임자를 찾고 있다며 얼버무렸다. 그의 지시대로 정보를 기자에게 흘려 기사를 터뜨리고 사건을 주도한 티를 내며 종결하는 게 맞는데, 아무래도 내키지가 않았다. 오 팀장은 진 기자의 명함을 책상 서랍에 던져 넣었다.

그때, 사무실 전화벨이 거의 동시다발로 울려대기 시작했다. 몸이 부르르 떨렸다. 머리보다 몸이 먼저 반응했다. 사무실 전화 말고도 여기저기서 휴대폰 벨 소리와 진동음이 들렸다. 큰 사건이 터졌을 때의 전조 같았다. 벌써? 누가?

"몰라요. 어느 팀인지 나도 모른다고요. 하여간 우리 팀은 아니에요."

직원들 모두 비슷한 대답을 하고 있었다. 오 팀장은 차정후의 연쇄살인이 기자들에게 노출됐다는 걸 직감했다. 전화를 끊은 직원들은 서둘러 스마트폰으로 뉴스를 검색했다. 사무실 여기저기서 나지막이 내뱉는 욕설과 함께 곱지 않은 시선이 1팀에게 집중됐다.

사무실에서 전화를 받지 않은 이들은 오 팀장을 비롯해 1팀뿐이었다. 오 팀장의 휴대폰 역시 계속해서 울렸다. 수도일보 진중일 기자. 오 팀장은 무시하고 전화를 받지 않았다. 회의에 들어가야 하는데 지금 상황이 머릿속에서 정리가 되지 않았다.

누가 흘렸을까? 수사과장은 득보다는 실을 관리하는 자리였다. 축구로 치면 수비수나 골키퍼. 그런 그가 위험 부담이 있는 사건을 일부러 언론에 흘렸을 리 없었다. 정보를 흘린 사람은 광수대장일 가능성이 컸다. 하지만 오 팀장은 광수대장이 직접 정보를 흘리고 자기를 라인에서 쳐낸 이유를 알 수 없었다. 망설이고 있다는 걸 눈치챈 걸까?

오 팀장은 컴퓨터로 서둘러 기사를 검색했다. 검색창에 '연쇄살인' 한 단어를 입력하고 보니 이미 몇 개의 기사가 속보 경쟁을 하듯 몇 분 간격으로 올라와 있었다. 단독이라는 타이틀을 달고 처음 게재된 기사를 클릭했다. 통신사가 송고한

1보는 서울에서 연쇄살인이 발생했고, 경찰이 유력 용의자를 특정해 쫓고 있다는 내용이었다. 기사는 연쇄살인이라는 단어로 대중의 불안과 호기심을 자극하는 제목 장사를 하고 있었다. 기사 말미에는 용의자를 특정해 경찰에서 쫓고 있다는 것을 밝혀 대중의 불안을 누그러뜨렸다.

연쇄살인이라는 화제성 위에 경찰의 활동을 얹어 수사팀을 돋보이게 만드는 전형적인 받아쓰기 기사였다. 게다가 기사에 용의자를 특정했다는 내용은 있었지만 용의자가 자살했다는 내용은 빠져 있었다. 쫓고 있던 용의자가 자살했다는 사실은 제대로 달아오르지도 않은 대중의 관심을 빠르게 냉각시킬 것이다. 정보를 제공한 자가 사건의 화제성과 파괴력을 유지하기 위해 일부러 용의자가 자살했다는 사실은 언론에 전하지 않은 것이다.

이제 기자회견이 남았다. 오 팀장은 누군가 기자회견에서의 극적인 연출을 노리고 정보 노출을 계획적으로 조절하고 있다는 의심이 들었다. 연쇄살인이 발생했고, 수사팀이 범인을 특정했으며, 추적 중이던 범인이 검거될 것이 두려워 자살했다고 밝히면 대중은 쇼크를 받았다가도 바로 안심할 것이다. 그리고 개별적으로 발생한 살인사건을 연쇄살인으로 묶어 추가 범행에서 대중을 구한 수사 책임자가 주목받을 것이다. 책임자는 대중에게 브리핑을 한 사람, 즉 광수대장이 될 것이다. 오 팀장은 정보를 흘린 사람이 광수대장일 거라 확신했다. 그에게 이번 사건은 승진으로 가는 중요한 디딤돌이 될 것이다. 그는 당장 득점이 필요한 공격수였다.

오 팀장은 자신을 건너뛰고 언론에 직접 정보를 흘린 광수대장과 결국 같은 배를 탈 수 없었다. 광수대장은 자기 안위를 위해서라면 오 팀장 정도는 언제라도 배에서 밀어낼 위인이었다. 오 팀장은 시계를 보았다. 회의 시간이 촉박했지만 가장 늦게 회의에 참석하는 수사과장이라면 아직 방에 있을 것 같았다. 몇몇 광수대 직원이 호기심을 누르지 못하고 눈치를 보며 1팀 주변을 서성거렸다.

오 팀장은 자리에서 일어났다. 그를 따라 한 형사와 최 형사도 자리에서 일어났다. 오 팀장은 눈짓으로 입단속을 시키고 사무실을 나왔다. 그는 초조한 마음에 비상계단을 서너 개씩 건너뛰어 위층으로 올라갔다.

몸이 움직이는 대로 본능적으로 수사과장 방까지는 왔지만 막상 들어가려고 하자 망설여졌다. 그로서는 도박이었다. 광수대장을 제치고 수사과장 라인에 올라타는 건 실패했을 경우 지금의 자리도 유지하기 어려운 선택이었다. 그는 심호흡을 한 번 하고 방문을 두드렸다. 말년에 공기 좋은 시골 경찰서에서 고추나 깨를 털어가는 잡범을 잡는 것도 보람 있는 일이라 애써 자신을 다독였다. 그는 다시 방문을 두드렸다.

"들어와요."

수사과장은 재킷에 막 한쪽 팔을 끼워 넣고 있던 참이었다.

"어, 내가 좀 늦었나?"

"아닙니다. 드릴 말씀이 있어서 왔습니다."

수사과장의 시선이 벽시계에 잠깐 머물렀다.

"회의 전에 일부러 온 거 보면 급한 일이겠지? 앉지."

"차정후의 연쇄살인이 언론에 노출됐습니다."

"알아. 나도 전화 몇 통 받았지."

"죄송합니다. 조심시켰는데 어디선가 정보가 샌 모양입니다."

"어디가 아니라 누구지. 샌 게 아니고 흘린 거고. 이런 식으로 단어를 선택하는 걸 보면 오 팀장도 대강 누군지 짐작한다는 거고. 그러니 오 팀장이 조심시킨다고 되겠나?"

오 팀장은 취조실에 앉아 있는 기분이었다. 냉정하고 날카로운 눈빛과는 달리 수사과장의 입에는 친절한 미소가 떠올랐다. 섬뜩한 부조화였다.

"과장님께서는 이제 어떻게 하실지……."

"시간도 없는데, 바로 본론부터 가자고. 자네 생각은?"

수사과장은 이미 두어 수 앞을 내다보고 있는 듯했다. 오 팀장은 두만의 촉을 절대적으로 믿어보기로 했다.

"차정후의 자살이 석연치 않습니다. 시간을 좀 더 주셨으면 합니다."

수사과장은 두 손을 모으더니 의자 등받이에 기댔다. 그의 침묵과 입가의 친절한 미소는 오 팀장을 주눅 들게 했다.

"근거는?"

"범행의 목적이 다릅니다. 1, 2차는 물색에 범행의 목적이 있다면 차정후 사건은 살인이 목적입니다."

"누구의 견해인가?"

"저희 팀의 공통된 의견입니다."

"현장감식보고서도 자살 쪽으로 기운 마당에 차정후를 잡은 1팀이 애써 자신들의 발목을 잡는 데는 이유가 있겠지?"

"과장님, 만약 사건을 종결한 후에 같은 수법의 살인사건이 또 터진다면 어떻게 될 것 같습니까?"

수사과장의 입에 머물던 미소가 사라졌다. 그가 등을 떼고 상체를 앞으로 당겼다.

"최악이지. 자네나 나는 물론이고 저 위에 있는 높으신 분도 임기 채우기 어렵겠지."

"그래서 종결은 안 됩니다."

"자살로 종결하지 않으면 사태가 어떻게 돌아갈지 생각은 하고 하는 얘기겠지?"

"연쇄살인에 더해 모방범죄까지. 게다가 경찰은 유력한 용의자조차 특정하지 못했다는 뜻이 됩니다."

"여론이 들끓을 테고 지지율 떨어지면 정치권에서 압력이 거세게 들어올 거야. 그때쯤이면 TV 화면에 누구라도 범인이라고 세우고 싶어질 거야. 옛날처럼 말이지."

"그렇다고 옛날처럼 잠 안 재우고 때려서 자백받고 아무나 범인으로 세울 순 없잖습니까?"

"그러니까 일단 죽은 놈을 앞에 세우는 거지."

"저희 팀에 시간을 더 주십시오. 언론의 주목을 끌지 않고 조용히 진행하겠습니다."

"지금 상황에서 기자회견을 피할 수는 없네. 차정후가 용의자라는 것과 자살했다는 것도 밝힐 수밖에 없고."

"광수대장이 전면에 서는 걸 조건으로, 이 사건의 의문점이 해소되기 전까진 저희 팀이 계속 수사하도록 지휘하시면 될 것 같습니다. 광수대장도 수긍할 겁니다."

광수대장은 수사과장이 일부러 사건을 종결짓지 않고 뭉개는 거라 생각할 것이다. 그러면 수사과장이 책임을 미루기 위해 일선의 의견을 무시한다는 뒷말이 나올 테고 그는 고립될 것이다. 광수대장은 손해 볼 게 없었다. 오 팀장은 그렇게 짐작했다.

"조건이 있네. 오 팀장이 나한테 얘기했던 대로 회의에서 사건 종결에 강력하게 반대해주게. 그래야 모양새가 살지."

오 팀장은 외통수에 걸려들었다는 걸 깨달았다. 이제 와 수사과장의 말에 반대할 수도 없었고, 그렇다고 그대로 따르기도 애매했다.

"저, 그게, 그렇게 되면 광수대장에게 공개적으로 항명하는 꼴이라……."

"오 팀장, 같은 배를 탔으면 위험도 나눠야 하지 않겠나? 불과 두어 시간 전에는 사건을 종결해야 한다고 주장한 사람이라면 이 정도는 해줘야지. 대신 성과가 나오면 내가 확실하게 몰아주지."

오 팀장은 두 사람이 두는 장기판에 스스로 말이 돼서 혼자 이쪽저쪽 뛰어다니는 기분이 들었다. 광수대장은 계산이 빨랐고, 수사과장은 노련했다. 거기에 비하면 오 팀장은 자기 앞길도 제대로 못 보는 장기판의 눈먼 말에 지나지 않았다.

"꼭 성과를 내도록 하겠습니다."

"자리가 비면 누군가에겐 기회가 오지. 기대가 커."

"최선을 다하겠습니다."

"참, 오 팀장."

돌아서는 오 팀장을 수사과장이 불러 세웠다.

"아는 기자한테 차정후 자살한 거 흘려."

"예?"

"연쇄살인이잖아. 그냥 두면 기자회견 때까지 얼마나 끓어오르겠어? 맛있게 끓여서 혼자 먹는 걸 구경만 하고 있으려고?"

"아, 알겠습니다."

오 팀장은 수사과장 방의 문을 닫고 나오면서 두만의 촉이 맞기를, 그래서 이 복잡한 상황에서 살아남기를 간절히 바랐다.

13

모자를 쓴 남자는 짧은 간격으로 포털사이트의 '새로고침' 버튼을 눌렀다. 모든 매체에서 경쟁적으로 '연쇄살인'에 대한 기사를 쏟아내고 있었다. 하지만 대부분 제목만 살짝 바꿔 제목 장사를 하고 있을 뿐 추가된 수사 정보는 없었다. 두 건의 연쇄살인이 발생했고, 경찰이 유력한 용의자를 쫓고 있다는 내용이 전부였다. 경찰이 유력한 용의자를 쫓고 있다는 건 아직 누가 범인인지 특정할 수 없다는 뜻과 같았다. 아직 시간은 그의 편이었다.

그는 휴대폰을 내려놓았다. 자동차 운전석에 앉아 길 건너 병원들이 모여 있는 상가의 정문과 지하 주차장 출입구를 쏘아보았다. 정신건강의학과의 진료가 끝난 지 얼추 30분이 지났는데도 여자는 나타나지 않았다. 모자의 그늘 아래로 유독 흰자위가 많이 보이는 남자의 눈이 번들거렸다.

청소원 유니폼을 입은 남자가 상가 정문으로 들어가고, 양복을 입은 삼십 대 남자가 나왔다. 다시 시장바구니를 든 중년의 여자가 들어가고, 그 뒤를 짧은 치마를 입은 여자가 따라 들어갔다. 쉴 새 없이 상가의 유리문이 열렸다 닫혔다. 상가에서 나오는 출입구는 정문과 후문, 지하 주차장의 출입구밖에는 없었다. 그중 후문은 평소 관리인이 잠가두기 때문에 정문과 지하 주차장의 출입구만 지키면 사실상 그의 눈을 피해 여자가 빠져나갈 방법은 없었다.

상가의 유리문을 열고 회색 바지에 자주색 오버핏 니트를 입은 여자가 걸어 나왔다. 얼굴의 윤곽이 번져 알아볼 수 없었다. 남자는 긴장했다. 알아볼 수는 없어도 그가 알고 있는 얼굴이었다. 남자는 슬그머니 차창 아래로 몸을 숨긴 뒤 메신저로 받은 여자의 사진을 휴대폰 화면에 띄웠다. 사진 속 여자는 흰색 티셔츠 위에 검은색 재킷을 입고 올리브색 벽을 배경으로 병원 소파에 앉아 있었다.

남자는 긴장한 채 자주색 니트를 입은 여자의 옷차림을 자세히 살폈다. 여자는 회색 정장 바지에 하이힐을 신고 있었다. 흰색 운동화를 신고 있는 사진 속 여자와는 달랐다. 자주색 니트의 여자와 사진 속 여자는 옷은 물론이고 무엇 하나 겹치는 게 없었다. 자주색 니트를 입은 여자를 어디서 보았는지 궁금하긴 했지만 당장 찾고 있는 여자는 아니었다. 결국 하나씩 가능성을 지우면 누군지 알게 될 것이다. 남자는 여자를 따라가던 시선을 거두었다.

모자 쓴 남자는 휴대폰에 저장된 여자의 사진을 확대해 자세히 들여다보았다. 여자의 얼굴이 여러 겹으로 겹쳐 보였다. 눈 코 입의 잔상이 여러 겹으로 겹쳐 모자이크를 한 것처럼 얼굴을 알아볼 수 없었다. 남자는 가벼운 멀미를 느꼈다. 머릿속에 이미 저장된 정보와 현재 눈이 보는 시각 정보 사이의 간극이 이런 현상으로 나타났다.

그는 사진에서 눈을 떼 상가의 출입구를 보았다. 한 무리의 사람들이 출입구로 나왔다. 언뜻 검은색 재킷이 보였다. 남자는 차의 시동을 걸었다. 그리고 사진 속 여자가 입은 흰색 티셔츠와 검은색 재킷, 운동화의 조합을 찾았지만 정확하게 일치하는 여자는 없었다. 검정 재킷을 입은 여자는 중년에 웨이브가 심한 파마머리였다.

남자는 다시 시동을 껐다. 이어 습관적으로 포털사이트의 '새로고침' 버튼을 눌렀다. 기사의 목록이 조금 전과 다를 게 없었다. 그는 조수석에 있는 회색 캐리어 위에 휴대폰을 내려놓았다. 피곤함이 몰려왔다. 깜박거리지 않아 뻑뻑해진 눈을 손바닥으로 지그시 눌렀다. 여자의 얼굴이 머릿속에서 눈 코 입까지 또렷하게 떠올랐다.

☒

희령은 전화를 끊고 바로 후회했다. 실체를 확인할 수 없는 자신의 불안 때문에 두만까지 불안하게 만들었다고 자책했다. 약효가 퍼지고 있는 건지 북소리처럼 귓속을 울리던 심장 뛰는 소리가 차츰 멀어졌다.

두만은 그녀가 집 밖에 혼자 있는 것만으로도 불안해했다. 그는 당장 달려오고 싶어 했지만 물리적으로 너무 먼 거리에 있었다. 그래서 희령이 괜찮다고 안심시킬수록 두만은 더 초조해하는 것 같았다.

"괜찮아요. 진짜 별일 없어요. 진료 끝나면 바로 집으로 갈게요."

"혹시, 누가 따라온다거나 이상한 느낌 없었어요?"

엘리베이터를 따라 탄, 모자 쓴 남자에 대해 말할 수는 없었다. 불안한 마음이 남자의 의미 없는 행동을 제멋대로 해석한 걸지도 몰랐다. 후회와 불안으로 생각이 엉킨 그녀가 같은 말을 되풀이했다.

"없었어요. 걱정하지 말아요."

"조금이라도 이상한 느낌이 들면 바로 전화해요. 관할서에 보호 요청이라도 할 테니까."

"괜찮으니까 그러지 마요. 저, 이제 가봐야 해요. 제 차례라고 간호사가 불러요."

희령은 간호사가 이름을 부르기도 전에 서둘러 전화를 끊었다. 통화가 길어질수록 두만은 더 조급하고 불안해할 것이다.

고개를 숙이고 멍하니 바라본 휴대폰 액정에 통화 목록이 떠 있었다. 그녀는 두만과 병원, 대학원, 서비스 센터 말고는 어디에도 전화를 건 적이 없었다. 지금 그녀는 계획에도 없던 치과 대기실에 앉아 관계의 전부인 두만을 걱정시키고 있었다. 지금뿐 아니라 오래전부터 그녀는 자신이 원치 않는 방들에 갇혀 있었단 생각이 들었다. 그 방은 외상 후 스트레스 장애의 방이기도 했고, 공황발작과 망상장애의 방이기도 했다. 희령은 늘 피해자였고 타인의 위협과 시선에 갇혀 온전하지 못한 삶을 살아왔다.

선우현의 푸른 수염의 방도 마찬가지였다. 그녀는 푸른 수염의 아내처럼 그 문을 열고 확인해야 한다는 생각이 들었다. 문을 연 대가를 치러야 한다면 기꺼이 그렇게 하리라 마음먹었다. 그녀는 자신을 방에 밀어 넣고 가두는 것들의 실체를 직접 확인하기로 마음먹었다. 그런데 어떻게? 희령은 소파에 기대 있던 등을 뗐다. 그녀는 푸른 수염의 방 문을 열 방법을 찾아야 했다.

희령은 잠금장치를 여는 방법에 대해 검색했다. 출장 서비스부터 자물쇠를 해체하거나 만능열쇠를 만드는 법, 열쇠를

298

복제하는 방법까지 다양한 내용이 검색됐다. 그녀는 하나씩 눌러 확인했다. 집중하자 불안한 느낌이 잦아들었다. 북소리 또한 들리지 않았다.

"한희령 님, 2번 진료실로 들어가세요."

고개를 들었다. 대각선 위치에 모자 쓴 남자의 뒷모습이 눈에 들어왔다. 온몸을 돌던 피가 한순간 차갑게 얼어붙었다.

"한희령 님?"

간호사와 눈이 마주쳤다. 희령은 다시 모자 쓴 남자를 봤다. 흰색 야구 모자를 쓴 이십 대 남자는 휴대폰 게임을 하느라 고개를 숙인 채 연신 액정을 터치하고 있었다. 두려움이 만들어낸 시각적 오류였다.

희령은 일어서서 2번 진료실로 들어갔다. 그녀는 의사가 시키는 대로 치과용 의자에 앉아 입을 벌렸다. 엘리베이터를 따라 탄 남자에게서 도망쳐 느닷없이 스케일링을 받고 있는 자신이 한없이 부끄러웠다.

치과용 초음파 스케일러가 요란하게 진동하는 소리와 함께 분사되던 물이 얼굴에 튀었다.

'어떻게 하다 이렇게 됐을까?'

가슴에서 묵직한 통증이 느껴졌다. 얼굴을 찡그리자, 스케일러가 멈췄다.

"아파요? 물로 양치하세요."

의사는 어린아이를 달래듯 그녀에게 물이 담긴 종이컵을 쥐여주었다. 그녀는 피가 섞인 양칫물을 타구에 뱉어냈다. 다시 스케일러가 작동했다.

희령은 할 수만 있다면 자신의 뇌에 낀 두려움도 스케일러로 긁어서 말끔히 없애버리고 싶었다. 그녀는 스스로를 믿지 못하는 것이 잘못 끼워진 첫 단추 때문인지도 모른다고 생각했다. 다시 생각해보면 그녀는 스스로 방에 들어가 문을 잠근 것이었다. 원인과 결과가 끊임없이 서로 위치를 바꾸며 머릿속을 맴돌았다. 방에 갇힌 이유가 타인 때문이었는지 아니면 자신 때문이었는지 닭과 알의 순서처럼 알 수 없었다.

스케일러가 멈췄다. 양치를 하고 나자 치과의사가 거울을 눈앞에 보여주었다. 희령은 웃을 때처럼 입을 벌리고 이를 드러냈다. 가지런하고 깨끗한 이가 보였다. 거울 속 그녀는 입꼬리를 올리고 있었지만 그것은 결코 웃는 표정이 아니었다. 오히려 거울 속 여자는 울 것 같은 표정이었다. 희령은 자신의 모습을 보고 영혼이 담기지 않은 빈껍데기 같다고 생각했다. 약효가 지속되지 않으면 혼자 문밖조차 나갈 수 없는 의존적인 존재라고.

희령은 다 보았다는 뜻으로 거울을 밀어냈다. 의사가 몇 마디 주의 사항 같은 걸 얘기했고, 그녀는 건성으로 고개를 끄덕였다. 간호사가 다음 환자를 위해 치과용 기기들을 정리하는 동안 희령은 진료실 밖으로 나갔다.

"오래 기다리셨죠? 죄송해요. 먼저 예약하고 오시면 다음 번엔 기다리지 않고 진료받으실 수 있을 거예요."

희령은 시계를 쳐다보았다. 한 시간 정도 지나 있었다. 간호사가 미소를 지었고, 그녀는 말없이 신용카드를 내밀었다.

'괜찮을까? 아니, 나갈 수 있을까?'

방 밖으로 나가는 데는 용기가 필요했다. 이대로 피하기만 해서는 스스로를 믿을 수 없다고 희령은 애써 생각했다. 문밖에 모자 쓴 남자가 있다면 그의 정체를 직접 확인하겠다고 마음먹었다. 이번엔 피하지 않고 부딪쳐보리라.

마음은 먹었지만 여전히 두려움이 앞섰다. 손끝의 떨림이 점점 온몸으로 번졌다. 한 걸음도 떼지 못했다. 희령은 얼굴이 창백해진 채 다시 치과의 소파에 주저앉았다.

"괜찮으세요? 가끔 스케일링하고 힘들어하는 분도 있으시거든요."

"전, 괜찮아요."

"힘들면 앉아서 쉬었다 가세요."

원인과 결과가 아무리 서로 자리를 바꿔도 결국 그녀를 방 밖으로 데려가는 건 그녀의 두 다리였다. 두려움은 극복하는 게 아니라 참는 것이리라. 두려움을 참으면 한 걸음 밖으로 나갈 수 있을 것이다. 희령은 다시 일어섰다. 그녀는 만약을 위해 두만의 전화번호를 휴대폰 액정에 띄워놓고 유리문을 열었다.

치과 밖으로 한 걸음 나갔다. 오래도록 열리지 않은 방문을 열고 밖으로 나가듯이 첫발을 내디뎠다. 첫발자국을 떼고 나니 두 번째부터는 어렵지 않았다. 방 바깥의 복도에 몇몇 사람이 각자 제 갈 길을 가고 있었다. 사람들은 각자의 일관된 흐름 속에 있었다. 야구 모자를 쓴 남자 역시 보이지 않았다.

희령은 고개를 들어 사람들의 시선을 피하지 않고 마주 보며 똑바로 걸어갔다. 간혹 눈이 마주치는 사람이 있었지만 피하지 않았다. 그녀는 계단을 내려가 상가의 정문을 통해 밖으로 나갔다. 환한 햇빛에 눈이 부셔 그녀는 잠시 그대로 서 있었다. 치과보다 조금 더 큰 방의 문을 열고 밖으로 나온 기분이 들었다. 이런 식으로 계속 두 발로 걷다 보면 언젠가 그녀를 가둔 모든 방문을 열고 밖으로 나갈 수 있을 거라 생각했다. 그녀는 자신도 모르게 미소를 지었다. 치과에서 본 거울 속 억지 미소와는 다르리라. 희령은 그렇게 생각했다.

"다시 돌아가지 않아."

희령은 나지막이 중얼거렸다.

그녀는 택시를 타기 위해 도로 쪽으로 걸음을 옮겼다. 넓은 도로를 빠른 속도로 내달리는 차들을 보자 희령은 손을 들어 택시를 세울 엄두를 내지 못했다. 그녀는 가까운 버스 정류장으로 가기 위해 걸음을 옮겼다.

그 순간, 그녀 옆으로 구형 쏘나타가 급정거했다. 타이어가 마찰하는 소음에 놀라 희령은 본능적으로 두어 걸음 물러섰다. 차는 도로의 경계석을 넘어 희령에게 달려들 것만 같았다. 심장이 정지한 것처럼 햇빛이 찬란하던 거리가 온통 캄캄해졌다. 자신을 노리는 누군가가 실재한다는 것에 그녀는 숨이 막혔다. 도망쳐야 하는데 무릎에 힘이 빠졌다. 한 걸음도 걸을 수 없는 건 물론, 손끝조차 움직일 수 없었다.

☿

정대원 광수대장이 회의실에 들어선 것은 회의 예정 시간 5분 전이었다. 보통이라면 대부분의 팀장이 자리에 앉아 그를 기다리고 있어야 했다. 하지만 회의실에는 2팀의 김효상 팀장을 제외하고는 아무도 없었다. 급작스럽게 터진 차정후의 기사 때문에 다들 정신이 없으리라. 그는 드러나지 않게 미소를 지었다. 예상한 대로였다. 김 팀장이 일어서서 목례를 했다. 그는 얼굴 가득 득의에 찬 미소를 짓고 있었다.

"다들 아직인가?"

"전화받고 사태 파악하느라 제시간에 회의 참석하기 힘들 겁니다."

"기사는 잘 봤네. 내가 믿고 맡길 만한 사람은 역시 자네밖에 없어."

"믿어주셔서 감사합니다."

김 팀장의 휴대폰에서 진동음이 들렸다. 그가 휴대폰의 액정을 보더니 전원을 껐다.

"기자들 등쌀에 전화를 켜놓을 수가 없네요."

"출처 잘 숨겨. 새어 나가면 징계감이니까."

광수대장이 목소리를 낮췄고, 덩달아 김 팀장도 속삭이듯 대답했다.

"걱정 안 하셔도 됩니다. 입이 무거운 친구라 괜찮을 겁니다."

"내가 절대 안 믿는 두 부류가 있어. 하나는 경찰서 잡혀 와서 억울하다는 놈이고, 다른 하나는 기사에는 안 쓰겠다고 오프 더 레코드를 약속하는 기자 놈이야."

"단도리 잘해두겠습니다. 혹시 출처가 드러나도 대장님과 연결 지을 여지는 없을 겁니다."

"역시, 자넨 스마트해."

"더 맡기실 일은 없으십니까?"

"곧 생길 거야. 사건 종결하면 설거지할 사람이 필요하거든."

"오 팀장이 가만히 있겠습니까?"

"기다려봐. 자네 몫은 챙겨줄 테니까."

회의실 문이 열리고 3팀의 김호성 팀장이 들어왔다.

"최선을 다하겠습니다."

김효상 2팀장은 의례적인 인사로 대화를 마무리했다. 그는 눈치가 빨랐고 그래서 믿을 만했다. 키가 크고 마른 체형의 김호성 3팀장이 구부정한 몸을 휘청이며 들어와 자리에 앉았다. 앉은키도 커서 2팀의 김효상 팀장하고는 거의 머리 하나 정도 차이가 났다.

"어서 와."

"죄송합니다. 좀 늦었습니다. 하도 전화가 와서요."

말로 표현하지는 않았지만 불만이 섞인 말투였다.

"고생했어. 수사 정보가 샜어."

"형사가 칼은 맞아도 살 수 있지만 쪽이 팔리고는 못 사는 거 아닙니까? 수사 중인 정보를 기자한테 들어서야 되겠습니까?"

김호성 3팀장이 강한 어투로 항의했다. 평소 말꼬리를 흐리거나 '안 되지 않습니까?' 하는 식의 애매한 말투를 쓰던 모습과는 사뭇 달랐다.

"미안하다. 1팀에서 용의자를 특정했는데 그게 어디선가 실시간으로 샌 모양이다."

"검거야 그렇다 쳐도 용의자 정보는 공유할 수 있는 거 아닙니까?"

"미안하게 됐다. 사건 종결되면 회식 한번 하자."

"팀별로 너무 차별하시는 거…….."

광수대장의 미간이 심하게 구겨졌다. 3팀장은 불만스러운 표정이었지만 기세에 눌려 평소처럼 말을 끝내지 못했다. 불편한 침묵이 이어졌다. 때마침 회의실 문이 열리고, 팀장 중 가장 어린 조현우 4팀장이 들어왔다. 그는 냉랭한 분위기에 오도 가도 못 하고 엉거주춤한 자세로 서서 눈치만 살폈다. 광수대장이 손짓을 하고 나서야 그는 슬그머니 자리에 가서 앉았다.

회의실 시계로는 이미 정해진 시간이 지났는데 오 팀장은 나타나지 않았다. 기사가 터지면 제일 먼저 달려올 거라 예상했는데, 오 팀장은 그의 생각대로 움직이지 않고 있었다. 그는 짜증이 났다. 오 팀장이 달려오면 기자회견장에 배석시키는 것으로 달랠 생각이었는데 변수가 생긴 것이다. 광수대장은 노골적으로 휴대폰을 만지작거리며 시계를 보았다.

"대장님, 제가 1팀장한테 전화해볼까요?"

조현우 4팀장이 눈치 빠르게 휴대폰을 꺼내 들었다.

"1팀장 어디 있는지 아는 사람 있나?"

"회의 전에 화장실 가는 거 같던데요."

김효상 2팀장이 웃으며 아는 척을 했다.

"그래? 그럼, 곧 오겠지. 기다려보자."

장기판 위의 말 주제에 제 맘대로 움직인다? 말을 갈아탄 새로운 주인이 있다는 뜻이거나 고삐를 쥔 주인이 누군지 모른다는 뜻이었다. 광수대장은 계속 시계를 쳐다보았다.

회의 시간을 한참 넘기고서야 문이 열리고 오 팀장이 들어왔다. 오 팀장은 가볍게 목례를 하고 자리에 앉았다. 무표정한 얼굴이었다. 광수대장이 오 팀장과 눈을 맞추고 그의 표정을 읽으려 했지만 감정 변화가 읽히지 않는 표정이었다. 그의 눈이 가늘어졌다.

"모두 기자들 전화 받느라 고생했어. 수사 정보가 유출된 경로에 대해서는 사건 마무리되는 대로 찾아서 책임을 묻도록 하지. 그러니까 마음들 풀어."

그는 오 팀장의 표정을 유심히 살폈다. 사실 마지막 말은 공식적으로 오 팀장에게 건네는 사과나 다름없었다. 하지만 오 팀장은 못 들은 척 펼쳐놓은 형사 수첩에서 눈을 떼지 않았다. 오 팀장이 어떤 반응도 보이지 않자 광수대장은 조금 불안해지기 시작했다. 그는 오 팀장을 달래기 위해 준비해둔 카드를 지금 쓰기로 마음먹었다.

"저, 오 팀장은 내일 기자회견에서……."

오 팀장이 고개를 들어 그를 보았다. 그는 오 팀장과 눈이 마주쳤지만 웃고 있는 건 자신뿐이라는 걸 깨달았다. 그가 미처 말을 끝내기 전에 회의실 문이 열리고 수사과장이 들어왔다.

"여, 좀 늦었지? 미안하네. 기자는 물론이고 윗분들한테서도 전화가 얼마나 오는지."

"죄송합니다."

광수대장은 고개를 숙였지만, 속으로는 웃고 있었다. 윗분들이 줄줄이 수사과장에게 전화할 정도면 흥행은 성공한 셈이고, 이제 카메라의 불빛 속에서 주인공이 되는 일만 남았다. 오 팀장이 걸리긴 했지만 기자회견장에서 그를 실무자로 소개한 뒤 배석시키면 크게 문제는 되지 않을 것이다.

"윗분들이 많이 언짢아해."

"사건 종결되면 정보가 샌 경로를 철저히 조사해서 책임을 묻겠습니다."

"책임을 묻는다고? 그래. 지켜보지."

수사과장이 미소를 지었다. 너구리 같은 그의 미소에 광수대장은 소름이 돋았다.

"회의 시작하지."

수사과장이 자리에 앉자 회의실의 대형 화면에 사건 자료가 떴다. 때맞춰 2팀장이 회의실의 불을 꺼 조도를 낮췄다.

"서울청 광역수사대에서는 3주 간격을 두고 발생한 두 건의 살인사건을 동일 수법에 의한 연쇄살인으로 보고 수사를 시작했습니다."

광수대장은 오 팀장에게 눈을 맞추며 브리핑을 시작했다. 어두운 조도 때문에 오 팀장의 표정이 읽히지는 않았다. 보통 브리핑은 사건을 해결한 팀장이 하는 게 관례였지만 중대한 사건의 경우엔 광수대장이 하는 것도 드문 일은 아니었다. 브리핑이 진행되는 동안 수사과장은 어떤 의견도 내지 않고 간간이 고개만 끄덕였다. 혼자서 몇 번이나 연습한 덕에 광수대장은 마치 자신이 수사한 것처럼 매끄럽게 브리핑을 끝낼 수 있었다.

수사과장이 박수를 쳤다. 불이 켜지고 다른 팀장들도 박수를 쳤다. 그들 중에는 오 팀장도 있었다. 광수대장은 조금 마음이 놓였다.

"이거 뭐, 용의자 검거에 숟가락이나 얹어볼까 했더니 그나마도 죽어버렸으니……."

김호성 3팀장이 평소 습관처럼 말을 끝맺지 않은 채로 투덜거렸다.

"대장님, 유력한 용의자가 자살했으니 이걸로 사건은 종결되는 겁니까?"

막내 4팀장이 적당한 시점에 적당한 질문을 했다. 광수대장은 수사과장의 안색을 살폈다. 그는 표정 변화 없이 팀장들을 지켜보고 있었다. 결론을 내도 큰 무리는 없어 보였다.

"대외적으로 사건 종결로 발표해야지. 그래야 사회적으로 혼란도 없고, 광수대나 서울청 수사국 위상도 올라가지."

더 이상 질문은 나오지 않았다. 회의는 별다른 이견 없이 사건 종결로 쉽게 정리돼가는 모양새였다. 용의자가 죽어버려서 더 이상 나눠 먹을 파이가 없다는 게 팀장들이 적극적으로 나서지 않는 이유일 것이다. 광수대장은 마지막으로 내일 기자회견에 대한 설명으로 회의를 끝내고자 했다.

"내일 기자회견은……."

광수대장은 오 팀장의 시선이 빠르게 수사과장을 거쳐 자신에게 와서 멈추는 것을 보고 말을 끝내지 못했다. 저 두 사람 사이에 모종의 합의가 있다는 걸 동물적으로 알아챘다.

"대장님, 저는 사건을 수사한 팀장으로서 수사 종결을 반대합니다. 차정후가 유력한 용의자인 것은 의심할 여지가 없지만 그가 '자살'을 했다는 것도 확실치 않고, 현장에 남겨진 패턴 역시 두 건의 연쇄살인과는 차이가 있습니다. 보강수사가 필요합니다."

광수대장 손바닥에 땀이 뱄다. 오 팀장 혼자 하극상에 가까운 반대 의견을 공개적으로 제기하는 것은 불가능했다. 수사과장의 라인에 오 팀장이 올라탄 정황이었다. 이것으로 몸이나 사릴 줄 아는 뒷방 늙은이에게 힘이 생겼다. 멍청한 자식, 가만히 있었으면 떨어지는 부스러기라도 주워 먹었을 텐데. 그는 속으로 탄식 같은 욕설을 내뱉었다.

"현장감식을 한 과수팀도 자살 의견을 낸 마당에 전문가 의견을 무시하는 객관적 이유가 있나?"

광수대장은 평소보다 목소리를 한 톤 낮춰 되물었다. 음성은 가라앉았지만 질문이 아닌 질책에 가까웠다. 화가 날수록 냉정하고 차분해지는 그였다. 뱀같이.

"자살을 한 동기를 찾을 수가 없습니다. 게다가……."

"그러니까 객관적인 이유는 없고, 개인적인 느낌만으로 수사 종결을 반대한다는 건가?"

한발 빨랐다. 광수대장은 너무 빠른 타이밍에 오 팀장의 말을 끊은 것을 순간 후회했다. 조급해 보이면 숨겨놓은 의도가 드러날 수도 있었다. 찰나의 순간, 오 팀장과 수사과장의 시선이 교차했다.

"직접 수사하던 팀장의 의견인데 조금 더 들어보지."

예상대로 너구리 같은 수사과장이 끼어들었다. 사전에 두 사람이 말을 맞춘 게 분명했다.

"앞선 두 건의 경우 범행의 목적이 물색이라면 차정후의 경우엔 살인 그 자체에 목적이 있습니다. 저희 팀은 동일범의 소행으로 보지 않습니다."

오 팀장의 말대로라면 진짜 연쇄살인마와 놈의 수법을 모방한 카피캣이 각각 있다는 뜻이었다. 수사과장의 방에서 얘기했던 것과는 정반대의 폭탄 발언이었다. 광수대장은 머리로 피가 쏠려 뜨거워지는 걸 느꼈다. 모두의 시선이 오 팀장에게 집중됐다. 날카롭게 날이 선 눈빛들이었다.

"보고서 외에 추가로 수사해서 밝혀진 사항이 더 있는 건가?"

최대한 감정이 드러나지 않도록 높낮이조차 없는 말투로 그가 물었다. 만약 오 팀장의 말을 뒷받침할 만한 객관적인 증거가 있다면 빨리 발을 빼야 했다. 달리는 호랑이에 잘못 올라탔다간 목이 부러질 상황이었다.

"추가적으로 밝혀진 사실은 없습니다. 하지만 정황상……."

광수대장은 하마터면 공개 석상에서 욕설을 내뱉을 뻔했다. 정황만으로 수사과장 앞에서 폭탄 발언을 하다니 오 팀장 정신이 어떻게 된 게 아닐까 의구심마저 들었다. 그게 아니라면 의도를 숨기고 있는 것일 터였다.

"과수팀이 감식한 결과 타살이라는 증거는 아무것도 없었어. 또 두 건의 피해자들과 차정후의 인과관계가 드러났는데 무슨 근거로 각각의 범인이 따로 있다는 건가? 혹시, 오 팀장 요즘도 어디 가서 점 보고 그러는 거 아니지?"

회의실 여기저기서 소리를 죽인 실소가 새어 나왔다. 지금 상황이라면 수사과장이라도 무작정 오 팀장 편에 설 수 없을 것이다. 그래서 지금이 승부처라고 광수대장은 생각했다.

"과장님께서는 어떻게 생각하십니까?"

이제 수사과장은 어느 쪽이든 선택해야만 했다. 침묵이 길어질수록 그의 우유부단하고 무기력한 모습이 드러날 것이다.

"기자회견은 예정대로 정 대장이 진행해."

수사과장은 한참을 고민한 뒤 침묵을 깼다.

"단, 기자회견에서, 가장 유력한 용의자가 자살한 사실을 던져주고 추가적인 수사는 진행 중이라고 약을 쳐. 혹시 모르니까. 그리고 오 팀장은 계속 수사를 진행해봐. 이상."

수사과장은 말을 마치고 일어섰다. 그로서는 최선의 선택이었을 것이다. 하지만 회의에 참석한 팀장들은 그가 오 팀장을 이용해 책임을 회피했다고 생각할 것이다. 광수대장은 수사를 종결하는 데 그리 시간이 오래 걸리지 않을 거라고 확신했다.

14

국과수에 도착했을 즈음 하늘이 어두워지고 빗방울이 떨어지기 시작했는데, 어느새 제법 굵은 빗줄기로 바뀌어 있었다. 두만은 몸에 묻은 물기를 손으로 대충 털어내고 운전석에 앉았다. 강원도라 그런지 한기까지 느껴졌다. 샘플을 넘겼으니 분석 결과가 나오길 기다리는 것밖에는 달리 할 일이 없었다.

임수근 박사는 여전했다. 그는 사람 좋은 미소를 지으며 직접 내린 커피를 두만에게 내밀었다.

"이것들이 차정후의 상피세포와 냉장고 안, 그리고 밴에서 나온 땅콩껍질의 샘플인 거죠?"

"예, 긴급으로 부탁드립니다."

임 박사는 고개를 끄덕였다. 그는 이미 대강의 사건 정황에 대해 파악하고 있었다.

"박사님, 앞서 의뢰드린 샘플의 분석 결과는 나왔습니까?"

"결과는 나왔죠. 감정서는 아직 발급 전이지만."

"역시, 동일인인가요?"

"1차 사건과 2차 사건, 선우현 팀장이 따로 의뢰한 샘플에서 모두 동일한 남자의 DNA가 검출됐어요."

결과만 놓고 보면 세 곳에 같은 사람이 땅콩껍질을 유기했고, 그가 유력한 용의자라는 걸 의심할 여지가 없었다.

"강 반장이 DNA 샘플을 들고 국과수에 급하게 달려온 거 보면 앞서 의뢰된 땅콩껍질에서 나온 DNA와 차정후의 DNA가 일치하지 않을 거라 생각하나 봐요? 죽은 차정후가 도망갈 리는 없고, 아직 도망갈 놈이 남아 있다는 얘긴데."

"직접 현장수사를 하셔도 저보다 잘하실 것 같습니다."

임 박사가 손사래를 치며 미소를 지었다.

"형사는 아무나 하나요. 저 같은 사람은 사건 현장에 시체로 누워 있기 십상이죠."

두만도 미소를 지었다. 마음이 조급한 탓에 억지웃음처럼 보였을지도 모른다.

"박사님, 결과 나오려면 오래 걸릴까요?"

"좀 걸리죠. 그래도 최대한 빨리해봅시다. 나도 궁금하니까."

어느새 빗줄기는 폭우로 바뀌었다. 차창을 타고 흐르는 빗물에 앞이 흐려져 아무것도 보이지 않았다. 두만은 담배 생각이 간절했지만 비를 맞을 엄두가 나지 않아 운전석에 그대로 앉아 있었다.

두만은 휴대폰을 열어 통화 목록을 확인했다. 내내 손에 쥐고 있던 탓에 휴대폰이 울리는 걸 모를 리 없었지만 혹시나 하는 마음에서였다. 희령이나 선우현으로부터 걸려온 전화나 문자메시지는 없었다. 두만은 전화를 걸어볼까 망설이다가 선우현을 믿고 기다려보기로 했다. 그가 조급한 티를 낼수록 희령이 더 불안해할 것이다.

두만은 담배를 꺼내 입에 물었다. 숨을 들이마시자 잘 마른 연초 향이 났다. 불을 붙이지 않은 담배를 물고만 있어도 답답하던 명치끝이 조금쯤 시원해졌다.

두만은 문서 뷰어 앱으로 한 형사에게 받은 차정후의 휴대전화 통화 내역을 열었다. 그는 차정후의 휴대폰이 꺼진 날을 기준으로 통화 목록을 하나씩 확인해나갔다. 차정후의 은신처를 찾느라 유선 전화번호만 추려서 확인했기 때문에 전체적인 분석은 아직 시작도 못 한 셈이었다. 차정후의 통화 패턴은 한눈에 보기에도 분명했다. 대부분 AS 때문에 당일 방문 고객에게 전화를 건 내역이었다. 용건만 주고받아서 통화 시간도 짧았고, 같은 번호와 여러 번 통화한 내역도 눈에 띄지 않았다.

두만은 내역을 확인하다 희령의 전화번호를 발견했다. 한희령, 37세.

한 형사는 통화 패턴이 튀는 번호의 명의자를 따로 조회해 두었다. 그중 희령의 이름을 본 순간, 두만의 심장이 빠르게 뛰기 시작했다. 놈이 죽은 걸 아는데도 두근거림이 계속됐다. 두만은 뻣뻣해진 손가락의 마디를 힘주어 하나씩 꺾었다. 뚝, 뚝, 소리가 날 때마다 그는 놈이 이미 죽었다는 걸 떠올렸다. 열 손가락을 모두 꺾고 두 번째 마디를 꺾고서야 치솟던 감정선이 비로소 아래로 꺾였다.

차정후의 통화 패턴을 보면 놈은 AS가 끝나면 고객들에게 전화를 걸지 않았다. 중복된 번호와 통화를 해도 고객 쪽에서 발신한 통화였다. 그런데 놈은 희령에게만 먼저 전화를 걸었다. AS 말고 뭔가 다른 목적이 남아 있었던 거다.

희령은 차정후가 냉각 팬에 문제가 있어서 냉기가 골고루 퍼지지 않는 거라며 오후에 방문하겠단 약속을 잡았다고 했다. 냉동실에 냉기가 골고루 퍼지지 않은 건 사실이었다. 놈은 AS 센터에 접수도 하지 않은 고장을 어떻게 알았을까? 아마 차정후는 최초 방문 당시 냉장고의 고장을 알고도 고치지 않았거나 멀쩡한 부품을 고의로 고장 냈을 것이다. 놈은 어떤 이유로든 다시 방문할 구실을 남겨두었던 거다.

약속을 잡고 난 후에는 정상적인 통화가 이루어지지 않았다. 희령의 핸드폰에는 두 번의 부재중 통화 기록이 남아 있었다. 그리고 놈은 전화를 달라는 문자까지 남겼다. 놈은 희령에게 방문하려는 분명한 의지를 보였다. 그런 놈이 몇 시간 만에 자살을 했다고? 두만은 변수 하나가 점점 명확해지는 걸 깨달았다.

놈은 희령을 만나서 뭘 하려고 했을까? 차정후가 죽었다는 걸 아는데도 두만은 소름이 돋았다.

차정후의 통화 내역에는 희령과 통화한 후에 두 번의 수신 기록이 있었다. 4시 25분에 전화를 건 '1708'은 4분 20초 동안 통화를 했다. 다른 번호에 비해 압도적으로 긴 시간이었다. 한 형사는 해당 번호의 명의자가 유령법인이며 추가 수사가 필요하다는 메모를 남겨놓았다. 대포폰이었다. '1708'은 차정후와 통화가 끝나고 한 시간 뒤 전원이 꺼졌고 다시 켜지지 않았다. 한 형사의 메모대로 추가 수사가 필요했다. 두만은 한 형사에게 전화를 걸었다. 연결음이 계속되다 음성사서함으로 넘어갈 즈음 그가 받았다.

"반장님, 지금 난리 났어요. 팀장님이 차정후가 진범이 아니라고 수사 회의에서 폭탄을 던졌어요. 그것 때문에 대장님이 우리 팀에 와서 너네 팀장이 말한 진범 잡을 때까지 무기한 야근하라고 대놓고 갈구고 갔고요."

그가 목소리를 죽여 거의 속삭이듯 말했다.

"보강수사가 필요하다 정도가 아니고, 진범이 아니라고 했다고?"

"말이야 어떻게 했는지 몰라도, 대장님이 받아들인 건 '진범이 아니다'라는 거죠. 우리 새가슴 팀장님이 평소랑 다르게 왜 그러실까요? 반장님이 좀 어떻게 해봐요."

"차정후, 진범 아니야. 그러니까 당분간 집에 들어갈 생각 말고 팀장님 좀 챙겨."

"어! 뭐가 나왔어요?"

"아직은 확실치 않아. 그보다 차정후 핸드폰으로 전화 건 대포폰 있잖아. 한 형사가 조회한 그 번호 말이야. 그거 발신, 역발신 내역 추적해서 알아봐줘."

"제가 패턴 보고 수상해서 먼저 찍었던 그 번호 말씀하시는 거죠?"

"그래, 광수대 에이스인 네가 먼저 찍은 그거. 그러니까 통화 내역 메일로 쏴줘."

"저, 근데 팀장님 괜찮을까요? 계속 한숨 쉬고 계시는데."

"한 형사가 유리 멘탈 팀장님 깨지지 않게 잘 좀 잡고 있어. 차정후, 절대 진범 아니니까."

"알겠습니다. 뭐, 나오면 바로 연락 주세요."

"내가 광수대 에이스를 빼고 무슨 일을 하겠냐. 아, 그리고 차정후 사망 당일 행적 좀 수사해서 동선 복원해봐."

"이미 자살한 놈을요?"

"차정후 자살한 거 아니니까, 좀 파봐."

전화를 끊었다. 귀가 먹먹할 정도로 억수같이 비가 쏟아지고 있었다. 두만은 물속에 가라앉는 난파선에 탄 기분마저 들었다. 그는 다시 통화 내역을 훑었다. 차정후 휴대폰이 꺼지기 전 마지막 통화로 기록된 '5225'와 몇 번의 중복 통화 기록이 있는지 살펴보았다. 한 형사도 같은 생각을 했는지, 몇 칸 아래 있는 '5225'에 밑줄을 긋고 메모를 남겨놓았다.

'정인혜, 23살. AS 받은 뒤, 성능 문제로 서비스 추가 요청.'

차정후의 소재를 파악하는 것이 중요했으니 한 형사는 '5225'가 AS 고객으로 확인되자 더 검토할 필요성을 못 느꼈을 것이다. 스크롤을 끝까지 내렸지만 차정후와 정인혜가 통화한 내역은 두 번이 전부였다.

두만은 '5225'로 전화를 걸었다. 연결음이 계속되다 음성 사서함으로 넘어갔다. 두만은 다시 전화를 걸었다. 이번에는 음성사서함으로 넘어가기 전에 전화를 받았다. 하지만 전화기 너머에서는 숨 쉬는 소리조차 들리지 않았다. 경계하고 있다는 느낌이 들었다. 두만은 낯선 번호로 걸려오는 전화에 과도한 경계심을 보이는 사람들을 알고 있었다. 그들은 대부분 범죄 피해자들이었다.

"전 서울청 광역수사대 소속 강두만 경위입니다. 정인혜 씨되시죠? 냉장고 AS를 받은 차정후 기사 때문에 전화를 드렸습니다. 통화 가능하실까요?"

두만은 소속과 용건을 밝히고 기다렸다. 상대방이 말을 할 때까지.

"……지난번에 다 말씀드렸는데요."

경계심이 묻어나는 작은 목소리였다.

"차정후 기사한테 AS를 받으시고 나서 다시 전화를 걸었던데, 무슨 일 때문이죠?"

"별다른 건 없었어요. 제상히터인가 하는 걸 교체했는데도 냉동실 온도가 얼음이 얼 정도로 내려가질 않아서 전화했어요. 명함을 주고 갔거든요."

"그래서요?"

"그분이 지금 수리 중이라고, 마무리되면 다시 전화한다고 했어요. 전화는 오지 않았고요."

"서비스 중이라고 했다는 거죠?"

"저한테는 그렇게 말했어요."

차정후의 통화 내역을 보면 다음 서비스 일정은 없었다. 있었다면 희령에게 전화를 걸어서 방문 약속을 잡지 않았을 것이다. 또 희령 외에 다른 방문 약속이 있었다면 종전과 같은 패턴대로 놈이 먼저 전화를 건 내역이 남았을 것이다. 그럼에도 작업 중이라고 했다면 돌발적인 AS 건이라는 거고, 대포폰 사용자가 유력한 용의자라는 뜻이었다.

"감사합니다. 혹시 사소한 거라도 기억나는 게 있으면 언제든 전화 주세요. 그리고 이번 일이 아니더라도 신변에 위험을 느끼시는 경우가 생기면 바로 전화 주세요. 개인적으로라도 도움이 돼드리겠습니다."

"고맙습니다."

두만은 차정후의 전화기가 꺼진 시점과 그의 죽음, 대포폰이 일직선으로 연결돼 있다고 확신했다. 두만은 계속해서 메일함의 '새로고침'을 눌렀고, 몇 번의 시도 끝에 한 형사가 보낸 메일을 받을 수 있었다.

대포폰의 발신 내역은 사용 기간이 길어 광범위했다. 대충 훑어봐도 A4 백여 장분은 돼 보였다. 스크롤을 내리는 중에 중국의 국가번호인 '86'이 자주 눈에 띄었다. 조선족이나 중국과 관련된 비즈니스를 하는 사람이 사용했던 대포폰으로 보였다. 두만은 스크롤을 마지막 장까지 내려 최근 통화 내역을 살폈다.

몇 장 거슬러 올라가지 않아도 분명한 사용 패턴을 알 수 있었다. 사용자는 단기간에 특정 번호와 집중적으로 통화하다 그 기간이 끝나면 다시 통화하지 않았다. 그러다 다시 새로운 번호와 집중적으로 통화하는 패턴이었다. 집중적 통화 그리고 단절. 보통 보이스 피싱이나 마약 같은 불법적인 걸 거래할 때 나타나는 전형적인 패턴이었다. 그런데 마지막 차정후와 통화한 내역은 좀 달랐다. 전화기는 두 달 전부터 꺼져 있었고 통화 내역도 전혀 없었다. 그러다 전원이 켜지고, 딱 한 번의 통화를 한 뒤 다시 꺼졌다. '1708'은 마치 차정후와 단 한 번의 통화를 하기 위해 준비한 대포폰처럼 보였다.

통화를 위해 대포폰이 켜진 곳은 은평구 수색동의 기지국이었고, 전원이 꺼진 기지국은 차정후의 작업실이 있는 천호동 재개발지구였다. 더 이상의 단서는 없었다. '1708'이 차정후의 죽음과 연관된 것이 분명한데 두만은 더 이상 쫓아갈 방법이 없었다. 지금으로서는 한 형사의 행적수사에서 뭔가 나오길 기대하는 수밖에 없었다.

임 박사의 DNA 분석 결과가 차정후의 것으로 나오면 윗선에선 사건을 종결시킬 것이다. 그래야 그들이 책임질 게 적어지기 때문이다. 하지만 '1708'의 꼬리를 잡지 못하는 한 희령은 집으로 돌아갈 수 없을 것이다. 쉼 없이 들이닥치는 공황과 불안으로 정상적인 삶 또한 살 수 없을 것이다.

축축하게 젖은 옷 때문인지 몸이 떨려왔다. 두만은 자동차의 시동을 걸고 히터를 켰다. 통풍구에서 찬 바람이 흘러나오다가 차츰 따뜻한 바람으로 바뀌었다. 두만은 잠시 눈을 감았다. 피곤이 몰려왔다.

휴대폰의 진동에 눈을 떴다. 임수근 박사였다. 얼마나 잠들어 있었던 거지? 두만은 잔기침을 몇 번 한 후 전화를 받았다.

"박사님, 결과 나왔습니까?"

"얼른 와요. 원하는 결과인지는 모르겠지만."

두만은 운전석 문을 열고 밖으로 나왔다. 차창을 때리던 비는 그사이 가늘어져 안개처럼 몸에 들러붙었다. 머리와 옷이 금방 축축해졌다. 뿌연 습기에 둘러싸인 국과수 본관 건물은 을씨년스러웠다. 두만은 빗물인지 땀인지 모를 물기를 털며 국과수 층계를 뛰어올라갔다.

임수근 박사는 분석 결과를 모니터로 보고 있었다. 그의 표정만으로 두만은 결과를 짐작할 수 있었다.

"분석이 어렵지는 않았어요. 대조할 프로필이 확실했으니까요. DB에서 일치하는 DNA를 찾아낼 필요가 없어서 결과도 빨리 나왔고요."

"역시 기존에 의뢰된 것과 같은가요?"

"기존에 의뢰된 땅콩껍질에서 검출된 DNA와 이번에 의뢰된 땅콩껍질에서 나온 DNA는 전부 일치했습니다. 이렇게 확보된 DNA 프로필과 차정후의 구강에서 채취한 DNA 프로필을 비교한 결과 이것도 일치했습니다. 땅콩껍질을 버린 사람이 차정후라는 거죠. 마지막으로 현장에서 발견된 혈흔을 차정후의 DNA 프로필과 비교해봤는데 이것도 일치했습니다. 과수팀이 채취한 다른 샘플도 분석해봐야 확실해지겠지만 현재 사건 현장에서 발견된 DNA 샘플에서 제삼자의 DNA

프로필은 발견되지 않았습니다. 이번엔 강 반장의 촉이 빗나 간 거 같습니다."

쉽게 갈 수 있는 길이 사라졌다. 차정후가 범인이 아니라는 걸 증명할 증거는 어디에도 없었다. 두만은 짧게 신음을 내뱉 었다.

"박사님, 감정 결과는 언제 통보될까요?"

"정식 감정서는 일주일 정도 걸리지만 내일 오전쯤 과수팀 에서 전화로 결과를 물어올 거예요. 윗분들이 관심이 많은 사 건이잖아요."

"최대한 늦춰주실 수 있을까요?"

"기껏해야 한두 시간 정도죠. 선수들끼리 오래 끌 수 없잖 아요."

"어찌 됐든 감사합니다."

"강 반장은 결과가 납득되지 않는군요?"

"연쇄살인의 현장을 보면 분명한 범행 동기가 있습니다. 차 정후는 속옷이나 훔치는 변태고요. 세 건의 사건 현장을 하나 로 묶을 만한 동기가 없습니다. 게다가 차정후가 자살할 객관 적 이유 역시 없고요."

"개인적으로는 강 반장 말에 어느 정도 동의합니다. 하지만 과학은 결과를 가지고 합리적으로 추론해야 합니다. 그 추론 에 따르면 그가 범인이 맞습니다."

"결과를 바꿀 수 없다면 조건을 바꿔보겠습니다. 땅콩껍질에서 차정후의 DNA가 검출된 결과는 바꿀 수 없지만 땅콩껍질을 유기한 사람이 차정후가 아니라는 건 증명해보겠습니다."

"강 반장의 추론에는 아직 찾지 못한 변수들이 너무 많군요."

"알고 있습니다. 이제부터 변수를 줄여보겠습니다."

"결과 통보를 미룰 수 있는 건 아무리 길어도 반나절이에요. 행운을 빌어요."

"감사합니다."

두만은 빠른 걸음으로 국과수 건물을 빠져나왔다. 비는 그쳤지만 숨을 쉴 때마다 콧속으로 습기와 함께 물비린내가 올라왔다. 두만은 휴대폰을 열어 통화 목록을 확인했다. 부재중 통화는 없었다. 두만은 선우현에게 전화를 걸었다. 연결음이 계속되다 음성사서함으로 넘어갔다. 다시 희령에게 전화를 걸었다. 마찬가지로 연결음이 계속되다 음성사서함으로 넘어갔다.

무슨 일이 있는 걸까? 두만은 시동을 걸고 불길한 상상을 지우듯 와이퍼를 켰다. 와이퍼가 바쁘게 움직여 차장의 물기를 걷어냈지만 그의 불안한 상상까진 지우지 못했다. 두만은 액셀을 힘껏 밟았다. 주차장을 빠져나가는 두만의 차가 굉음을 냈다.

15

경계석을 넘어 달려들 것 같던 쏘나타가 눈앞에서 멈췄다. 희령은 무릎이 꺾일 것 같아 다리에 힘을 주었다. 힘을 줘도 양쪽 무릎이 눈에 띄게 흔들렸다. 그녀는 의식적으로 숨을 천천히 들이마시고 뱉어냈다. 의지 때문인지, 아니면 혈관 속에 남은 약효 때문인지 그녀의 쇼크가 공황발작으로 이어지지는 않았다. 희령은 눈을 감지 않고 정면으로 쏘나타를 보았다. 짙은 선팅 때문에 쏘나타의 내부가 보이지 않았지만 그녀는 바로 앞의 보조석 창문을 노려보았다.

쏘나타의 창문이 내려갔다.

"희령 씨?"

익숙한 목소리에 희령은 허리를 숙이고 차 안을 들여다보았다. 선우현이었다. 그는 운전석에서 상체를 숙여 희령과 눈을 맞췄다.

"어, 여긴 어떻게?"

희령은 한숨처럼 크게 숨을 뱉어냈다. 흔들리던 무릎에 힘이 들어가는 게 느껴졌다.

"다행이네요. 멀리서 보고 혹시나 했어요."

"일부러 오신 거 맞죠?"

"강 반장이 희령 씨가 병원에 혼자 갔다고 모시고 오라고 해서요."

"제가 괜히 전화해서."

"마침 집에 뭘 가지러 가던 길이었어요. 부담 갖지 않아도 됩니다. 어서 타요."

희령은 조수석의 문을 열고 차에 탔다. 선우현은 그녀가 안전벨트를 맬 때까지 차를 출발시키지 않고 기다렸다.

"혹시, 최근에 이상하게 자주 마주친다 싶은 사람은 없어요?"

선우현의 시선이 상가의 출입구에 고정돼 있었다. 희령의 시선도 그를 따라 출입구에 머물렀다. 엘리베이터에서 만난 모자를 쓴 남자도, 기억날 만큼 특별한 옷차림의 사람도 보이지 않았다. 희령의 시선이 출입구에서 돌아와 선우현의 옆얼굴에서 멈췄다. 날카로운 눈매와 부드러운 턱선이었다. 생각해보면 두만을 제외하고 최근에 희령이 자주 마주친 사람은 선우현이었다.

"아무리 사소한 거라도 조심해서 나쁠 건 없어요."

"고맙습니다."

"아, 제가 괜한 잔소리를 했군요. 이게 직업병 같은 거라 잘 안 고쳐지네요."

"두만 씨도 자주 그래요. 고맙습니다."

선우현이 미소 지었다. 날카롭던 눈매가 한순간에 부드러워졌다. 차가 천천히 출발했다. 아직 도로에 차가 많아지기엔 이른 시간이라 금방 속도가 붙었다. 그는 1차로로 차선을 바꾸더니 속도를 냈다.

그의 시선이 룸미러와 사이드미러 사이를 바쁘게 오갔다. 사거리에 들어서기 직전 신호등이 황색 신호로 바뀌자 선우현은 급하게 차를 세웠다.

찰칵, 급제동에 열쇠들이 서로 부딪히는 소리가 들렸다. 희령의 몸도 앞으로 쏠렸다.

"놀라셨죠? 미안합니다."

선우현이 시선을 룸미러에 고정한 채 사과를 했다. 차에 꽂힌 열쇠와 함께 묶여 있던 열쇠들이 금속성을 내며 흔들렸다. 자동차 열쇠, 푸른 수염의 방 열쇠 그리고 서랍 열쇠처럼 보이는 작은 열쇠 두 개.

희령은 잠금장치를 여는 여러 가지 방법을 떠올렸다. 푸른 수염의 방 문을 열어야 그의 숨겨진 얼굴을 볼 수 있을 것이다. 그녀는 인터넷에서 본 대로 열쇠를 복제하기로 마음먹었다.

희령의 시선이 자신에게 머물자 선우현은 그녀를 향해 고개를 돌렸다. 그는 선한 미소를 짓고 있었다. 희령은 그의 미소를 보고 자신이 잘못 생각하고 있는 건 아닐까 순간 혼란스러웠다. 따지고 보면 그는 기꺼이 자신의 집을 내주었고, 그녀를 데리러 와준 고마운 사람이었다.

혹시, 선우현이 문제가 아니라 병이 문제였던 건 아닐까? 희령은 자신을 의심했다. 같은 마트를 이용하고, 같은 디자인의 그릇을 사고, 같은 식물을 키운다고 해서 그를 의심하는 건 편집증 때문이 아닐? 질문을 할수록 질문이 더 많아졌다. 그녀는 점점 자신이 없어졌다. 희령은 시선을 차창 밖으로 돌렸다.

'아니야. 다시 닫힌 방 안으로 돌아가지 않아.'

그녀는 속으로 중얼거렸다. 설사 자신의 편집증 때문이라 해도 푸른 수염의 방 문을 열고 직접 두 눈으로 확인해야 한다고 생각했다. 그래야 닫힌 방에서 스스로 나올 수 있었다.

차창 밖을 보다가 무심히 사이드미러를 본 희령의 시야에 검은색 승용차가 들어왔다. 희령은 갑자기 불안해졌다. 승용차는 두 사람이 탄 차 뒤에 바싹 붙었다. 그녀는 아예 몸을 돌려 뒤에 있는 승용차를 보았다. 신호가 바뀌고 선우현의 차가 속도를 냈다. 검은색 승용차가 같은 속도로 따라왔다. 선우현이 차량의 속도를 천천히 줄였다. 검은색 승용차는 차선을 바꿔서 그들의 차를 앞질러 갔다. 희령은 자꾸 뒤를 돌아보았다. 선우현의 시선이 룸미러에 잠시 머물다 희령에게 향했다.

"계속 확인했는데 따라붙은 차는 없어요. 걱정하지 말아요."

그가 다시 선한 얼굴과 말투로 그녀를 다독였다.

"죄송해요. 그냥 불안해서요."

희령은 선우현이 위험한 사람일지도 모른다고 여러 번 되풀이해서 생각했다. 그래야 열쇠를 복제할 용기가 남는다. 아니면 그의 선한 미소에 기껏 다짐한 것들을 잊어버릴지 모른다.

"강 반장도 국과수에서 오는 중이에요. 그래도 거리가 있어서 좀 걸리긴 할 거예요."

희령은 대답 대신 뒤를 돌아보았다. 그의 말대로 눈에 띄는 차는 없었다. 희령은 일부러 불안한 기색을 보이며 손톱을 물어뜯었다. 딱딱, 이가 부딪치는 소리가 단조롭게 울렸다.

"괜찮아요?"

"저, 죄송하지만 물 좀 사다 주시겠어요? 약을 먹어야 할 것 같아요. 불안해서요."

"그래요. 그래도 너무 걱정 말아요. 제가 같이 있으니까."

선우현이 비상등을 켜고 편의점 앞에 차를 세웠다. 그는 시동을 걸어둔 상태로 차에서 내려 편의점으로 빠르게 걸어갔다. 희령은 재빠르게 운전석으로 몸을 기울여 자동차의 시동을 끈 뒤 열쇠를 돌려서 뺐다. 그리고 차 문을 잠갔다.

희령은 에코백을 뒤져 간호사가 복약지도를 하던 유성 펜과 신용카드를 꺼냈다. 그녀는 인터넷에서 본대로 신용카드 위에 푸른 수염의 방 열쇠를 놓고 그대로 본을 떴다. 손이 떨려 모양이 깔끔하게 그려지지는 않았지만 형태는 분명하게 남았다.

편의점의 유리문 너머 선우현이 계산을 하는 모습이 보였다. 희령은 서랍 열쇠를 놓고 다시 본을 떴다. 이렇게 해서 인터넷 동영상처럼 문이 열릴지는 알 수 없었지만 그녀에게 다른 선택지는 없었다. 구불구불 플라스틱 카드 위에 선이 그어졌다. 열쇠를 뗐다. 열쇠의 모양이 그대로 카드 위에 남았다.

선우현이 물병을 받아 들고 편의점 유리문을 밀고 나왔다. 희령은 작은 열쇠 두 개 중에 나머지 하나를 카드 위에 올려놓고 본을 떴다.

두 번째 열쇠의 본을 뜨는 사이 선우현은 손을 뻗으면 닿을 것 같은 거리까지 가까워졌다. 선우현이 가까워질수록 열쇠를 따라가는 선이 비뚤어졌다. 열쇠를 뗐다. 열쇠의 모양이 제대로 그려지지 않아 모양을 알아볼 수 없었다. 희령은 열쇠를 카드의 모서리로 옮겨 다시 본을 떴다.

덜컥, 선우현이 운전석 손잡이를 잡아당겼다. 놀라서 심장이 떨어질 것 같았다. 손이 덜덜 떨렸다. 문이 열리지 않자 그는 손으로 빛을 가리고 차 안을 들여다보았다. 숨소리마저 죽인 채 그대로 있었다. 짙은 선팅 때문에 그는 안이 잘 보이지 않는 것 같았다.

덜컥, 덜컥, 그가 당황한 표정으로 운전석 문을 여러 번 잡아당겼다. 희령의 손이 열쇠의 마지막 돌기 모양을 따라 빠르게 움직였다. 열쇠를 떼고 보니 열쇠의 모양이 신용카드 위에 제대로 남았다. 희령은 신용카드와 유성 펜을 에코백에 되는대로 쑤셔 넣었다.

선우현이 난처한 얼굴로 주머니를 뒤졌다. 아마도 그는 열쇠를 찾고 있는 것 같았다. 똑똑똑, 그가 노크하듯 창문을 두드렸다. 당황한 기색이 역력했다.

"희령 씨, 희령 씨, 괜찮아요?"

웅, 우웅, 웅, 차창 밖에서 휴대폰의 진동 소리가 들렸다. 선우현이 점퍼 주머니에서 급하게 휴대폰을 꺼내는 순간 뭔가가 바닥으로 떨어졌다. 아주 짧은 순간이었지만 희령은 그게 뭔지 알 수 있었다. 흑단나무에 은색의 띠가 둘러진 한 뼘 정도 길이의 물건. 접이식 주머니칼이었다. 선우현의 주방 서랍에 행주로 싸여 있던 식칼의 손잡이와 같은 디자인이었다.

선우현은 주머니칼을 주운 후 점퍼 주머니에 다시 넣었다. 그는 액정을 보며 망설이다 결국 전화를 받지 않았다. 몇 번 더 울리던 전화가 끊어졌다. 희령의 머릿속에 칼날이 펼쳐진 주머니칼의 이미지가 떠올랐다. 그녀는 숨이 잘 쉬어지지 않았다.

웅, 우웅, 웅, 휴대폰이 다시 울렸다. 이번엔 희령의 휴대폰이었다. 휴대폰 액정에 두만의 이름이 뜨자 희령은 안도했고, 다시 숨을 쉴 수 있었다. 느닷없이 눈물이 흘렀다. 희령은 고개를 숙이고 손으로 얼굴을 감쌌다. 손가락 사이의 틈으로 비교적 선팅이 약한 전면 유리창을 통해 안을 살피는 선우현의 모습이 보였다.

"희령 씨!"

선우현이 소리를 질러 희령을 불렀다. 희령은 비로소 얼굴을 가리고 있던 손을 떼고 선우현을 똑바로 보았다. 손이 젖어 있었다.

"희령 씨, 조수석으로 최대한 물러나요. 제가 유리를 깰 거예요."

선우현은 운전석 쪽으로 와 주머니칼을 손으로 감아쥐고 유리를 내려치려 했다. 희령의 휴대폰이 계속 울리고 있었다. 휴대폰 진동이 마치 두만이 보내는 신호처럼 느껴졌다. 걱정하지 말라고, 당신 곁에 내가 있다고. 희령은 천천히 몸을 기울여 잠긴 도어록을 풀었다. 휴대폰의 진동이 멈췄다.

선우현이 운전석 문을 열고 상체를 굽혀 조심스럽게 희령을 살폈다.

"괜찮아요?"

그는 희령의 젖은 얼굴을 보고 당황하고 놀란 표정이었다.

희령은 키홀더를 선우현에게 내밀었다. 손끝이 떨려 열쇠들이 부딪히며 쇳소리를 냈다. 선우현은 쥐고 있던 주머니칼을 급하게 주머니에 넣고 키홀더를 받았다.

"다시 병원으로 갈까요?"

희령은 고개를 흔들었다.

"불안해서요. 누가 차에 탈까 봐, 저를 태운 채 그대로 달릴까 봐……."

"미안합니다. 거기까지 생각을 못 했어요. 제가 부주의한 탓입니다."

그가 물을 건넸다. 선우현은 차에 올라타서도 희령이 진정될 때까지 아무 말 없이 기다려주었다. 희령은 약을 꺼내서 물과 함께 입 속에 넣고 삼켰다.

"출발해도 괜찮겠어요?"

희령이 고개를 끄덕였다. 차가 천천히 움직였다. 차선을 바꾸고 선우현의 시선이 앞을 향하자 희령은 슬그머니 알약을 손에 뱉어냈다. 등에서 식은땀이 흘렀다. 생각을 행동으로 옮기는 데 필요한 용기는 두려움을 참아낸 후에 생기는 게 분명했다.

선우현이 시선은 앞을 향한 채 한 손으로 액정을 눌러 전화를 걸었다. 그는 한쪽 귀에 대고 있던 전화를 곧 내렸다.

"강 반장, 통화 중이네요. 희령 씨가 걸어볼래요?"

"다시 하겠죠."

희령은 전화기를 손에 쥔 채 대답했다.

"그래요. 통화 끝나면 다시 걸겠죠."

"저, 미안합니다."

희령이 사과했다. 선우현이 잠시 그녀 쪽을 보고는 손을 휘저었다.

"아닙니다. 좀 더 신경을 썼어야 했는데, 제가 미안합니다."

두 사람은 어색하게 앞만 바라보았다. 쏘나타가 교차로를 지나 상암동으로 들어섰다. 멀리 방송국의 뉴스 전광판이 보였다. 연쇄살인마가 자살했다는 뉴스 속보가 계속되고 있었다. 희령이 자신의 휴대폰 액정을 보았다. 두만의 통화가 길어지는지 전화기는 잠잠했다.

¤

모자를 쓴 남자는 상가의 출입구로 나오는 여자를 보고 바로 시동을 걸었다. 사진과 비교해볼 필요도 없었다. 검은색 재킷에 흰색 티셔츠, 운동화. 남자가 기어를 바꾸고 출발하려는 순간, 여자 옆으로 쏘나타가 급정거를 했다. 차에 가려져 여자가 시야에서 사라졌다.

남자는 주머니에서 펜을 꺼낸 뒤 급하게 메모할 종이를 찾았다. 수첩을 꺼내기에는 시간이 촉박했다. 그는 조수석의 회색 캐리어 위에 있던 약봉지를 집어 들었다. 약봉지에는 '성욕 감퇴', '식욕 부진', '하루 1번 정량 복용' 등의 검은색 글자와 밑줄, 별표가 어지럽게 그려져 있었다. 남자는 약봉지를 뒤집어 뒷면에 쏘나타의 차량번호를 메모했다.

쏘나타 위로 여자의 머리가 살짝 보였다가 사라졌다. 여자가 조수석에 올라탄 것 같았다. 모자 쓴 남자는 급히 도로를 대각선으로 가로질러 차를 1차선으로 붙였다. 쏘나타가 출발하자 남자는 불법 유턴을 해서 차를 쫓았다. 급회전 때문에 조수석에 있던 회색 캐리어가 한쪽으로 쏠리며 약봉지가 바닥에 떨어졌다.

남자는 1차로에서 빠르게 달리는 쏘나타를 3차로에서 한 박자 늦게 뒤쫓았다. 남자의 차 앞으로 다른 차들이 끼어들지 않아 쏘나타를 따라가는 게 크게 어렵지는 않았다. 사거리를 앞두고 신호가 황색으로 바뀌었다. 남자는 쏘나타가 가속해서 사거리를 넘어가리라 예상하고 액셀을 밟았다. 그런데 사거리를 충분히 넘어갈 수 있는 상황에서 쏘나타가 급정거를 했다. 뒤따르던 검은색 차량 역시 급정거를 했다.

남자는 속도를 내던 차를 도로 옆으로 급하게 붙여 세웠다. 3차로는 우회전 차선이라 정지선에서 길을 막고 서있으면 눈에 띌 수밖에 없었다. 신호가 바뀌고 쏘나타가 사거리를 넘어갔다. 남자는 우회전 차선에서 직진해 사거리를 넘어 쏘나타를 쫓았다.

쏘나타가 1차선에서 이유 없이 속도를 줄였다. 뒤따르던 차가 차선을 바꿔 추월했다. 남자는 쏘나타가 도로 흐름과 무관하게 운행하는 이유가 미행을 확인하기 위함이라는 걸 깨달았다. 남자는 일정한 속도로 차를 운전해 쏘나타를 추월한 뒤, 다시 도로변에 차를 세웠다. 쏘나타가 앞서가자 남자는 다시 속도를 내 쫓았다. 쏘나타는 따라붙은 차를 다 확인했다는 듯 도로 흐름에 맞춰 빠르게 달리기 시작했다. 모자 쓴 남자는 안심하고 차간 거리를 좁혀 쏘나타를 쫓았다.

1차로를 달리던 차가 급하게 차선을 옮겨 3차로로 들어왔다. 남자와 쏘나타 사이에는 겨우 택시 한 대만 있었다. 젠장, 남자는 자신도 모르게 욕설을 내뱉었다.

쏘나타는 3차로에 끼어든 뒤 속도를 줄여 아예 도로 옆에 멈춰 섰다. 쏘나타의 비상등이 켜졌다. 들켰나?

택시가 차선을 바꿔 쏘나타를 추월했다. 남자 역시 차선을 바꿔 쏘나타를 지나칠 수밖에 없었다. 쏘나타의 선팅이 진해 차량 내부는 보이지 않았다. 한 블록 정도 지나쳤을 무렵 쏘나타의 운전석 문이 열리고 회색 점퍼를 입은 남자가 내리는 것이 룸미러로 보였다.

모자 쓴 남자는 이면도로로 진입하는 골목에 차를 세웠다.

그는 차창으로 쏘나타를 지켜보았다. 쏘나타 운전석에서 내린 회색 점퍼의 남자는 급하게 편의점에 들어갔다. 자연스러운 몸짓이었다. 미행을 눈치챈 것은 아닌 듯했다.

남자는 쏘나타에서 눈을 떼지 않은 채 휴대폰의 '새로고침' 버튼을 눌렀다. '속보'라고 강조된 헤드라인이 줄줄이 검색됐다. 예외 없이 모두 자극적인 제목들이었다. '연쇄살인 용의자 변사체로 발견, 자살로 추정', '연쇄살인 용의자 자살', '연쇄살인마 AS 기사로 밝혀져', '연쇄살인마, 추가 범행은 없는 듯', '연쇄살인마 자신의 고객을 상대로 살인', '연쇄살인마, 냉장고에서 죽은 개와 고양이 사체 다수 발견, 살인 연습?' 기사의 제목만으로도 AS 기사인 차정후가 자살했고, 그의 냉장고에서 죽은 개와 고양이의 사체가 발견됐다는 걸 알 수 있었다. 남자는 가장 최근에 올라온 기사를 눌렀다. 유력 용의자 A가 자신의 작업실에서 사망한 채 발견되었고, 침입 흔적이 없는 걸로 보아 자살로 추정된다고 했다.

차정후가 자살했다고? 남자는 다른 기사를 빠르게 훑었지만 모두 같은 내용이었다.

그의 기억과는 달랐다. 그가 기억하는 한 차정후는 자살은 커녕 검거되는 최후의 순간까지 여자를 살해해 냉장고에 보관했다. 차정후가 마지막으로 살해한 여자는 하굣길의 여고생이었다. 그는 모두 열 명의 여자를 죽였다.

같은 상황에 처한 인간이 늘 같은 선택을 하지는 않는다. 지금 남자는 그가 기억하는 시간과는 다른 현재에 있다. 그런데 차정후의 자살은 그런 선택과는 다르다. 살인을 하는 시기나 피해자를 선택하는 순서나 살해하는 방법은 얼마든지 바뀔 수 있다. 그건 선택의 문제니까. 그러나 연쇄살인마가 살인을 저지르기도 전에 자살하는 건 다른 문제였다. 이건 선택의 문제가 아니었다. 내가 바뀌지 않은 것처럼 그도 바뀌지 않았을 거라고, 살인의 본능은 DNA에 새겨진 것이라 자신의 의지로 선택할 수 있는 성질의 것이 아니라고 남자는 생각했다. 남자는 차정후가 스스로 죽음을 선택한 것이 아니라고 확신했다. 그는 누군가의 선택으로 인해 살해당했다.

왜 죽였을까? 그가 기억하는 한, 차정후를 죽이고 싶어 한 사람은 많았지만 진짜 죽이려 한 사람은 없었다. 사람을 죽여본 사람은 안다. 사람이 사람을 죽이는 것은 생각만큼 쉽지 않다는 걸. 놈을 죽이고 싶어 한 사람들은 피해자의 가족들이거나 놈의 범행에 분노하던 보통의 사람들이었다. 하지만 그들이 놈을 죽이지는 않았다. 게다가 현재의 차정후는 아직 아무도 죽이지 않았다. 그런 놈을 진짜로 죽인 사람은 누굴까?

모자 쓴 남자는 너무나 쉽게 결론에 도달할 수 있었다. 차정후를 살해한 사람은 놈이 미래에 열 명의 여자를 살해한다는 걸 기억하는 사람이었다. 남자는 한기가 느껴졌다. 사람을 살해할 때도 느껴본 적이 없는 한기였다. 차정후를 살해한 사람은 아직 놈이 아무도 죽이지 않았기 때문에 오히려 놈을 살해할 수 있었을 것이다. 스스로를 영웅이라 여기며, 자신이 여자들을 살린 거라고 자위하며 놈을 죽였으리라.

혼자 결말을 아는 영화를 보는 것처럼 더 이상 느긋할 수가 없었다. 영화의 결말은 남자가 기억하는 것과 다르게 흘러가고 있었다. 그는 누군가 되돌려버린 미래에 자신이 두 번째 삶을 살고 있다는 걸 깨달았다.

편의점의 유리문이 열리고, 회색 점퍼를 입은 남자가 빠른 걸음으로 나왔다. 남자의 손에는 생수병이 들려 있었다. 회색 점퍼를 입은 남자가 쏘나타로 다가가다 갑자기 자신을 향해 고개를 돌렸다. 모자 쓴 남자는 본능적으로 몸을 낮췄다. 그 순간의 시야에 점퍼를 입은 남자의 얼굴이 드러났다. 남자의 얼굴은 외곽선이 흔들리고 눈 코 입이 여러 겹으로 겹쳐져 똑똑히 알아볼 수 없었다. 그는 회색 점퍼의 남자와 자신이 과거에 안면이 있었다는 걸 알 수 있었다.

모자 쓴 남자는 기어를 주행 모드로 바꿨다. 그런데 회색 점퍼의 남자는 쏘나타의 운전석에 바로 타지 않았다. 남자는 차창 가까이 얼굴을 대고 선팅이 짙은 차 안을 들여다보았다. 문이 잠겼는지 손잡이를 몇 번 당겨보다 당황한 몸짓으로 주머니를 뒤졌다.

모자 쓴 남자는 거리가 너무 멀어 쏘나타의 남녀가 어떤 상황인지 알아차릴 수가 없었다. 다만 당황한 남자의 행동을 보아 차에 남아 있던 여자에게 뭔가 일이 생겼다는 것은 짐작할수 있었다. 회색 점퍼의 남자가 주머니에서 휴대폰을 꺼냈다. 모자 쓴 남자는 화가 치밀었다. 회색 점퍼 남자가 경찰이나 119에 신고라도 하면 오늘의 미행은 여기서 끝낼 수밖에 없었다.

다행히 회색 점퍼의 남자는 휴대전화를 다시 주머니에 넣었다. 그리고 그는 선팅이 약한 전면 유리창으로 차 안을 들여다보았다. 그리고 운전석 쪽으로 돌아가 유리창을 깨려는 듯 팔꿈치를 수평으로 들어 올렸다.

그때, 쏘나타의 차 문이 열렸다. 남자는 허리를 숙이고 여자에게 몇 마디 말을 한 뒤 운전석에 올라탔다. 차는 남자가 올라탄 뒤에도 한동안 움직이지 않았다. 모자 쓴 남자는 습관처럼 휴대폰의 '새로고침'을 눌렀다. 기사들이 몇 개 더 떴지만 추가된 정보는 없었다.

쏘나타가 비상등을 끄고 움직이기 시작했다. 쏘나타는 차선을 옮겨 그의 차를 지나쳤다. 모자 쓴 남자는 차간 거리를 두고 느슨하게 쏘나타를 쫓았다. 쏘나타는 방송국 건물이 모여 있는 상암동을 통과해 언덕길을 타고 올라갔다. 차는 언덕 끝에 있는 아파트 단지로 들어갔다.

모자 쓴 남자는 아파트 단지로 따라 들어갔다. 아파트 단지의 차단기를 통과하는 데 시간을 허비한 터라 남자는 속도를 내 지하 주차장으로 들어갔다. 차에서 내려 206동의 출입구로 들어가는 두 사람이 보였다. 남자는 두 사람이 들어간 206동을 지나쳐 안쪽에 차를 세웠다. 그리고 차에서 내려 206동 출입구로 뛰었다. 엘리베이터가 움직이고 있었다. 그는 엘리베이터의 스위치를 눌렀다. 엘리베이터는 11층에 한참을 머무르다 다시 내려왔다.

16

희령은 화장실 세면기의 파란색 수도꼭지를 끝까지 돌렸
다. 세찬 물줄기가 쏟아졌다. 물이 잘 빠지지 않는 배수구 때
문인지 물은 금방이라도 세면기를 채우고 넘칠 것 같았다. 희
령은 손끝을 물줄기에 적신 채 멍하니 서 있었다. 손가락이
하얗게 변해 있었고, 감각이 둔해져 물의 온도조차 제대로 느
껴지지 않았다.

뭘 해야 하지?

약 기운 때문인지 생각이 모이지 않고 멍한 상태가 계속됐
다. 거울 속에서 화장기 없는 창백한 여자가 그녀를 보고 있
었다. 여자의 눈은 반짝이는 생기 하나 없이 저녁처럼 어스름
했다.

희령은 차가운 물로 몇 번이나 얼굴을 축였다. 물이 턱을 타
고 목으로 흘러내렸다. 차가운 감각이 선을 그리며 가슴까지

이어졌다. 흩어진 집중력이 조금 돌아왔다. 희령은 지금 자신이 해야 할 일을 머리에 되새겼다. 열쇠를 복제해야 했다.

틀어놓은 물을 잠그지 않고 에코백을 뒤져 미용 가위를 찾아냈다. 세찬 물소리가 요란하게 이어졌다. 그녀는 미용 가위로 신용카드 위에 그려진 열쇠 모양의 본을 오렸다. 가위의 날이 작아서 시간이 조금 걸리긴 했지만 섬세한 작업을 하는 데에는 적당했다. 푸른 수염의 방 문 열쇠를 오리고, 서랍 열쇠 두 개를 더 오려냈다.

희령은 오려낸 열쇠 모양을 화장실 선반 위에 순서대로 올려놓았다. 검은색 유성 펜 자국이 군데군데 남긴 했지만 본을 뜬 대로 잘 오려낸 것 같았다. 희령은 열쇠를 하나씩 들어서 세심하게 다듬었다. 펜이 잘못 그어진 부분을 제외하고는 최대한 정확하게 깎아내려 애썼다.

손가락에 끼워진 가위를 빼고 보니 가위질을 한 손가락이 벌겋게 부풀어 있었다. 그녀는 부풀어 오른 손가락을 틀어놓은 물줄기에 식혔다. 통증이 느껴졌지만 감각이 느껴지는 게 오히려 반가웠다.

잘려나간 신용카드 조각들을 모아 흔적이 남지 않게 에코백에 쓸어 넣었다. 휴대폰으로 시간을 확인했다. 20분이 지나 있었다. 생각보다 시간이 너무 걸렸다. 선우현의 의심을 살지도 모른다는 생각이 들었다. 그녀는 선우현이 가지고 있던 주머니칼이 떠올랐다. 과학수사를 하는 경찰이 주머니칼을 가지고 다니는 것부터가 어울리지 않았다. 선우현의 주머니칼에 생각이 머물자 펼쳐진 칼날이 떠올랐고, 갑작스러운 불안감이 머리카락에서 발끝까지 타고 내려갔다. 지금 선우현은 그녀가 문을 열고 나오기만을 기다리고 있는지도 모른다.

희령은 다리에 힘이 풀려 자신도 모르게 욕실 바닥에 쭈그리고 앉았다. 다시 집중력이 흐트러지고 멍해졌다. 뭘 해야 할지는 알겠는데 무력감에 몸을 움직일 수 없었다. 욕실이 그녀를 가두는 방이 되어버렸다. 그녀는 다시 갇혔다. 희령은 포기하듯 눈을 감았다. 어지러웠다. 눈을 감은 캄캄한 시야 속에서 두만이 피를 흘리고 있었다. 칼날이 깊이 박힌 두만의 가슴에는 은색 테가 둘러진 흑단나무 손잡이만 남아 있었다. 언젠가 본 것 같은 광경이었다. 아무것도 모르는 두만이 무방비 상태로 선우현을 만나게 둘 수는 없었다. 희령이 번쩍 눈을 떴다.

'다시 어두운 방 따위에 갇히지 않아.'

벌떡 일어섰다. 무릎이 떨리긴 했지만 걸을 수 있었다. 그녀는 얼굴과 머리에 물을 뿌리고 수도꼭지를 잠갔다. 그리고 플라스틱 열쇠를 주머니에 넣고 화장실 문을 열었다. 희령은 심호흡을 한 번 하고 욕실 밖으로 걸어 나왔다. 선우현은 남의 집에 온 사람처럼 점퍼 주머니에 손을 집어넣은 채 식탁

의자에 앉아 있었다.

"제가 너무 오래 있었죠? 죄송해요. 정신이 멍해져서 자꾸 뭘 하고 있는지 잊어버려요."

"괜찮습니다. 편하게 해요."

선우현이 미소 지었다. 그의 미소는 어색했지만 억지스럽지는 않았다. 동정이나 과잉 친절이 아닌 걱정과 배려의 마음이 느껴졌다. 선우현은 희령과 똑바로 눈도 마주치지 못했다. 그의 시선이 집 안을 여기저기 옮겨 다녔다. 그는 불안해 보였다. 그가 정말 스토커일까? 혼란스러운 마음을 다잡고 희령은 거실 가운데로 가서 섰다. 턱 끝으로 흘러내리는 물인지 땀인지 모를 물기를 손등으로 닦아낸 후 에코백을 뒤졌다. 그리고 멈췄다. 말 그대로 정지된 사람처럼 가만히 있었다. 다시 주머니를 뒤졌다. 그녀의 행동은 그의 시선을 끌기에 충분했다. 선우현의 떠돌던 시선이 희령에게 멈췄다.

"뭐, 잃어버렸어요?"

"약봉지를 흘렸나 봐요. 가방에도 주머니에도 없어요."

"잘 찾아봐요. 당황하지 말고."

"없어요."

"아까 차에서 약을 먹었으니까 거기 흘렸을 거예요. 걱정하지 말아요. 제가 찾아볼게요."

"죄송해요."

선우현이 자동차 열쇠를 챙겨서 밖으로 나갔다. 희령은 그가 돌아올 때까지의 시간을 계산했다. 엘리베이터를 기다렸다 타고 내려가서, 주차를 한 곳까지 걸어가는 데 3~4분. 다시 돌아오는 데 걸리는 시간 3분.

약봉지는 조수석 아래 깊숙이 잘 보이지 않는 틈에 희령이 숨겼다. 그는 희령이 약봉지를 실수로 떨어트렸다고 생각할 거고 처음부터 바닥 깊숙이까지는 찾아보지 않을 것이다. 1분. 차 안에서 약봉지를 찾지 못하면 그들이 걸어왔던 길을 되짚어 주차장 바닥을 확인할 것이다. 2분. 그는 두어 번쯤 주차장을 훑을 것이고 다시 확인하기 위해 차로 돌아갈 것이다. 3분. 그리고 조수석 의자를 뒤로 끝까지 밀고서야 그는 잘 보이지 않는 틈새에서 약봉지를 발견할 수 있을 것이다. 2분. 그렇게 해서 선우현이 집에 돌아오는 데까지 걸리는 시간은 길어야 15분 남짓. 희령이 푸른 수염의 방문을 열고 선우현의 정체를 확인하기에는 길지 않은 시간이었다.

희령은 심호흡을 하고 푸른 수염의 방문 앞에 섰다. 그리고 플라스틱 열쇠를 열쇠 구멍에 밀어 넣었다. 다행히 열쇠가 끝까지 들어갔다. 플라스틱 열쇠를 힘주어 돌렸다. 꼼짝도 하지 않았다. 반대 방향으로 돌려도 돌아가지 않았다. 더 힘을 주면 플라스틱 열쇠가 부려질 것만 같았다. 플라스틱 열쇠는 탄성의 한계에 달했는지 표면이 하얗게 변해갔다. 희령의 이마에 땀이 뱄다. 플라스틱 열쇠가 열쇠 구멍 안에서 부러져버리기라도 하면 변명할 여지도 없다.

희령은 포기하는 심정으로 열쇠를 뽑아서 휘어진 부분을 곧게 편 후 다시 열쇠 구멍에 밀어 넣었다. 그리고 천천히 돌렸다. 이번에도 돌아가지 않았다. 그녀는 열쇠를 앞뒤로 몇 번 왕복시킨 뒤 다시 열쇠를 돌렸다. 마지막이라고 생각하고 플라스틱 열쇠가 부러질 정도로 힘을 주었다.

철컥, 인터넷 동영상처럼 문이 열렸다. 막상 방문이 열리자, 희령은 순간 떠오르는 생각들에 어지러웠다. 문을 열어도 되는 걸까? 내가 병적으로 예민한 건 아닐까? 동시에 주머니칼에 깊이 찔린 두만, 피를 쏟는 두만의 모습이 차례차례 떠올랐다. 희령에겐 머뭇거릴 시간이 없었다. 그녀는 방문을 열고, 마치 울타리 밖의 세계로 걸어 나가듯, 방 안으로 한 걸음 들어섰다.

두꺼운 커튼이 창을 막고 있어서 방 안은 어둑했고, 고여 있던 공기에서는 옅은 화학물질 냄새가 났다. 책상과 의자, 간단한 침구, 옷걸이가 있었다. 희령은 책상 위를 빠르게 훑어보았다. 중앙에 노트북컴퓨터가 놓여 있고, 의자에 앉으면 손이 닿을 위치에 서류 뭉치가 있었다. 선우현의 평소 성격대로 책상 위 모든 것이 각 맞춰 정리되어 있었다.

희령은 서류 뭉치를 들어 잡히는 대로 펼쳤다. 냉장고 안에 엉거주춤 서 있는 남자의 시체 사진이 있었다. 서류를 덮었다. 선우현이 말한 사건 자료였다.

그녀는 책상 서랍을 살폈다. 맨 위의 서랍에 열쇠 구멍이 보였다. 플라스틱 열쇠를 밀어 넣었다. 열쇠 구멍과 크기가 맞지 않아 제대로 들어가지 않았다. 그녀는 남은 플라스틱 열쇠를 열쇠 구멍에 넣고 돌렸다. 힘을 주자 열쇠가 돌아갔다.

첫 번째 서랍을 열었다. 서랍 안에서 제일 먼저 눈에 띈 것은 신형 휴대폰이었다. 서랍 안에는 휴대폰 말고도 영수증과 전시회 입장권 같은 걸 모아놓은 상자가 있었다. 희령은 휴대폰을 집어 들어 전원을 켰다. 전화기가 부팅되는 짧은 시간 동안 상자 속에 있는 영수증을 살폈다.

상자 제일 위에 마트 영수증이 있었다. 성원마트. 날짜를 보니 선우현이 성원마트에 다녀온 날이 불과 일주일도 지나지 않았다. 성원마트의 영수증은 여러 장이 더 있었다. 영수증의 구매 내역을 보면 무슨 요리를 하려는지 알 수 없는 조합이 대부분이었다. 그의 냉장고와 부엌에는 분명 요리한 흔적이 없었는데 그는 계속 이것저것 식재료를 두서없이 구매했다. 콩나물과 고구마, 돼지고기와 딸기잼, 두부와 샴푸 같은 식의 조합이었다. 게다가 날짜를 보면 3일 정도의 간격으로 장을 보고 있었는데 한 번에 사는 양이 그리 많지 않았다. 그는 신선식품도 아닌 공산품을 며칠에 나눠 사기도 했다. 영수증만 놓고 보면, 성원마트는 그가 출퇴근길에 수시로 들르는 마트여야 했다.

휴대폰이 부팅되고 초기 화면이 떴다. 휴대폰에 잠금 설정이 되어 있지는 않았다. 희령은 휴대폰의 통화 목록부터 살폈다. 목록에 이름으로 저장된 항목은 없었다. 알파벳과 숫자로 이루어진 조합이 대부분이었다. 휴대폰 갤러리를 열었다. 냉장고라고 표기된 제품 사양 스티커와 몰래 찍힌 듯한 여자들 사진이 대부분이었다. 짧고 하얀 원피스에 삼선 레깅스를 입은 여자의 뒷모습이 가장 최근에 찍힌 사진이었다. 사진의 각도를 보면 도촬이 분명했다.

갤러리 사진들을 훑어보던 희령이 멈칫했다. 그녀는 사진들 속에서 자신을 발견했다. 집 안에서 실내복을 입고 고개를 돌린 옆모습이었다. 자기도 모르는 새 자기 집 안에서 찍힌 사진을 남의 책상 서랍에서 발견했다는 생각에 그녀는 소름이 끼쳤다.

그녀는 사진을 확대해 자세히 보았다. 사진 귀퉁이에 냉장고에서 떼어낸 부품과 공구가 찍혀 있었다. 얼마 전 냉장고 AS를 받았을 때 찍힌 사진이 분명했다. 생각해보면, 사진을 찍은 사람은 냉장고 AS 기사일 텐데 이 사진을 왜 선우현이 가지고 있는지 그녀는 이해할 수 없었다. 이 휴대폰이 AS 기사의 것인 걸까. 의문들이 머리를 휘저었지만 희령은 자신이 여기 와 있는 사실을 비롯해 이 모든 일이 우연이 아니라는 건 알 수 있었다.

띵, 문자메시지가 수신되었다. 희령은 놀라서 전화기를 떨어트릴 뻔했다. 당황한 그녀가 서둘러 휴대폰 전원을 껐다. 그녀는 자신의 휴대폰으로 시간을 확인했다. 선우현이 나간 지 4분이 지났다. 그는 지금쯤 주차장에 도착해 차를 향해 걸어가고 있을 것이다.

희령은 영수증 묶음을 빠르게 넘겼다. 카페 영수증과 국립현대미술관 입장권이 눈에 띄었다. 카페는 그녀가 가끔 들르는 곳이었고, 현대미술관의 소장품 전시회는 그녀 역시 관람했던 것이었다. 선우현이 그녀를 스토킹하는 것일까. 의심할 만한 정황이었다.

영수증 묶음을 내려놓으려는데 D 대학교의 로고가 얼핏 보였다. 영수증은 D 대학교의 주차비 영수증이었다. 그녀는 영수증의 날짜와 시간을 확인하고 흠칫 놀랐다. 그날은 희령이 D 대학교의 범죄심리학과를 방문한 날이었다. 대학원 복학 문제를 상의하려 권의용 교수를 찾아갔었다. 외부 출강과 방송 출연으로 바쁜 권 교수와 몇 번의 통화를 한 끝에 어렵게 잡은 약속이라 분명하게 그날을 기억했다. 그녀의 몸이 바들바들 떨리기 시작했고, 점점 더 심해졌다. 매번 누군가 자신을 지켜보는 것 같았던 느낌은 외상 후 스트레스 장애나 망상장애 때문이 아니었던 것이다.

희령은 덜덜 떨리는 손으로 두 번째 서랍을 열었다. 서랍 안에는 누렇게 색이 바랜 수사 자료철이 여러 권 쌓여 있었다. 그녀가 맨 위의 서류철을 들어 올리자 서류철 사이에서 사진이 한 장 떨어졌다. 딸을 가운데 두고 엄마와 아빠가 마주 보고 있는 오래된 가족사진이었다. 그들 모두는 미소를 짓고 있었지만 조금 어색한 표정이었다. 초등학교 졸업식을 마치고 동네 사진관에서 찍은 사진이었다. 희령은 그때를 기억했다.

희령의 눈에서 눈물이 떨어졌다. 그녀는 손등으로 빠르게 눈물을 훔치고 어깨에 멘 가방에 사진을 넣었다. 쌓여 있는 수사 자료들이 어떤 사건에 관한 것인지는 안 봐도 알 것 같았다. 그녀는 수사 자료를 차마 펼치지 못하고 서랍에 넣고 닫았다.

마지막 서랍을 여는 순간, 볶은 아몬드 냄새가 훅 끼쳤다. 서랍 안에는 조그마한 크기의 약병과 흑단나무 손잡이에 은색 띠로 장식된 칼이 크기별로 가지런히 정리돼 있었다. 선우현이 가지고 있던 주머니칼과 같은 디자인의 칼이었다.

칼날은 천으로 된 칼집에 꽂혀 있어 보이지 않았다. 희령은 칼날을 보지 않았는데도 목덜미의 털이 곤두섰다. 수십 마리 벌레가 몸의 여기저기를 동시에 기어 다니는 것 같았다. 조짐이 좋지 않았다.

희령은 호흡이 거칠어지기 전에 눈을 감았다. 눈을 감은 채
자신이 본 것들을 떠올렸다. 칼 네 자루. 천으로 된 칼집에는
두 칸이 비어 있었다. 하나는 주방에서 본 칼이 꽂혀 있던 자
리일 것이고 다른 한 칸은 선우현이 가지고 있던 주머니칼이
꽂혀 있던 자리일 것이다.

그가 칼집에서 칼을 뽑아서 가지고 있다는 건 사용할 일이
생겼다는 의미였다. 어디에 사용하려고 칼을 챙겼을까? 온몸
을 기어 다니는 벌레의 숫자가 늘어났다.

희령은 눈을 떴다. 시간이 별로 없었다. 그녀는 몸을 기어
다니는 벌레의 감촉을 손바닥으로 쓸어서 털어내며 서랍 안
에 든 것들을 살폈다.

사건 자료를 모아놓은 것 같은 서류철 대여섯 권. 일회용
방오복, 일회용 덧신, 라텍스 장갑, 케이블 타이 그리고 밀봉
된, 소금 결정처럼 보이는 무색의 알갱이들. 과학수사팀장이
라면 가지고 있을 만한 물건들이었다. 하지만 네 자루의 칼과
같이 있으면 의미가 달라진다.

서랍에서 벌레들이 더 기어 나오기 전에 희령은 서랍을 닫
았다.

손이 떨려 서랍을 닫는 데도 시간이 걸렸다. 희령은 시간을
확인했다. 또 5분이 지나 있었다. 쏘나타에서 약봉지를 찾지

못한 선우현이 이제 주차장의 동선을 확인하고 있을 것이다. 곧 차로 돌아가 조수석을 뒤로 밀고 약봉지를 찾아내겠지.

마음이 급해진 희령은 몸을 기어 다니는 벌레들을 털어내며 닥치는 대로 방을 뒤졌다. D 대학교 주차비 영수증과 네 자루의 칼이 그녀의 마음에 남아 있던 선우현의 미소를 지워 버렸다. 그녀는 머릿속에서 '혹시'라는 단어를 삭제했다.

옷걸이에 걸린 선우현의 경찰 정복 안쪽에서 선 몇 개로 나무를 그린 흰색 티셔츠를 발견했다. 그녀가 아끼는 티셔츠와 같은 프린팅으로 크기만 달랐다. 세상에 이런 우연은 없었다.

마음을 진정시키며 책상 위에 있는 노트북컴퓨터를 켰다. 노트북에도 잠금 설정이 되어 있지 않았다. 모니터에 윈도우 로고가 뜨고 바로 바탕화면이 나왔다. 바탕화면 역시 깔끔하게 정리되어 있었다. 그녀는 최근 만들어진 문서의 제목들을 확인했다. 대부분 사건 관련 보고서들로 특별히 눈에 띄는 건 없었다. 그녀는 업무 폴더 옆에 '핸드폰'이라는 이름의 폴더를 열었다. 사진 파일의 섬네일이 떴다. 얼핏 보기에 대부분 풍경 사진이었다. 거리나 동네 풍경, 나무, 화초 같은 것들이었다.

희령이 계속 스크롤을 내리다가 멈췄다. 두만과 희령의 사진이었다. 두만이 정복을 입고 있는 걸로 보아 몇 년 전 경찰의 날 특진 행사장에서 찍은 사진이었다. 행사 기념사진은 수십 장이나 됐다. 그중 희령 혼자만 찍힌 사진도 서너 장 섞여 있었다. 사진 속의 그녀는 카메라를 마주 보고 있지 않았다.

다시 풍경 사진들이 이어졌다. 비슷비슷한 사진 중에서 컴퓨터의 모니터 화면을 휴대폰 카메라로 찍은 사진을 발견했다. 컴퓨터 바탕화면에 깔린 그녀의 사진이었다. 모니터에 붙어 있는 메모의 글씨체와 그녀 사진으로 짐작건대 두만의 사무실 컴퓨터 같았다.

스크롤을 아래로 끝까지 내렸다. 누군가의 일상을 기록하듯 비슷비슷한 사진들이 계속 흘러갔다. 되풀이되는 비슷비슷한 사진을 보다가 희령은 그곳이 모두 자신의 눈에 익은 곳이라는 걸 알아챘다. 스크롤을 멈췄다. 그녀가 자주 가는 마트와 카페, 도서관, 언젠가 읽었던 책들, 꽃집, 그녀가 산 것과 같은 종류의 식물들.

이 모든 것이 우연일 수는 없었다. 선우현이 스토커였다. 그것도 아주 오래된.

시계를 확인했다. 그가 나간 지 15분이 넘어서고 있었다. 이제 위험한 시간이다. 희령은 재빨리 노트북컴퓨터의 전원을 껐다. 금방이라도 선우현이 현관문의 비밀번호를 누르고 문을 열 것 같았다. 희령의 휴대폰이 진동했다. 두만이었다. 아무리 급해도 두만과 통화해야 했다.

"선배 만났죠? 둘 다 전화 안 받아서 걱정했어요."

"미안해요."

"미안하긴요. 별일 없으면 된 거죠."

두만과 통화를 하며 희령은 서랍을 잠그기 위해 무릎을 꿇고 열쇠 구멍에 플라스틱 열쇠를 꽂았다. 처음 열 때 힘을 너무 줘서 열쇠가 비틀린 탓인지 구멍 끝까지 들어가지 않았다. 희령은 서랍을 잠그는 걸 포기하고 일어섰다.

"어디쯤 왔어요?"

"안 막히면 곧 도착할 거 같아요."

"할 말이 있어요. 저 지금 나갈 테니까 밖에서 만나요."

"무슨 일 있어요?"

"만나서 얘기해요."

"그럼 조금만 기다려요. 혼자 밖에서 기다리는 건 위험해요."

"아니요. 집 안이 더 위험해요."

서둘러야 했다. 이미 방 안은 선우현이 각을 맞춰 정리한 물건들이 미세하게 흐트러져 있었다. 그라면 한눈에 보고 알아챌 것이다.

"무슨 일 있었어요? 누가 따라붙었어요? 선배는요? 선배는 집에 있어요?"

희령이 질문에 대답할 겨를도 없이 두만이 연달아 물었다. 그의 불안이 그녀의 심장에까지 빠르게 전해졌다.

"저 믿죠?"

"그럼요."

"괜찮으니까 만나서 얘기해요. 기다릴게요."

"알았어요."

희령의 말이 이해되지 않았을 텐데도 두만은 더 묻지 않고 전화를 끊었다. 희령은 방문을 열고 나왔다. 그리고 그 순간, 현관문의 도어록의 비밀번호를 누르는 소리를 들었다. 그가 돌아왔다.

희령은 다리의 힘이 풀려 주저앉을 것 같았다. 이 집에서 빠져나갈 때까지 푸른 수염의 방 문을 열었다는 걸 들키지 않아야 하는데 손이 떨려 문을 잠글 엄두조차 나지 않았다. 그녀는 한 발자국도 움직이지 못하고 방문에 기대섰다. 물속처럼 숨 쉬기가 어려웠다.

현관문이 열렸다. 선우현이 주머니에서 검은색 글자가 빼곡한 약봉지를 꺼내 흔들었다. 희령의 몸이 물속으로 가라앉았다.

"걱정했죠? 의자 틈에 끼어 있어서 찾느라 오래 걸렸어요. 그래도 찾아서 다행이에요."

땀이 밴 선우현의 셔츠가 눈에 들어왔다. 선우현은 선한 미소를 짓고 있었다. 그래서 희령은 더 무서웠다. 그의 시선이 그녀의 얼굴을 지나 잠겨 있었던, 지금은 그렇지 않은 방문에 꽂혔다. 들켰다. 희령은 본능적으로 어깨에 멘 에코백을 등 뒤로 돌려 숨겼다. 에코백에는 잠긴 방문을 연, 끝이 하얗게 구부러진 플라스틱 열쇠가 푸른 수염의 피 묻은 열쇠처럼 들어 있었다.

희령은 자신이 푸른 수염의 몇 번째 아내일까 궁금했다. 기억대로라면 여섯 명의 여자가 푸른 수염에게 살해됐는데.

〈2권에서 계속〉